HEYNE BÜCHER

SCIENCE FICTION

Herausgegeben
von Wolfgang Jeschke

Von Ian Watson erschienen in der Reihe
HEYNE SCIENCE FICTION & FANTASY:

Der programmierte Wal · 06/3545
Botschafter von den Sternen · 06/3824
Das Babel-Syndrom · 06/3942
Todesjäger · 06/4206
Tschechows Reise · 06/4349
Die Räume des Paradieses · 06/4475

DIE YALEEN-TRILOGIE:

Das Buch vom Fluß · 06/4434
Das Buch von Sternen · 06/4435
Das Buch von den Wesen · 06/4436

BIBLIOTHEK DER SCIENCE FICTION LITERATUR:

Der programmierte Wal · 06/69

IAN WATSON

DIE RÄUME DES PARADIESES

Erzählungen

Science Fiction

Deutsche Erstausgabe

WILHELM HEYNE VERLAG
MÜNCHEN

HEYNE SCIENCE FICTION & FANTASY
Band 06/4475

Titel der englischen Originalausgabe
SUNSTROKE AND OTHER STORIES
Deutsche Übersetzung von Walter Brumm
Das Umschlagbild schuf Tito Salomoni

Redaktion: Wolfgang Jeschke

Printed in Germany 1988
Umschlaggestaltung: Atelier Ingrid Schütz, München
Satz: Schaber, Wels
Druck und Bindung: Elsnerdruck, Berlin

ISBN 3-453-01004-3

Inhalt

Die Räume des Paradieses

1

Etwas ging furchtbar schief mit meiner Wiedergeburt. Jetzt, dreißig Tage in meinem neuen Leben, ist daran nicht mehr zu zweifeln. Irgendwie sind die Kategorien von Zeit und Raum in meinem Säuglingsgehirn kurzgeschlossen. Tagesdauer und räumliche Ausdehnung sind untereinander ausgetauscht, und ich werde aus der Welt nicht mehr schlau. Wie anders könnte ich erklären, was mit mir geschieht – dreißig Räume weit in diesem scheinbar endlosen Gebäude ...?

Wenn Synästhesie das rechte Wort für eine Verwirrung der fünf Sinne ist – so daß die Farbe gelb wie ein Gongschlag dröhnt, oder ein Essiggeschmack die Zunge mit Schmirgelpapier reibt –, welches ist dann der Name für diese schreckliche Krankheit? Syndimensionalität?

Vielleicht Fitzgeralds Syndrom, nach meinem eigenen Namen? Dem Entdecker gebührt die Ehre der Namengebung, heißt es ... Aber wie gebe ich diese Entdekkung weiter? Wann »wo« und wo »wann« ist? Wäre ich allein auf einer unbekannten und leeren Insel notgelandet, was nützte es, wenn ich sie »Fitzgeralds Insel« taufte? Dann mag es genausogut mit Syndimensionalität sein Bewenden haben.

Aber warum? Warum passierte es?

Ich hatte alle vorgeschriebenen Meditationstechniken befolgt, um mein Bewußtsein gegen den Schock jähen Erwachens in diesem puttenhaften Säuglingskörper zu stählen. Ich hatte an der Stärkung meines Selbstbewußtseins gearbeitet, hatte psychische Integration und Gestaltungserkenntnis geübt. (Tatsächlich verdanke ich meine Fähigkeit, unter diesen ungemein veränderten, unberechenbaren Umständen geistig gesund und wahrnehmungsfähig zu bleiben, dieser Stärkung meiner geistigen Disziplin.) Und in der Hauptsache war alles abgelaufen, wie man mich glauben gemacht hatte. Mein siebzigjähriger Körper war in die Isolierkammer der Intensivstation gefahren worden. (Ich hatte einen Herzanfall erlitten und hätte mich für ein Kunstherz entscheiden können, doch hatte mein Körper seine beste Zeit offensichtlich hinter sich. Warum also noch länger ausharren? Warum das Risiko auf sich nehmen?)

Also Isolation: Kein lebendes Wesen durfte mir nahe sein, nicht Mann noch Frau, Vogel oder Säugetier, Insekt oder Pflanze. Die Kammer war umgeben von einem großen Faradayschen Käfig aus Kupferdraht, der unter Strom stand, um alle elektromagnetischen Wellen und Felder fremder Herkunft zu neutralisieren, damit keine Störfaktoren den Augenblick des Überwechselns beeinträchtigten. Nach dem Überwechseln hatte ich, von einem Roboter versorgt, noch sieben Tage in der Isolation auszuharren, während mein neues Selbst sich festigte.

Der Roboter war ein Edelstahlfaß, das auf Gummirädern herumfuhr, zwei Gelenkarme und verschiedene Ausgußröhren und Sauger sowie verborgene Schubfächer und Behälter hatte. Als er meinen bloßen Körper unter den Aufnahmekopf des Kernresonanz-Spektroskops manövrierte, grübelte ich über die Einzelheiten des Verfahrens nach, und fragte mich, was die Geräte binnen kurzem mit dem Ich anfangen würden, das meine Individualität ist, meine Einzigartigkeit, oder meine Seele, wenn Ihnen das lieber ist ...

(Ihnen? Wo sind Sie? Gibt es jemanden, der mich beobachtet, während ich von Raum zu Raum gehe, von Tag zu Tag? Am Ende einer weiteren Woche werden Sie vielleicht die Formel gefunden haben, die mich aus dieser verrückten Abfolge befreit? Verhält es sich so, dann gebührt Ihnen wohl die Ehre, mein Syndrom zu taufen.)

»Wiedergeburt«, erklärte Dr. Manzoni, »entwickelt sich aus den fehlgeschlagenen frühen Experimenten auf dem Gebiet der Materietransmission ...«

»Ja, ja«, sagte ich, ungeduldig mit allem, was den Prozeß meiner Umwandlung verzögern würde. In meinem nächsten Leben wollte ich mich nicht mehr mit geschäftlichen Angelegenheiten abgeben. Ich wollte ein Fünfkämpfer sein, zu Hause auf den Sportplätzen der Welt, und die körperliche Seite meiner Natur aufblühen lassen. Zwar würde das Institut für Wiedergeburt dreißig Prozent meines Nachlasses für die Umwandlung wie für Vormundschaft und Pflege bis zu meinem fünften Jahr beanspruchen, doch würde ich nach Abzug dieser Summe noch genug von mir erben, daß ich mich nicht um meinen Broterwerb zu kümmern hätte. Und ich freute mich auf diese ersten fünf Jahre, von denen ich mir ein wiedergewonnenes Paradies der Unbeschwertheit, des Spielens und der überschäumenden Phantasie versprach. Das Institut hat den jungen Wiedergeborenen viel zu bieten, um ihnen die Jahre des frühen Heranwachsens angenehm zu gestalten: ein bandsimuliertes Märchenland wie aus *Tausendundeine Nacht,* nicht zu reden von den vielen Annehmlichkeiten der Spielplätze und des Strandes, die der Körperertüchtigung dienten.

»Es ist notwendig, Sie zu erinnern«, sagte der Chirurg, »wie es notwendig sein wird, daß Sie selbst sich erinnern, wer Sie sind, daß Sie sich im neuen Körper Ihrer alten Existenz erinnern. Nehmen Sie das nicht für gegeben, Mr. Fitzgerald. Sie müssen verstehen, was mit Ihnen geschehen wird. Hast ist Ihnen nur hinderlich.«

Also faßte ich mich in Geduld. Und tatsächlich gab es

nicht wenige Einzelheiten, die ich nicht wußte oder vergessen hatte.

Herr Dr. Manzoni war hochgewachsen und silberhaarig, mit einer langen, rassigen Nase, auf der eine Brille balancierte. Ich fragte mich, ob diese Brille eine persönliche Eigenheit des Mannes war, oder ob sie irgendeinem anderen, beruflichen Zweck diente. Ob diese Linsen ihm womöglich mein Lebensfeld – meine Seele sogar – sichtbar machten, so daß dieses Interview nicht mit einem alten Mann von Fleisch und Blut geführt wurde, sondern mit der innewohnenden Essenz meines, Robert Fitzgeralds, Wesens ...

Der Raum selbst war von islamischer Bauweise, mit symmetrischen Ornamenten aus Mosaik und Fliesen, und pastellfarbenen Tönen. Er symbolisierte Dauer in der Veränderung, die Regeneration von Formen, Mustern, Gedanken. Das Fenster – ein steinernes Filigran aus Sechsecken und Sternformen – öffnete sich auf den vom blauen Mittelmeer umspülten tunesischen Strand. Nackte Jungen und Mädchen tobten dort unter dem geduldigen Blick eines Institutswärters, dessen lila Gewand das Phönixsymbol des Instituts trug. Die Kinder waren Wiedergeborene, bald bereit, das Institut zu verlassen und wieder ihr Leben als Erwachsene aufzunehmen. Oder völlig neue Leben, ermahnte ich mich. Was immer sie wollten.

Wie sorglos war ihr Spiel! Aber auch geduldig, die Zukunft genießend ... Kein verrücktes Hinausrennen ins tiefe Wasser. Wie köstlich es sein würde, wenn die Sexualität sich wieder einstellte. Ich stellte mir vor, ich selbst wäre ein Mädchen von hundert Jahren, mit all dem Wissen und der Erfahrung einer alten Dame, da es sich zum ersten Mal im zweiten Leben einem Liebhaber hingab ... Nun, ich würde natürlich kein Mädchen sein; aber ein wiedergeborenes Mädchen kam offensichtlich eher zur sexuellen Erfüllung als ein Junge.

Geduld. Ich lauschte Manzonis Worten.

Wiedergeburt war ein Abfallprodukt der Materietransmission, die sich als Mittel, irgend etwas von A nach B zu befördern, wenn A weiter als ein paar Meter von B entfernt war, zwar empfohlen hatte, aber technisch undurchführbar und ungemein kostspielig gewesen war. Das Verfahren war jedoch aus einem weiteren Grund nicht realisiert worden: In allen früheren Versuchen mit lebenden Tieren waren nur tote Körper in B eingetroffen.

Die auf der Grundlage der Kernresonanz-Spektrographie entwickelte Methode verwandelte Masse in Energie und beinahe gleichzeitig wieder zurück in Masse. (Denn alle Atome vibrieren zu ihrem jeweils charakteristischen Ton; die »Symphonie«, die mannigfaltige Fuge, mag ein Stuhl sein – oder eine Rose, oder ein menschliches Wesen.) Doch in diesem Augenblick, wenn die Masse vollständig zu Energiemustern umgewandelt ist, kann sie in Resonanz mit dem Abtaststrahl zu einem anderen, benachbarten Ort transportiert werden. Ein Briefbeschwerer oder ein Bleistift überstanden diese Positionsveränderung durch Umwandlung intakt; doch eine Maus oder ein Käfer überlebten nicht.

Es stellte sich heraus, daß im Umwandler ein Geist zurückblieb, ein Muster, das sich nicht in Masse rückverwandeln ließ, da es auch vorher nicht im eigentlichen Sinne des Wortes Masse gewesen war, obwohl man an seinem Vorhandensein nicht zweifeln konnte. Eine Methode, die Seele einzufangen, war nicht gefunden.

Nicht lange, und die Forscher fanden, daß sie dieses »Persönlichkeitsprogramm« mit dem von B nach A zurücktransportierten Körper wiedervereinigen konnten. Heutzutage besteht die vervollkommnete Methode darin, daß wir das Persönlichkeitsprogramm – die Seele oder das Bewußtsein mit allen persönlichen Erinnerungen und Gedanken, Überzeugungen und Wünschen – für kurze Zeit in einem Schwebezustand erhalten können, während der alte Körper in das unmittelbar benachbarte Krematorium geschafft und eingeäschert wird, um die Anziehungskraft der altvertrauten fleischlichen Hülle auf die Seele zu beseitigen. Darauf wird sie in die leere Hülle eines Zweitkörpers übertragen, eines durch Zellkernverschmelzung *in vitro* herangezogenen genetischen Duplikates. In einem sehr realen Sinne gelangt man auf diese Weise wieder zu sich selbst, doch in einem viel früheren körperlichen Stadium. Das Bewußtsein paßt sich relativ rasch der neuen, kleineren Hülle an.

Ich dachte an die zwei lebhaften jungen Wiedergeborenen, die an meiner Abschiedsfeier in Amsterdam teilgenommen hatten, bevor ich nach Tunesien geflogen und zum Institut hier an der Küste südlich von Sfax weitergefahren war. Tonio Andresen und Julia-Maria Geizenstein waren körperlich erst acht und neun Jahre alt, und dabei ein gescheites, fröhliches, geistreiches Paar. Sie waren verliebt in das Leben und ineinander (obwohl sie noch nicht viel damit anfangen konnten). Wir bewunderten sie mit der freundlichen, zärtlichen Erwartung kommenden größeren Glücks. Sie waren ein wahrgewordenes Märchen. Ich selbst hatte mich halb in Julia-Maria verliebt.

Draußen flog ein Storch mit weißen Flügelschlägen zu seinem Nest auf einer vom Sand überwehten römischen Ruine. Wie angemessen!

Ich nickte und stellte angemessene Fragen. Und so lernte ich im Institut die Disziplin der Wiedergeburt.

Und ein paar Wochen später lag ich allein und nackt unter dem Abtastkopf.

Ein jähes Schwanken ... Ein zerreißendes Gefühl, wie wenn tief in meinem Inneren ein festgeklebter Verband abgerissen würde: von meinem Herzen, der Lunge und den Eingeweiden.

Ich stürzte einen tiefen Brunnen hinab in die Dunkelheit, aber am Grund war plötzlich Helligkeit, war Spiegelung, Identität: ich selbst.

Und ich lag, wo ich zuvor gelegen hatte, nur schien die Kammer jetzt viel größer zu sein. Sie verschwamm vor meinen Augen; mein Gesicht war noch nicht angepaßt. Ich stieß meinen ersten Schrei aus.

Meine Zunge erkundete einen zahnlosen Mund. Ich war ein Ding aus Gummi; es gab kaum Muskeln, denen ich Anweisung geben könnte. Meine Hand fuhr mir ungesteuert übers Gesicht. Dann entspannte ich mich.

Es wäre hübsch gewesen. Dr. Manzonis Stimme über die Sprechanlage zu hören. Ich hätte gern Glückwünsche entgegengenommen. Aber keine Stimme meldete sich. Ich benötigte Stille und Zurückgezogenheit, um mich zu stabilisieren, innere Festigkeit zu finden. Darauf konzentrierte ich mich, bis ich einschlief.

Als ich erwachte, war ich in einem anderen Raum: einem amorphen, aquariumähnlichen Würfel aus durchscheinenden grünen Glasfliesen. Der Versorgungsmechanismus stand neben dem Bett, in dem ich jetzt lag. Er flößte mir warme Milch ein und wusch mich und umwickelte meine Mitte mit Windeln, um sich dann in einen Winkel zurückzuziehen. Meine Körpervorstellung ging noch immer weit über die Grenzen meiner jetzigen Gestalt hinaus. Phantomarme und -beine hingen über die Seiten des kleinen Bettes. Ich kam mir vor wie ein gerupftes, gestutztes, zusammengebündeltes Hühnchen. Aber ich nahm dies gern in Kauf, und allmählich schnurrte auch meine Körpervorstellung auf die neuen, reduzierten Dimensionen zusammen. Auch mein plötzliches Nichthaltenkönnen nahm ich gern auf mich, und die Stille und Isolation.

Ich schlief, ich wachte, ich saugte Milch, ich meditierte. Nach langer Zeit begann die indirekte Beleuchtung, die von keiner bestimmten Quelle auszugehen schien, sondern einfach da war, zu erlöschen. Nachtzeit. Wieder schlief ich.

Als ich abermals zum falschen Tageslicht erwachte, stand mein Bett zu meiner Überraschung in einem anderen fensterlosen Raum, der schachbrettartig rot und grün gemustert war.

So ist es nun seit dreißig Tagen gewesen – seit dreißig Räumen. Ich lese Räume jetzt als Tage; sie müssen für Tage stehen. Wenn ich den Kopf zur Seite wende, sehe ich die Tür zum morgigen Raum angelehnt stehen; wende ich ihn zur anderen Seite, so sehe ich die verschlossene Tür zum Gestern. Ich glaube, daß es so ist, aber es ist immer Nacht, und ich schlafe oder bin sehr schläfrig, wenn der Mechanismus mein Bett durch die Tür rollt.

Grüner Raum, roter Raum, goldener Raum; Fliesen, Ziegel, Kunststoff – immer verschieden, doch identisch in ihrer Leere, der indirekten Beleuchtung, keine Fenster.

Ich glaube, einem auswärtigen Beobachter muß ich autistisch oder psychotisch erscheinen, da ich keinerlei Reaktionen zeige. Dabei müßten sie nun, da die ersten sieben Tage längst verstrichen sind, alle um mich sein: Dr. Manzoni, Frau Matsuyama, meine Psychologin, der Institutsverwalter Radwan Husseini, die Pflegerinnen: Sie alle müßten mich umsorgen, versuchen, mit mir in Verbindung zu treten. Aber immer wieder sehe ich nur einen weiteren, unmöglich neuen Raum, leer bis auf meinen Versorgungsmechanismus.

Syndimensionalität: Zeit und Raum sind verbogen ... Doch ich lebe, ich atme, ich sauge Flüssigkeiten, ich balle meine kleinen Fäuste, ich quieke, noch immer fruchtlos bemüht, mit meiner Säuglingszunge Wörter zu bilden, ich schaue dahin und dorthin. Alle Erinnerungen an das alte Leben sind intakt.

»Wo seid ihr alle? Zeigt euch, verdammt nochmal!«

Ich weine, versuche mich zu beruhigen. Sei standhaft, Robert Fitzgerald, Wiedergeborener!

Weiter. Weiter.

2

Ich bin jetzt fünfhundert Räume alt, ein paar hin oder her nicht gerechnet: Ein wackelnder kleiner Tolpatsch, dabei ziemlich altklug, obwohl das nur zu erwarten ist, da ich alles schon einmal durchgemacht habe. Mein Versorgungsmechanismus ernährt mich noch immer, jetzt aber mit fester Nahrung und mit Flüssigkeiten, und noch immer wäscht er mich und säubert, was ich angerichtet habe. (Woher bezieht er die Lebensmittel und Getränke? Was macht er mit meinen Abfällen? Er muß hinausrollen, während ich schlafe.) Mein kleines Bett blieb vor einigen Räumen zurück, und nun schlafe ich überall, wo es mir gefällt, wie ein verwaistes junges Tier. Der heutige Raum ist Rokoko, mit vergoldeten Putten, die die Stuckdecke stützen ...

Jede Nacht befördert der Versorgungsmechanismus mich in seinen Gelenkarmen zum nächsten Raum. Tatsächlich ist es ein völlig neutrales Ding. Weder Bedrohung noch Anbiederung gehen von ihm aus. Ich bin nicht versucht, ihn Fred oder Charlie zu nennen.

Und heute, bei vollem ›Tageslicht‹, wackle ich aus eigenem Antrieb zu der Tür, die angelehnt steht, stoße sie auf und tappe durch in den morgigen Raum. Er ist größer als die vorausgegangenen, eine leere maurische Alhambra. Der dumme Mechanismus folgt mir wie eine Kinderfrau. Vom Durchgang seines metallischen Körpers aktiviert, schließt sich die Tür leise und zuletzt mit einem Ticken wie von einer Uhr hinter uns. Als ich zurücktappe und versuche, sie wieder zu öffnen, ist es unmöglich.

Ich wackle weiter in den nächsten Raum, die Nachahmung eines Iglu. Hinter mir rollt der Mechanismus, die Tür schließt sich. Und weiter zum nächsten, zum übernächsten und dem danach. Ägyptische Grabkammer, griechischer Tempel. Blockhütte. Klick, klick, klick.

Also ist dies möglich. Angenommen, ich weigerte mich, zum nächsten Raum weiterzugehen?

Ich probiere es aus. Ich bleibe und bleibe. In langweiligen Tagesintervallen flammt die Beleuchtung auf und erlischt, fünfmal hintereinander. Ich frühstücke, esse zu Mittag und zu Abend, insgesamt vierzehnmal in dieser Blockhütte. Am fünften Abend, nachdem ich tagsüber soviel geschlafen habe, wie ich konnte, bleibe ich sitzen und warte, was geschieht. Als ich beinahe einnicke, rollt mein Mechanismus heran und hebt mich behutsam auf. Die Zeit hat mich eingeholt. Es ist wieder eine Raumveränderung fällig. Ich zapple, aber er trägt mich unerschütterlich in den nächsten finsteren Raum; die Tür schließt sich.

Am nächsten Abend probiere ich noch kühnere Ausweichmanöver, springe dahin und dorthin, wälze mich in der Dunkelheit weiter und trachte ihm zu entwischen. Aber er treibt mich mit Leichtigkeit in die Enge, und wieder werde ich in den nächsten Raum getragen.

Was wird am Ende sein? Gibt es irgendeinen letzten Raum, wo Gott zu Gericht sitzt, Gott, der große Hotelier?

Oder wird dort ein Spiegel sein, in dem ich mich kommen sehe, ein alter Mann inzwischen, nachdem ich mein ganzes Leben in einer absurden Parodie der Ontogenese rekapituliert habe: Ich, der diesen letzten Raum des Lebens durch Wiedergeburt betrogen habe?

Bin ich nur eine Spiegelung meiner Seele, ein sekundäres Gespenst, gefangen in den Stromkreisen und elektromagnetischen Feldern des Kernresonanz-Abtastgerätes? Ich schlage mit meinen runden Kinderfäusten an die Wand. »Laßt mich raus!« Blinkt jetzt irgendwo im Institut ein Warnlämpchen auf einer Konsole?

Vielleicht bin ich, die wahre Seele, dazu verurteilt, diese Räume zu durchwandern, solange mein fleischliches Duplikat, dessen metaphysisches Gegenstück ich hier bewohne, sein gesamtes neues Leben dort draußen irgendwo durchlebt, besessen von einer analogen Seele, einer bloßen Spiegelung von mir? Gilt dies für alle Wiedergeborenen? Vielleicht ist meine dumme Kinderfrau eine Art *corpus callosum* der Seele: Eine Brücke, die eine Seelenhemisphäre, welche sich auf Erden vergnügt, mit dieser anderen Seelenhemisphäre verbindet, in der ich stecke und die im Fegefeuer ist. (Und wie, wenn Robert Fitzgerald sich dort draußen seines zweiten Lebens so sehr erfreute, daß er sich zu einer weiteren Wiedergeburt entschließt ...?) Gibt es eine Möglichkeit, sich über diese Brücke zu verständigen? Ich habe es mit Worten versucht; meine Kinderfrau ist wahrhaftig taubstumm. Soll ich Morsezeichen auf ihre Metallflanken klopfen? – SOS. Soll ich ihr eine Botschaft in den Reinigungsrüssel stecken? Womit beschrieben? Worauf? Blut und Haut? Eine Weile beschäftige ich mich mit Fluchtphantasien nach der Art des Grafen von Monte Christo, denke daran, Botschaften hinauszuschmuggeln, aber dann welken all diese Überlegungen dahin. Ich bin nicht ihr; und der einzige Weg ist vorwärts.

Also vorwärts, so weit meine kurzen Kinderbeine mich tragen!

Wie viele Räume kann ich an einem Tag wandern? Fünfzig? Hundert?

Als ich durch zwanzig verschiedene Räume gewakkelt bin (byzantinisch, Art Deco, Glas und Stahl ...), merke ich, daß mein Versorgungsmechanismus zurückgeblieben ist. Er steht zwei Räume hinter mir und rührt sich nicht vom Fleck. Zwei Türen stehen offen, nicht aber die dritte hinter uns; sie ist fest verschlossen. Das gibt mir zu denken. Was soll ich machen, wenn eine Tür sich plötzlich hinter mir schließt und mich von meiner Nahrungsquelle abschneidet? Ich muß zurück und versuchen, den Grund seiner Unbeweglichkeit herauszufinden.

Die Tür läßt mich nicht passieren. Unsichtbare Elastizität hält mich zurück, ein sanfter Widerstand, der sich stahlhart versteift, wenn ich ihn mit Gewalt überwinden will.

Ich muß warten.

Und warte.

Als es Abend wird, lege ich mich nieder, vom Durst geplagt.

Es wird wieder Tag, und noch immer bleibt mein dummer Mechanismus, wo er ist. Wieder wird es Abend, und irgendwann in der Nacht, als ich um meinen hohlen Bauch gekrümmt dasitze, die Kehle trocken wie dürre Zweige, rollt der Mechanismus vorwärts in den benachbarten Raum; denn dort soll er am Morgen sein, und die Tür jenseits von ihm hat sich geschlossen. Er bleibt den ganzen schrecklichen Tag bis in die Nacht hinein außer Reichweite, dann endlich rollt er zu mir, mich in der Dunkelheit zu füttern und zu tränken.

Wäre ich ahnungslos ein paar Räume weitergewakkelt ... Kann eine Seele verschmachten? Kann sie verdursten? Hier kann sie es anscheinend. Also bin ich eingeschränkt, darf nicht weiter als achtzehn Räume vorauslaufen ...

O Ratte im Labyrinth, wie rasch lernst du die Regel! Dies ist ein Labyrinth, das jedoch nur einen Weg hat, und dieser Weg führt geradeaus. Die Regeln hier bestehen darin, daß man sich den Weg durch die Zeit sucht.

Wie um mich zu beschäftigen, erscheint Mobiliar – zuerst sparsam, aber dann, als mein Körper während der nächsten paar hundert Räume einen Wachstumsschub durchmacht, mit zunehmender Vielfalt. Bald sind die Räume hübsch und sogar großzügig möbliert: mit Stühlen und Schreibtischen, Tischen und Schränken, Chaiselongues und Sofas, Kommoden, Armsesseln und gelegentlich einem wunderbar weichen Bett ...

Alle Schränke, Tische und Schubladen sind jedoch leer, nicht einmal mit einer alten Zeitung ausgelegt. Bücherschränke enthalten keine Bücher. Weder Gemälde noch Drucke hängen an den Wänden – es gibt keine Darstellungen einer Außenwelt. Noch gibt es Uhren.

Könnte es sein, daß die Räume zu irgendeinem Zeitpunkt zu voll werden? Diese Idee löst eine andere aus: Nun, da die Räume etwas enthalten, kann ich mit ihnen aktiv werden! Ich ziehe die Tür des Salons aus dem 19. Jahrhundert auf, den ich gegenwärtig bewohne, und entdecke im nächsten Raum das Innere eines prachtvollen Shinto-Tempels: in Zinnoberrot, Schwarz und Gold, mit grünen *tatami*-Matten, einem silbernen Drachen mit eingerolltem Schwanz an der Decke, gemalten Löwen an den Wänden und hohen Metallvasen, die metallene Lotusblumen enthalten. Ich wähle einen Stuhl aus Ebenholzimitation mit einer leierförmigen Lehne und versuche ihn durch die Türöffnung in den Shinto-Tempel zu schieben. Es ist mir unmöglich. Unsichtbare Gummiseile halten den Stuhl zurück. Nicht mich, nur den Stuhl. Ich gehe durch die Türöffnung und versuche, den Stuhl nachzuziehen. Unmöglich. Der Stuhl gehört nur in einen Raum; er existiert nur in einem.

Hört er auf zu existieren, sobald ich weitergegangen bin und die Tür sich geschlossen hat? Wird er in einen

Hocker oder den Teil eines Sofas weiter voraus umgeformt? Das Problem möglicher Regeln beginnt mich bis zur Besessenheit zu beschäftigen, erzeugt inmitten meiner mißlichen Lage eine Art perverser Spannung. Wenn es Regeln gibt, und wenn ich sie lernen kann ...

Der dumme Mechanismus hebt den Stuhl, stellt ihn zur Seite und folgt mir in den Tempel; die Tür schließt sich. Lebe wohl, Stuhl.

Eine Bibliothek! Vollständig eingerichtet, mit lederbezogenen Trittstufen.

Aber alle Bücher sind Attrappen, fünfbändige, zehnbändige Blöcke aus ledergebundenen, goldgeprägten Attrappen. Wütend schmeiße ich sie auf den Teppich. Dann schäme ich mich meines Ausbruchs und ordne sie sorgsam wieder ein.

Wenigstens tragen die Buchrücken Titel – die ersten Worte, die ich seit Jahren gelesen habe. Hier haben wir eine *Geschichte Schlesiens.* Hier *Mr. Jorrocks Jaunts and Jollities* von R. M. Surtees; Sallust, *Der Jugurthinische Krieg,* und *Gibbons Geschichte des Verfalls und Untergangs des Römischen Reiches ...*

Vielleicht werden die Bücher in einem späteren Raum, wenn zu erwarten ist, daß ich lesen kann (im Alter von sechs oder sieben Jahren) bedruckte Seiten enthalten? Wie ungemein frustrierend das sein wird, wenn ich sie nicht von einem Raum zum nächsten mitnehmen kann!

Ich denke an die berühmten Reisen der Vergangenheit; an Marco Polo, der nach Kathay aufbricht. Von Venedig, nicht wahr? Man muß sich nur einmal das Problem der Dolmetscher in jenen frühen Tagen vorstellen, als noch keine Weltsprachen existieren. Vielleicht mußte er an jeder neuen Sprachgrenze einen neuen Dolmetscher anmieten. Man stelle sich seine Ankunft am Hofe des Großkhans vor, mit einem gewaltigen Gefolge von

Dolmetschern hunderter Nationalitäten. Die Grußworte des Großkhans nehmen ihren Weg zurück durch diese endlose Kette, werden aus dem Mandschu ins Chinesische übersetzt, von diesem ins Mongolische, Tibetische, Kirgisische, Turkmenische und Parsi; sodann ins Türkische, Griechische, Bulgarische, Serbische und Slowenische, und zu guter Letzt in Marco Polos heimatliches Italienisch, so daß er endlich verstehen kann: »Hallo da!« O Kette der Dolmetscher, o Kette der Räume! Was habe ich getan, daß ich dies verdiene? War es die Hybris, ein weiteres Leben zu suchen? Vielleicht werde ich freigelassen, wenn ich bete?

Vorwärts, vorwärts!

Ich bin jetzt größer und stärker, stark genug, meine dumme Kinderfrau herumzustoßen. Eingedenk meiner Erfahrungen mit Hunger und Durst vor vielen hundert Räumen schiebe ich ihn durch die Tür in den nächsten Raum. Die Tür schließt sich hinter uns. Ich schiebe den Mechanismus weiter, zum nächsten und zum übernächsten Raum. Ich erreiche die magische Zahl achtzehn; ich überschreite sie. Vergnügt schiebe ich die dumme Maschine durch zwanzig, einundzwanzig, zweiundzwanzig Räume; noch immer schließen sich die Türen hinter uns.

Jetzt eine Pause, der Sicherheit zuliebe, falls bei Nacht eine Tür aufschnappt und mein Versorgungsmechanismus rückwärts davonrollt und mich auf dem trockenen sitzen läßt. Aber es geschieht nicht. Der Boden, den ich gewonnen habe, bleibt mein.

Am nächsten Tag bringe ich sechzig Räume hinter mich. Am Tag darauf werden die Räume jedoch riesengroß. Sie werden zu endlosen Sälen, mit Stühlen gesäumt, ausgelegt mit Teppichen, die sich in der Ferne verlieren. Bald wird die Aufgabe, bis zum Dunkelwerden die nächste Tür zu erreichen, zu einem verrückten

Wettlauf mit der Zeit. Ich bin Achilles mit der verletzten Ferse, der lahmende Hase auf der Jagd nach dem siegreichen Igel. Erschöpft gebe ich auf. Es scheint, daß man mir den Begriff der Unendlichkeit beibringen will.

Scheute ich deshalb die Aussicht auf die Ewigkeit?

Wie um diese Einsicht zu belohnen, erscheint am nächsten Tag eine Oase: ein regelrechtes Schwimmbad mit Rutsche und Sprungbrett. Argwöhnisch umkreise ich es, halte Ausschau nach etwas, das im Wasser lauern könnte, sei es ein Hai oder ein Krake. Aber nein, das Becken enthält nichts als Wasser: stilles, klares Wasser. Ich lasse mich am seichten Ende hinein und habe die Kunst des Schwimmens rasch wieder gelernt. Ich durchquere das Becken zweimal, bevor ich mich müde am Rand ausstrecke.

Ist dies – eine Taufe? Ein paar Tage kampiere ich beim Schwimmbecken, da ich dem »Fahrplan« noch immer weit voraus bin. Diese neue Annehmlichkeit erfreut mich, bis ich mich nach und nach von der nassen, kühlen Leere abgestoßen fühle.

Der folgende Raum – die riesige Halle eines Schlosses mit reich verzierten Stühlen, einer langen Tafel und unheimlich anmutenden Ritterrüstungen – ist schandbar heiß. Ein Vorgeschmack der Hölle?

Der kleine Junge wandert weiter, durch gemäßigtere, gewöhnliche Räume. Schwimmbad und heißer Saal waren einfach willkürliche Fluktuationen. Wahrscheinlich kann in der Unendlichkeit alles einmal geschehen, oder sogar unendlich viele Male. Selbst das Unmögliche.

Kann eine unendliche Serie von Ereignissen jemals ein Ende haben? Gibt es keine größere Zahl als n? Ein n von Räumen ... Hilf mir, seliger Cantor, ich habe mich in einer transfiniten Serie verirrt, in dieser nicht endenwollenden Suite!

Aber es gab einen Anfang, und seither sind Veränderungen eingetreten, wie das Erscheinen des Mobiliars beweist. Und als ich meinen Mechanismus hektisch vor mir herschob, um möglichst viele Räume hinter mich zu bringen, dehnte sich meine Umgebung danach nicht aus, um meinem Vorwärtsdrängen Einhalt zu gebieten? Also reagiert sie; sie reagiert auf mich. Da sie mich leben läßt, indem sie eine derartige Unmenge von Räumen erzeugt, mich Tag für Tag zu beherbergen, ließe sich daraus folgern, daß sie tatsächlich wohltätig ist, statt böswillig oder bloß neutral. Sicherlich erfordert die Erhaltung meiner Existenz unter diesen Umständen enorme Anstrengungen – so große vielleicht, daß für zusätzlichen Tand wie richtige Bücher oder Gemälde, Fenster oder Aussichten keine Energie übrig bleibt. Wenn nur eine Dimension der Bewegung – nämlich vorwärts – ermöglicht werden kann, gibt es vielleicht keine Alternative des Seins, allenfalls einen Zustand der Erstarrung, ohne Bewegungsmöglichkeit. Ich fühle mich hier nicht gefangen, da es mich noch immer vorwärts treibt, immer weiter. Kann man wirklich ein Gefangener sein, in einem unendlichen Gefängnis?

Eine tiefe Freude bemächtigt sich meiner. Ich existiere. Für meine Existenz ist Raum bereitgestellt: Das ist die Bedeutung. Obwohl ich versuchte, meine Seele mechanisch zu machen, wird für mich gesorgt. Sicherlich steckt in den Wiedergeborenen bloß eine Maschinenseele, so lebendig und großartig ihr neues Leben auch scheinen mag. Gott läßt sich nicht betrügen. Um unsertwillen läßt er uns nicht mit Seelen schwindeln. Obwohl ich mich in seinen Augen zugrunde richte, bin ich hier auf Seelen-Sozialhilfe, die ein Minimum an Einkommen und Sicherheit garantiert.

Gott zog die Welt am Anfang nicht dazu auf, daß sie automatisch weiter und weiterlaufen sollte. Sagen wir lieber, daß er sie jeden Augenblick in der vierten Dimension der Zeit wiedererschafft, welche darum die Dimension der Schöpfung ist. Hier, in dieser endlosen Herberge außerhalb der Zeit – in der Ewigkeit – wird der lineare Raum statt dessen zur Dimension der Schöpfung; statt eines jeden neuen Tages tritt jeder neue Raum in Erscheinung, um die Existenz meiner Seele zu erhalten. Anstelle neuer Zeitabschnitte werden ständig neue Räume hinzugefügt.

Froh dringe ich jetzt weiter vor, betrete jeden neuen Raum, sobald es Abend wird, und halte mich den ganzen Tag in dem zugewiesenen Raum auf, ohne noch ein Verlangen zu spüren, vergeblich und voreilig weiterzustürzen.

Freilich frage ich mich, was jenseits dieser Wände liegen mag, rechtwinklig zu der einen Richtung, in die ich Tag für Tag gehen kann. Ist dort ein bloßes Nichts – oder das Angesicht Gottes? Das würde ich gern wissen. Wird es jemals ein Fenster geben?

Es gibt ein Fenster! Aber nicht wie die Art von einem Fenster, die ich erwartete. Es ist nicht in einem der Räume. Nein, es ist in mir selbst, in meinem Schlaf bei Nacht.

Seltsam, aber ich scheine bis jetzt nicht geträumt zu haben ...

Nun, in dieser Nacht träume ich, und bin mir wohl bewußt, daß es ein Traum ist und daß ich in Wirklichkeit auf einer bequemen, gut gepolsterten Chaiselongue in einem von Gottes Räumen liege, zugleich aber an einem tunesischen Strand bin – demselben Strand, den ich vor langer Zeit durch das steinerne Gitterfenster von Sternen und Sechsecken beobachtete. Allerdings bin ich selbst jetzt eines der nackten Kinder. Wir alle sind Wiedergeborene und spielen zusammen im Sand, überwacht von einer lila gewandeten Frau, deren Name, das weiß ich genau, Odette ist.

So herrlich: die Sonne, die See, der Strand! Sandkörner rieseln mir durch die Finger; ich finde eine Muschelschale in dem weichen gelben Sand. Weiße schaumige Ausläufer säumen das Wasser. Eine Eidechse huscht davon. Die Luft ist voller Gelächter, Gekicher und Stimmen.

Die Namen meiner Freunde sind Andrea, Juno, Yukio, Michel und Sven. Ich kenne sie alle sehr genau. Wir sind zusammen wiedergeboren und aufgezogen worden. In diesem Augenblick sage ich zu Andrea:

»... wir sind wie Schneckenhäuser, in denen das Echo der See wohnt; in kleinen Räumen, die ein jetzt verwestes, vergangenes Leben enthielten. Wir sind die geläuterte Gestalt dieses Lebens, und das Echo ist die Musik unserer Seele ...«

Ich überrasche mich selbst. Habe ich beschlossen, statt eines Fünfkämpfers ein Dichter zu werden? Oder hat mein langer Aufenthalt dort drüben in den Räumen meine Empfindungen vergeistigt?

Nein, tatsächlich bin ich auf Verführung aus, Jahre vor einer möglichen Verwirklichung; und Andrea fühlt sich dadurch auf eine angenehme Weise geneckt. Unsere jugendlichen Libidos schmeicheln einander. Ich merke, daß ich in sie verliebt bin, wie sie in mich. Wie artig machen wir einander den Hof, nackte kleine Kinder am tunesischen Strand: Eine glückliche Heloise und ein erwartungsvoller Abelard, der sich auf seine Entkastration freut und unterdessen ein Spiel daraus macht.

Meine Zunge fährt fort, hübsche Wörter zu bilden, während ich mir verblüfft zuhöre. Ich begleite meine Rede mit anmutigen Gebärden. Meine Lippen küssen keusch die ihren. Wir führen einen hüpfenden, im Sand scharrenden kleinen Tanz auf, die Parodie einer Gavotte mit weichem Sand statt eines Tanzbodens.

Ich weiß, daß es ein Traum ist – ein lichter, klarer Traum, in dem ich hellwach bin. Dennoch ist es auch

Wirklichkeit. Es geschieht tatsächlich auf diesem tunesischen Strand. Wir sind dort beisammen, Andrea und ich!

In der nächsten Nacht, und danach jede weitere Nacht über Wochen hin, nehme ich am selben lebenden Traum teil. Kaum schlafe ich hier ein, erwache ich drüben. Denn die schlafenden und wachenden Stunden in den zwei Welten passen in vollkommener Ergänzung zusammen. Morpheus in der Unterwelt bin ich, wenn wir Hand in Hand durch die Gärten des Instituts schlendern. Ich bin dabei, wenn wir Pläne schmieden; denn wir sind beide unmäßig reich – unser Kapitalvermögen hat sich während unserer Kindheitsjahre enorm vermehrt. Ich bin dort, bis ich abends im Bett mit Andrea, wo ich sie in züchtiger Umarmung halte, einschlafe. Dennoch geschieht das Ganze im Schlaf, und ich bin mir dessen bewußt.

Welch schmerzlicher Gedanke, daß auch die Andrea-Seele irgendwo in sich selbst gefangen ist, unfähig, sich aus ihrer Jenseitsdimension verständlich zu machen, während wir beide fröhlich das Spiel des Lebens betreiben. Welch schmerzlicher Gedanke, daß auch sie in ihrem Traum wach ist und ebenso wie ich nicht ein Wort darüber sagen kann.

Ich bilde mir ein, das Ritual des Traums durchbrechen zu können.

»Andrea, ich schlafe!« rufe ich. »Ich bin auf einer Jenseitsebene, in einem elisabethanischen Raum mit massiver Balkendecke und Kristallkaraffen und Zierpflanzen in vergoldeten Übertöpfen. Es steht eine offene Eisentruhe mit den unglaublichsten, kompliziertesten Schlössern auf der Innenseite des Deckels an der Wand, aber nichts ist darin, und genauso verhält es sich mit der gedrechselten Eichenkommode. Auf der schlafe ich. Ein hartes Nachtlager! So habe ich seit meiner Wiedergeburt einen Raum um den anderen gesehen, Hunderte, Tausende, alle ohne Fenster, ohne Menschen, ohne Geräusche. Dort bin ich in Wirklichkeit. Bist du auch in Räumen gefangen, während dies alles vor sich geht?« (Mit einer Geste zu den spielenden Schicksalsgefährten, dem weiten Spiegel des Mittelmeers und den Institutsgebäuden hinter den in Abständen gepflanzten Palmen.)

Sie hält inne und starrt, läßt den Mund offen. Auf einmal weiß sie Bescheid.

Oder sie lächelt: »Willkommen. Das ist unser gemeinsames Geheimnis. Jetzt weißt du es auch.«

Keines von beiden findet statt. Der Traum ist unerbittlich. Er schnurrt mit gnadenloser Fröhlichkeit ab, bis es im Institut Abend wird und ich einschlafe – um prompt auf dieser harten Kommode zu erwachen und einen weiteren eingeschlossenen Tag zu erleben. Mein Versorgungsmechanismus serviert Frühstück. Ich entleere mich in einen Winkel. Sein Saugrohr säubert den Boden.

Am Abend gehe ich weiter in ein steriles, funktionell eingerichtetes Büro, fensterlos (denn das Fenster ist in mir), mit einem leeren Schreibtisch, leeren Ablageschränken und einer toten Gegensprechanlage.

Der nächtliche Traum umschließt meinen vorletzten Tag im Institut, denn der Tag meiner Entlassung ist rasch nähergerückt. Ich suche Dr. Manzoni auf, der nun sichtlich älter ist, um mich zu verabschieden. (Andrea wird sechs Wochen nach mir entlassen. Ich werde nicht weit weg im Dorf *La Douce* des Club Méditerranée auf der Lotusinsel Djerba auf sie warten.)

Ich überhäufe den guten Mann mit Dankesworten ... während mein anderer, stummer Mund schreien möchte: »Manzoni! So ist es gar nicht! Für keinen von uns, ich schwöre es. Es ist nie so gewesen. Gott – was immer er ist, der Programmierer der Realität – hält uns alle im Speicher, während wir fröhlich wie junge Hunde durch das zweite Leben springen. Wir werden in separaten Räumen gehalten, unendlichen Reihen von Räumen, die kein Ende nehmen, um uns über Unendlichkeit und Ewigkeit zu belehren. Aber allein, immer allein, weil wir noch am Leben sind, obwohl wir in Wirklichkeit tot sind. Wir sind sowohl lebendig als auch tot! Dieses wiedergeborene Leben ist ein Blendwerk. Wenn es nicht geträumt würde, könnten die Räume sich öffnen ... zum Wunder, zur Wahrheit.«

Er hört nichts davon. Meine Lippen plappern bloß Dankesworte. Ich verlasse ihn und suche die Kleiderkammer auf, um meine Sachen in Empfang zu nehmen.

Wäre ich schon am Anfang zu diesem Traum erwacht, wäre ich wahrscheinlich wild entschlossen gewesen, durch das Fenster in das Marionettendrama einzubrechen, das ich dort inszenierte. (Hätte ich überhaupt begriffen, welche Realität die authentischere war?) Nun, das Leben ist einfach eine gewaltige Simulation – ein Drama, vorgeführt auf einer Bühne, die ständig neu geschaffen wird –, am Leben erhalten durch die Träume der Seele; wenn der Körper stirbt, erwacht die Seele. Wäre ich früher erwacht, wäre das Fenster eher erschienen, hätte ich dies niemals akzeptieren können.

In der nächsten Nacht, die ich in einem Himmelbett in dem kühlen, hochgewölbten Schlafgemach einer Burg verbringe, küsse ich Andrea im Institut *au revoir* und besteige den Hubschrauber, der mich südwärts nach Djerba befördern wird ...

3

Wie köstlich ist Djerba: Der Duft der Orangenhaine, die weißen Kuppelhäuser (*menzel* werden sie genannt), die Basare und römischen Ruinen, die Schwammfischer, die Flamingoschwärme. Natürlich sehne ich mich nach

Andrea, lasse mir durch diese Sehnsucht jedoch keineswegs den Genuß der Gegenwart vergällen, was auch nicht in ihrem Sinne wäre.

Was meine psychologische Beraterin, die liebenswerte Hiroko Matsuyama, mir über Träume erzählte, ist wahr: Träume sind jetzt mein Leben, und infolgedessen hat das Bedürfnis, zu kompensieren, was im wirklichen Leben fehlt, in letzter Zeit sehr nachgelassen. Wie alle anderen Wiedergeborenen scheine ich überhaupt kaum zu träumen, oder vergesse prompt, was ich geträumt habe. Unzufriedenheiten sind durch die Wiedergeburt fortgespült worden. Das Jetzt ist alles.

Gleichwohl gab es einen Traum, der früher häufiger war und kürzlich wiederkehrte, kurz bevor ich das Institut verließ: ein Traum, in einer endlosen Abfolge fensterloser Räume eingeschlossen zu sein. Als ich Mme. Matsuyama davon erzählte, sagte sie, dies sei der übliche – man könne sogar sagen, archetypische – Traum der Wiedergeborenen, und so ungefähr der einzig bemerkenswerte. Es handele sich ganz offensichtlich um das psychische Symbol eines »Wiedergeburtstraumas« –, denn statt krampfhaft ausgestoßen zu werden, wie es bei der ersten Geburt aus dem Mutterleib geschieht, sei man isoliert in einem Uterus-Raum zur Wiedergeburt eingesperrt. Die physischen Beschränkungen der frühen Monate förderten diesen Symbolismus. Sobald der Säuglingskörper beweglicher würde, ließe die Vorstellung des Eingeschlossenseins nach. Und das traf in der Tat zu, denn in dem Maße, wie ich mich selbst beim Durchwandern eines Raumes nach dem anderen aus den Augen verlor, ohne einem erkennbaren Ziel näher zu kommen, begann sich die Welt wirklich zu öffnen; gleichzeitig wurde ich für hinreichend gefestigt befunden, um in den Stunden der Untätigkeit durch aufregende vollsensorische Kassetten unterhalten zu werden: Drachenjagden, die Errettung von

Jungfrauen, das ganze versprochene Märchenland. Meine bevorstehende Entlassung aus dem Institut, meinte Mme. Matsuyama, habe den Traum wieder wachgerufen. Im Unterbewußtsein müsse ich ein wenig ängstlich gewesen sein und wolle am liebsten bleiben!

Aber das geschah nur einmal. Nun sind die Nächte wieder das vertraute, erquickende Nirwana.

Heute, glaube ich, werde ich einen Flug ins Landesinnere nach Blidet buchen, um das Meer der hohen weißen Dünen zu sehen ...

Wie erfrischt erwache ich diesen Morgen in meinem privaten Bungalow im Feriendorf Djerba *La Douce.* Schaue ich zum Fenster hinaus, so überblicke ich das große Schwimmbecken des Klubs. Eine große schlanke Negerin posiert nackt auf dem Sprungbrett. Sie springt ab, vollführt einen Salto rückwärts und taucht sauber ins türkisblaue Wasser ein. Welch prachtvoller Anblick für einen, der sich gerade den Schlaf aus den Augen reibt.

Von nun an werde ich – werden wir, sobald Andrea nachkommt – in immer neuen Räumen mit den bezauberndsten Ausblicken erwachen, in Chalets, Jagdhäusern, unterseeischen Hotels, Raumstationen – wie es uns gefällt. Jedes Fenster wird uns beim Erwachen mit lieblichen oder überwältigenden Ausblicken erfreuen, Wundern, die zu erforschen wir unser ganzes zweites Leben benötigen werden.

Alpträume

Sacht der Tag zu Ende geht,
Nachtmahr breitet seine Schwingen
Abendschatten dunkeln weit
Werden Furcht und Schrecken bringen ...

Sie umkreisen die Erde gegenläufig, halten sich in Dunkelheit und Dämmerung, scheuen den Sonnenschein: die Schreckensgestalten, die Weltreiter, die Nachtmahre. Sie verschlingen die Sterne, so daß wir mit der Sonne und dem blassen Tagesmond allein sind. Wären sie ein paar tausend Jahre früher gekommen, hätte es niemals eine Astronomie oder Kosmologie gegeben – oder nur eine verkrampfte Kosmologie des Schreckens.

Was sind sie? Eine den kalten Tiefen des Weltraums entsprungene Lebensform, uns unbegreiflich, Geschöpfe aus Formaldehyd, Hydroxyl ... Vielleicht. Sie scheiden einen Radiowellen absorbierenden Stoff aus, der uns augenblicklich von jedem Satelliten, den wir hinausschießen, abschneidet. Wir sehen sie nur durch das, was sie uns vorenthalten, aber wir kennen sie nicht. (Radioastronomie ist gestorben. Wir können nicht einmal den unsichtbaren Sternen lauschen.)

Vielleicht können sie von der Leeseite der Erde, in der sie Schutz gesucht haben, nicht entkommen? Vielleicht sind sie die Opfer, und nicht wir? Doch wir fühlen uns als Opfer. Diese sich heranwälzende, zwanghafte Dunkelheit, die der Nacht vorausgeht! Man spürt die Bewegungen darin, die Mäuler, die Fühler, die dunklen Augen, ohne jedoch konkrete Wahrnehmungen zu machen. Furcht dringt in unsere Träume ein, und wir erwachen in klaustrophobischen Ängsten, in der nassen Zwangsjacke, die am geisteskranken Patienten trocknet, ihn erstickt; in der Kammer sensorischer Deprivation, wo das Entsetzen sich selbst halluziniert. Das ist unsere Nacht.

Endlich sind unsere Vorbereitungen soweit gediehen, daß wir sie von der Nachtseite der Erde wegbrennen können, um wieder unsere Sterne zu sehen ...

Wir starten am Tag, damit uns eine halbe Stunde im Raum bleibt, bevor die Umlaufbahn uns dem Zielgebiet entgegenträgt. Wir haben kaum Zeit, bei unserem ersten Umlauf die *Sonnenblume* zu entfalten. Zuviele Systeme sind zu überprüfen; überdies werden wir von der Bodenkontrollstation und der Unterstützung durch ihre Computer abgeschnitten sein.

Es ist die schwerste Last, die je in eine Umlaufbahn befördert wurde! Und wir vier, die noch heute die Sterne wiedersehen werden, liegen wartend in unseren Beschleunigungssitzen: Russell, Calvin, Emil und ich.

»Ich frage mich, ob sie überhaupt noch alle da sind?« bemerkt Russell. »Die Sterne, meine ich. Das Universum.«

Es ist ein Scherz, aus dem das Unbehagen spricht. Welchen Beweis gibt es, daß der Rest des Universums noch da ist? Abgesehen von der hohen Wahrscheinlichkeit ... Es hat Überlegungen gegeben, anscheinend ernstgemeinte, daß wir uns womöglich nicht mehr im selben Universum wie früher befinden, daß die Nachtmahre sich über den Himmel ausgebreitet haben, um uns an Wahrnehmungen zu hindern, daß es sich bei ihnen um Vorhänge handelte, die um den erdnahen Raum gezogen worden sind, während die Wände entfernt und neue Wände an ihre Stelle gesetzt werden, bevor sie wieder zurückgezogen werden. Vielleicht ist das Universum immer eine Illusion gewesen, eine bloße Projektion, ein *Trompe l'œil,* dem wir mit unseren Teleskopen zuviel Aufmerksamkeit geschenkt haben, so daß die Datenkapazität schließlich erschöpft war. Vielleicht hatten wir den entfernten Galaxien zu schnell und zu eifrig nachgejagt, als es zweckdienlich gewesen wäre ...

Zu solchen Zeiten gedeiht eine seltsame religiöse und exotische Metaphysik.

Unnötig zu sagen, daß keiner von uns etwas damit zu schaffen haben will; wir sind rational und pragmatisch, und darum finden wir Russells Scherz peinlich. Wir haben einen Auftrag zu erledigen. Wir werden die Sonnenstrahlen auf diese kosmischen Blutegel konzentrieren und sie wegbrennen – wenn sie das große Licht so sehr scheuen.

Aber wir alle werden nach unserem halbstündigen erneuerten Schauspiel der Sternenbetrachtung wie Blinde sein, abgesehen von unserer Innenbeleuchtung, und manch einer von uns zweifelt daran, daß wir unsere eigenen Lampen sehen werden. Können Stahlwände und dicke Schutzklappen vor den Fenstern die schwarzen Nachtmahre wirklich am Einsickern hindern?

Die letzte Telefonleitung wird abgezogen. Von nun an geht die Startprozedur automatisch vor sich; für uns gibt es keine Möglichkeit mehr, sie aufzuhalten.

T – sechzig Sekunden. Keine äußere Stimme zählt mit uns; wir sind von der Erde bereits durch eine absolute Stille getrennt.

T – neunundfünfzig ...

Wir starten. Wir heben ab, wir werden in die Sitze gepreßt. T +, T +.

Wir fliegen frei. Unser Körpergewicht verschwindet ...

Die Sterne sind da! All unsere alten vertrauten Sternbilder!

Wir grüßen Arktur, Spica, Regulus ... aber den Leuten zu Hause können wir nicht sagen, daß sie noch da sind.

Nur noch zwanzig Minuten bis zur Grenzlinie zwischen dem beleuchteten und dem dunklen Teil der Erde ...

Es geht hinein. Die schrecklichen Gestalten scheinen sich eng um die Erde zu legen, sie ragen nicht in den Raum hinaus. »Wenn alle Stricke reißen, geben wir dem Pferd eins zwischen die Augen!« so sang eine alte Rockgruppe, The Doors; mein Großvater begeisterte sich für dieses Zeug. Was konnte den Doors dieser Text bedeutet haben? Mir bedeutet er auf einmal etwas. Wir werden diesen Nachtmahren einen Sonnenstrahl zwischen die Augen geben!

Auf unserer Umlaufbahn passieren wir durch die Körper der Nachtmahre. Wir sehen einander und unsere Instrumente und das Innere der Kabine. Nichts dringt durch. Aber draußen ist auch nichts. Keine Rede von sirupartiger Beschaffenheit; im Gegenteil, sie sind so dünn wie das Vakuum, weil nichts unseren Flug verlangsamt, keine Erhitzung durch Reibungswärme festzustellen ist.

Es wird wieder Licht; Sonnenschein und die Sterne. Unsere Umlaufbahn verläuft ungestört; unser Geisteszustand ist normal.

Wir bereiten den Übergang in die Sonnenumlaufbahn vor.

»Angenommen, *Sonnenblume* wirkt nicht?« murmelt Emil. »Schließlich ist es nicht die volle Kraft eines Sonnentages, die wir bündeln können ...«

»Vielleicht werden sie die Botschaft trotzdem verstehen und sich davonmachen«, erwidert Calvin. »Ein Zwinkern ist so gut wie ein Kopfnicken.«

Wieviel Tageslicht werden wir auf die Erde zurückstrahlen können? Den millionsten Teil von einem Prozent dessen, was die Tagseite der Erde empfängt ... Dennoch mag es ausreichend sein, wenn es auf viel kleinere Flächen der Nachtseite konzentriert wird. Für jeden, der uns dort unten sehen kann, werden wir eine Miniatursonne sein ... Aber es mag auch sein, daß wir einfach ein Loch in den Wirbelsturm der Dunkelheit brennen, ein winziges Loch, dem die Nachtmahre sich wallend und wogend entziehen. Es würde niemandem helfen, die Sterne zu sehen; sie würden nur einen äußerst bescheidenen zweiten Tag sehen, und auch den nur kurze Zeit.

Aber unsere Nachtmahre müssen das Licht scheuen. Diese Annahme ist die Geschäftsgrundlage des ganzen Unternehmens, und Zweifel daran sind nicht erlaubt. Von hier oben gesehen bleibt die Natur der Nachtmahre so unerforschlich wie eh und je: Dunkle, wolkige Formen, die Nachtseite der Erde umschließend, Wesen aus Antilicht (wenn auch nicht aus Antimaterie, denn es gibt keine wildflammende Aurora, die auf Partikelvernichtung schließen ließe), nicht analysierbare Einheiten, die zu einer hemisphärischen Masse verschmelzen, dabei aber den Eindruck separater, dicht zusammengedrängter Wesen vermitteln – Kraken des Weltraums, vierarmig, doch gasförmig und dünn, die sich mit einer Vielzahl von Knoten ineinander verschlingen, wogend, sich zusammenballend und wieder auseinanderziehend, schwarz wie die Tiefsee. Wir können ihre Natur nicht ergründen. Der Himmel gebe, daß wir sie vertreiben können!

T + 82 Stunden; das Programm kann beginnen. Russell ist am erdseitigen Fenster, beobachtet unsere heimatliche Dunkelheit und die flammende Sonne jenseits davon, deren grelle Helligkeit vom lichtreaktiven Glas gedämpft ist. Emil legt seinen Finger neben meinen auf den Schalter. Es ist ein Sakrament.

»Los!« befiehlt Russell.

Schon zeigen meine Instrumente, wie erfolgreich wir die Hunderte von Quadratkilometern monomolekularen Gewebes anwenden, aus dem der Spiegel der *Sonnenblume* besteht. (Die Wirkung auf uns wird derjenigen eines Sonnenwindsegels entsprechen; von diesem Augenblick an werden wir mehr und mehr vom Kurs abgedrängt. Es kann dazu führen, daß wir für immer verloren gehen und unsere Skelette für alle Zeit in exzentrischer Bahn die Sonne umkreisen werden. Aber der Sonnenwind gibt unserem Spiegel erst Form und Funktion; wir benötigen ihn. Zehntausend winzige Sonnenzellen im Gewebe des Spiegels werden uns in der solaren Umlaufbahn und den Spiegel in Position halten. Die ganze Angelegenheit ist sehr kompliziert.)

»Alles in Ordnung«, sage ich. »Ein paar Sonnenzellen reagieren nicht, aber alle anderen sind in Ordnung.«

Leicht ist jetzt zu sehen, wie vollkommen der gewaltige Spiegel sich um uns, die winzige Spinne in seiner Mitte, ausbreitet.

Kurze Zeit später ruft Calvin, der am Teleskop sitzt: »Ich kann hindurchsehen! Ich sehe Hawaii!« Dort konzentriert sich jetzt unser reflektiertes und gebündeltes Licht, auf die Dunkelheit über der Inselgruppe.

Russell – er behält das Ganze im Auge – wendet sich zu uns um, gestikuliert aufgeregt. »Sie geben auf! Wirklich! Die Dunkelheit hat, ich schwöre es, eine andere Qualität angenommen. Seht ihr es? Sie fließen zum Grenzbereich der Taghälfte, ballen sich bei der Grenzlinie zusammen. Sie sind tatsächlich in Bewegung gekommen!«

»Ja, ich kann jetzt Lichter entlang der amerikanischen Westküste ausmachen. Die großen Städte. Vancouver, Portland, L.A. ... Und da ist Mexico City. Auf einmal klärt sich alles auf. Aber wie? Es sollte nur Hawaii sein. Es ist zu viel, zu plötzlich.«

Russell gerät in Panik. »Wir haben sie auf die andere Seite getrieben, wo sie den Tag stehlen! Vielleicht wird es auf der Tagseite kein Licht mehr geben. Sie werden die Welt einfrieren. Aber nein, das kann nicht sein. Sie verabscheuen Licht ... oder nicht?«

»Vielleicht hatten sie die letzten fünf Jahre nur geschlafen«, murmelt Emil. »Nun sind sie aufgewacht. Es ist ihr Morgen. Essenszeit. Wenn sie von Licht leben.«

Wir versuchen über den Sender Hawaii zu erreichen. Eine Verbindung ist nicht möglich; die Funkabschirmung bleibt intakt.

Dann, eine halbe Stunde später:

»Die Sonne!« schreit Calvin. Die Sonne erblüht in schrecklichem Glanz. Wir müssen die Augen schließen, so blendend ist das grellweiße Licht, das unser abgedunkeltes Glas durchdringt.

»Ein Sonnenausbruch«, bemerkt Russell. »Das ist keine Nova – nicht ganz. Aber es reicht. Vielleicht eine dreifache Zunahme der Strahlungsintensität. Ausreichend, um alles Leben auf der Erde zu verbrennen, außer in den Ozeanen. Und die würden um gute fünfzig Meter ansteigen, wenn die Eiskappen abschmelzen.«

Und unsere Nachtmahre, die wir vertrieben wähnten – mit diesem Nadelstich! – sind jetzt drüben auf der Tagseite. Sie haben sich wie ein Schild um die Erde gelegt. Was sind sie, diese Wesen, die uns gerettet haben? Was für hilfreiche Engel!

Sie haben nicht uns persönlich gerettet, aber alle anderen Bewohner der Erde. Wir vier sind verloren. Zwar verkriechen wir uns nach Möglichkeit hinter massigen Geräten, aber es wird nicht viel helfen. Der Partikelstrom harter Strahlung, vom Sonnenausbruch auf uns geschleudert, wird uns früher oder später erreichen.

Es ist heiß.

Die Klimaanlage arbeitet auf Hochtouren. Wir dachten, daß wir Wärme brauchen würden, nicht Abkühlung.

So heiß.

Immerhin leben wir noch, einstweilen. Aber wir fühlen uns elend, sind von Übelkeit geplagt. Die Luft ist voll von schwebendem Schmutz. Russell schwebt in embryonaler Haltung, erschöpft vom ständigen Erbrechen; Emil ist im Koma, Calvin deliriert.

Wir haben uns von dem großen Spiegelnetz freigemacht, indem wir die Verbindungen kappten und es im Sonnenwind wegtreiben ließen. Trotzdem gibt es keine Rückkehr zur Erde. Die harte Strahlung hat die Datenspeicher unseres Computers unbrauchbar gemacht, und andere Systeme sind auch ausgefallen. In jedem Falle sind wir bereits tot. Zu Tode krank. Also werden wir unserer elliptischen Bahn folgen, die uns ein paar Jahrhunderte lang um die Sonne tragen wird, bevor sie uns in den Ofen wirft.

Während die Erde lebt, abgeschirmt von der Glut, nicht von Nachtmahren, sondern von den wundervollsten Traumgebilden, die man sich vorstellen kann: von diesen Gestalten, die gekommen waren, das Leben auf Erden zu retten, indem sie den Himmel verbargen, den furchtbar brennenden Himmel.

Nach vier Tagen läßt der Ausbruch nach; die Sonne kommt zur Ruhe. Ich halte mich beim Fenster auf und beobachte die Vorgänge, so gut ich kann, während das schützende Glas sich wieder zu klarer Transparenz aufhellt. Der Druck eines Fingers kann bewirken, daß ich von einem Ende der Kapsel zum anderen schwebe; wären wir nicht in Schwerelosigkeit, hätte ich wahrscheinlich nicht die Kraft, mich herumzuschleppen.

Calvin phantasiert und murmelt unverständlich, stößt im Schweben immer wieder gegen ein Schott; ich habe nicht die Kraft, ihn anzubinden.

Endlich sehe ich die Nachtmahre emporsteigen und sich von der oberen Atmosphäre lösen. In einer großen, fließenden Scheibe von der Größe der halben Welt. Im Inneren ist diese konkav erscheinende Scheibe dunkel, pechschwarz. An der Außenseite glänzt sie metallisch hell, ist überschwärmt von lebendigen Lichterscheinungen. Wie schön sie ist, diese Schale von Nacht und Tag. Jeder muß jetzt ihre wahre Natur erkennen: die Beschützer-Wesenheit. Sie entfernt sich mit wachsender Beschleunigung sonnenwärts, um in der Tiefe des Raums zu verschwinden. Eine Engelsschale, Engelslicht. Diese Wesenheit – oder sind es viele, die sich zum guten Zweck vereinigten? – fing die tödliche Strahlung auf und wirkte so ein Wunder für das Fortbestehen des Lebens auf der Erde. Wie können wir es ihr vergelten? Wie können wir sie eines Tages wiederfinden? Ich glaube eigentlich nicht, daß diese Schale von Dunkelheit und Licht Gott ist; vielmehr neige ich dazu, in dieser Schale von Dunkelheit und Licht einen Schwarm wunderbarer Wesen zu sehen. Vielleicht seine Engel: Dämonen, die er vom Himmel in die niedrigeren Bereiche hinabstieß und die nun, entsühnt, wieder emporsteigen ...

Oder einfach Raumwesen, die uns kaum begreiflich sind.

Ja, wir müssen sie einholen, wieder erreichen und mehr über ihre Natur in Erfahrung bringen. Dies muß von nun an unser ganzes Streben sein, diesem Ziel sollten wir Raumfahrer unser Leben widmen.

Der hell-dunkle Schwarm entfernt sich rasch. Nach einer Weile stoße ich mich ab und schwimme hinüber zum Funkgerät. Ehe ich sterbe, muß ich diese Erkenntnis weitervermitteln.

Der Störeffekt, der den Partikelstrom von der Erde fernhielt, ist mit diesen Wesen verschwunden.

»Hier spricht *Sonnenblume,* bitte melden!« Hoffentlich ist das Gerät nicht ruiniert, wie wir es sind.

Zehn Sekunden vergehen, fünfzehn.

»*Sonnenblume,* wir empfangen Sie, Signalstärke zwei ...« Störgeräusche knistern.

»Wir liegen im Sterben, aber das tut nichts zur Sache. Haben Sie gesehen?«

»O ja! Sie haben sie verjagt – Sie haben es tatsächlich geschafft! Wir alle danken Ihnen für diese große Tat. Es ist wunderbar, wir können die Sterne wieder sehen! Sie haben die verdammten Dinger endlich davongejagt! Sind Sie alle wohlauf?«

Plötzlich wird mir klar, daß die dort unten nichts wissen. Sie haben keine Ahnung, daß ein Sonnenausbruch stattgefunden hat. Er war ihren Augen verborgen, sonst hätten sie jetzt keine Augen mehr, zu sehen, keinen Verstand, zu wissen. Hat der Mond den Ausbruch nicht reflektiert? Nein – es war eine Mondsichel, durch den Schild der Wesenheiten der Beobachtung von der Erdoberfläche verborgen.

Sie ahnen nicht einmal, daß wir im Sterben liegen, unser Signal ist so schwach.

»Sie verstehen nicht ... Sie haben nicht gesehen, was tatsächlich geschah. Keiner von ihnen. Sie haben uns alle gerettet. Die Sonne ...« Aber ich kann kaum sprechen. Ich bin so geschwächt, daß ich zittere, geschüttelt von Übelkeit. »Die Sonne hatte einen Ausbruch ... Sie absorbierten die Strahlung, schirmten die Erde ab, das war der Grund ihres Kommens, ihres Wartens während der letzten fünf Jahre: Um den Augenblick des Ausbruchs zu erfassen ...«

Calvin schwebt näher, er phantasiert laut und zusammenhanglos. Zwar sind seine Augen offen, aber er weiß nicht, wer ich bin. Ich hoffe, sie können meine Stimme von seiner unterscheiden.

»Können Sie mich verstehen, Erde?«

Sekunden vergehen. Und ich begreife jetzt, daß sie, als diese Schale von Dunkelheit und Licht sich entfernte, nur die Dunkelheit fliehen sahen, nicht das Licht. Sie sahen die Erscheinung in vollem Sonnenschein von der Tagseite. Nur ich, von unserem Aussichtspunkt hier draußen, konnte die Lichtseite des Schildes sehen …

»Sie haben uns gerettet«, wiederholt die Stimme. »Sie haben sich um die Menschheit verdient gemacht. Eines Tages werden wir die Bastarde erwischen und es ihnen heimzahlen. Ein zweites Mal lassen wir uns nicht überraschen. Sie hätten uns alle noch umgebracht. Es war nicht genug, uns die Sterne zu stehlen, nicht wahr? Darauf versuchten sie, uns auch noch den Tag zu stehlen. Gott sei Dank waren Sie dort draußen.«

Nun bin ich zu schwach. Ich übergebe das bißchen Galle, das noch in mir ist. Ein Schleier bitterer Flüssigkeit treibt vor meinem Gesicht.

»*Sonnenblume,* bitte melden!

Sonnenblume, bitte melden! Sind Sie wohlauf? Ist etwas nicht in Ordnung?«

Wir treiben weiter fort, während Calvin phantasiert und mich mit seinem Gebrabbel übertönt.

Die Menschen dort unten wissen nichts von dem Wunder. Sie kennen nur den Alptraum, der sich endlich von ihnen gehoben hat. Schrecken ist ihre einzige Wahrheit.

Ich kann nicht mehr sehr deutlich sehen. Das Funkgerät scheint außer Betrieb zu sein.

O Wunder, das ungesehen davonflog. O verlorenes Wunder.

Doch geht sacht der Tag zu Ende, Abendschatten dunkeln weit …

Heimkehr

Gott sei Dank war die Startbahn frei. Offenbar war wenige Augenblicke vor der Detonation einer Strahlungsbombe eine Maschine der Aeroflot gelandet. Aber das Nervensystem des Piloten hatte nicht lange genug ausgehalten, so daß er mit seiner Maschine vom Beton abgekommen und auf der Grasfläche zum Stillstand gekommen war – es sei denn, er hatte das Manöver absichtlich ausgeführt.

Jedenfalls war unsere Landung eine Kleinigkeit. Was auch nötig war, denn hinter uns drängten sich mehr als dreißig Millionen heimatlos gewordener Amerikaner. In unserer Maschine waren zweihundert zusammengepfercht, und eine zweite Iljuschin sollte ein paar Stunden später folgen.

Das Beste von allem war, daß wir nicht von einem chinesischen Empfangskomitee erwartet wurden. Also hatten diese kanadischen Bastarde doch nicht gelogen. Die Chinesen waren nicht über die Grenze geflutet, um diesen Ausläufer der Sowjetunion zu besetzen. Und doch hatten wir irgendwie nicht geglaubt, daß die Chinesen es tun würden. Es war, als hätte der Geist, der uns antrieb, dieses Land nur uns versprochen und für uns bewahrt.

Wir ließen die Gruppe Rot am Flughafen zurück, trieben ein paar Busse auf, brachten sie in Gang und fuhren im Konvoi in die Stadt Chabarowsk, bis wir in der Karl Marx-Straße das Hotel Ferner Osten erreichten, das uns als zeitweiliger Aufenthalt geeignet schien.

Auf den Straßen lagen nicht allzu viele eingeschrumpfte Mumien herum. Die Straßen selbst waren einigermaßen sauber und ordentlich. Das menschliche Tier schien vorzuziehen, in seiner Höhle zu sterben, wenn es ihm gelang, sie rechtzeitig zu erreichen …

Ich hatte gerade Hank Sullivan angewiesen, ein Arbeitskommando aufzustellen und alle Leichen, die im Hotel lagen, in einen einzigen Raum zu tragen, und war dabei, die übrigen Aktionen vorzubereiten, als Mary rief:

»Greg, kommen Sie bitte her!« Sie winkte mit dem Hörer eines altmodisch aussehenden Telefons im hinteren Teil des Foyers.

Ich hatte Mary nicht auf dem ersten Flug mitnehmen wollen. Genau genommen, waren wir zweihundert eine Pionier-Vorausabteilung, und Mary war weder Schifferin noch Mechanikerin oder Lokomotivführerin. Aber sie war eine großartige Überlebende – und wenn es keine technische Leistung ist, ein Schmorgericht aus Fischen und Eichhörnchen auf den Tisch zu bringen, oder eine Suppe aus Brennesseln und Pilzen, ohne einen Topf oder Ofen zur Verfügung zu haben, dann weiß ich nicht, was es ist. Nicht zu reden von den Wundern, die sie wirken konnte, wenn man ihr die Aufsicht über eine sowjetische Küche überließ. Also hatten wir auf ihr Drängen hin einen Kompromiß geschlossen und die kleine Suzie einstweilen in guten Händen oben in Magadan zurückgelassen, und Mary als Verpflegungsoffizier mitgenommen. Sie sah noch immer ziemlich ausgemergelt aus – wie wir alle es waren –, und ihr blondes Haar war zu einem mausartigen Braun nachgewachsen. Aber nach allem, was wir durchgemacht hatten, war sie mir darum nicht weniger lieb und wert.

»Was gibt es?«

»Das Telefon funktioniert, Greg!«

Ich ging zu ihr, während alle anderen den Kopf hoben und uns ansahen, und in dem Augenblick, als ich den Hörer ans Ohr hob und den Summton vernahm, wurde mir endlich mit voller Klarheit bewußt, daß wir gewonnen hatten.

Weil das gottverdammte alte Telefon Strom erhielt –

wahrscheinlich von irgendeiner hydroelektrischen Anlage, die immer noch automatisch lief und Strom abgab.

»He, Billy Donaldson!« rief ich durchs Foyer. »Gehen Sie hinter den Empfangsschalter und sehen Sie zu, ob es dort noch ein Telefon gibt. Rufen Sie Ihre Nummer herüber.«

Der rotköpfige Billy Donaldson raffte seinen russischen Militärmantel und stieg über die schrumpligen Leichen in ihren zerknitterten und staubigen Anzügen und Kleidern, bemüht, die Kleidungsstücke nicht mit seinen Stiefeln zu beschmutzen.

Als der erste Trupp von Pionieren, der die Beringstraße überwunden hatte, waren wir froh gewesen, unsere Schuhe aus Baumrinde und Stroh und unsere stinkenden, steifen Mäntel aus den Fellen von Hunden und Kühen wegzuwerfen, als wir den ersten sowjetischen Außenposten erreichten. Die anderen verwahrlosten Überlebenden, die sich in diesem Sommer nach dem Krieg an der westlichsten Spitze Alaskas versammelten, würden etwas länger auf richtige Kleider warten müssen ...

In der Telefonzelle war ein Schlitz für Zweikopekenstücke, aber ich dachte mir, daß man für ein Gespräch innerhalb des Hotels kein Geld brauchte – beinahe so, als ob das Telefon mir sagte, wie ich von ihm Gebrauch zu machen hätte.

Billy rief eine Nummer und ich wählte.

»Hallo! Können Sie mich hören, Billy?« fragte ich leise.

»Klarer Fall.«

Und ich salutierte dem Telefon. Dies war ein wahrhaft phantastischer Augenblick. Ich konnte beinahe glauben, daß ich nach Hause in die Staaten telefonierte. Bloß gab es dort natürlich keine Telefone mehr. Oder Städte, was das anging. Aber trotzdem!

»Hier General Greg Berry! Wir haben Chabarowsk

und die Transsibirische Eisenbahn erreicht! Gruppe Rot wird morgen einen Flug-Pendelverkehr nach Magadan einrichten. Gruppe Weiß wird mit einem Zug nach Wladiwostok fahren, und wenn dort auch keine Chinesen sind – und wahrhaftig, ich habe in mir eine Gewißheit, daß keine dort sein werden, als ob Gott es mir selbst verraten hätte –, dann wird die Gruppe Weiß das größte Kriegsschiff übernehmen, das sie handhaben kann, und wird Kurs auf die Beringsee nehmen. Und Gruppe Blau wird die Lokomotiven auf der transsibirischen Strecke in Betrieb nehmen.«

Dann witzelten wir noch ein wenig am Telefon, wie ein paar Kindsköpfe. Aber natürlich war jedes Wort davon wahr. Und in Marys Gesicht erschien das erste Lächeln seit langem.

Das mit dem Krieg vom letzten Jahr war eine verdammte Schande, aber wenigstens wissen wir jetzt, daß wir ihn gewonnen haben – und für immer.

Die Suche der US-Regierung nach nicht-zerstörerisch wirkenden Nuklearwaffen, welche die Kulturschätze und zivilisatorischen Errungenschaften der Welt unversehrt lassen würden, hatte zur Entwicklung der hochverdichteten Strahlungsbombe geführt. Sie stellte gegenüber der Neutronenbombe der frühen achtziger Jahre etwa die gleiche Steigerung dar, wie die Wasserstoffbombe sie gegenüber den ersten Atombomben erreicht hatte.

Die HSB erzeugte kaum Schäden durch Hitze oder eine Druckwelle; wurde sie in der richtigen Höhe zur Explosion gebracht, verursachte sie überhaupt keine Schäden. Aber ihre kurzzeitige Ausbeute an harter Strahlung war unglaublich hoch und blieb ohne nachwirkende Radioaktivität. Eine einzige HSB, über Moskau zur Explosion gebracht, würde jedes Lebewesen in der Stadt und ihrer Umgebung töten – abgesehen von

Kakerlaken und dergleichen –, aber alle Fabriken und Wohnblocks, alle Bürohäuser und Ladengeschäfte, alle Museen und Kirchen unversehrt lassen.

Der Kreml denunzierte diese Waffe natürlich sofort als die »Kapitalistenbombe«, weil sie das Eigentum respektierte, nicht aber die Menschen. Und die Sowjets enthüllten ihre eigene, insgeheim entwickelte Superwaffe, die sie die »Sozialistische Bombe« nannten. Wir nannten sie die SOB.

Der Teufel selbst mußte bei der Entwicklung dieser »Sozialistischen Bombe« die Hand im Spiel gehabt haben. Ihre Wirkung war bei weitem grausamer.

Wie sie im einzelnen erzeugt wurde, weiß ich nicht genau, und wir hatten niemals die Zeit, uns eingehend mit dem Studium der Theorie zu beschäftigen, doch bestand sie im wesentlichen aus der Erzeugung eines subatomaren Vibrationsfeldes, vielleicht auf der Ebene der Quarks, das auf jede unbelebte Materie einwirkte, auf alles also, was von Menschen hergestellt und bearbeitet war, indem das atomare Gefüge gelockert und aufgelöst wurde. Die SOB blieb ohne Wirkung auf lebendes Gewebe, auf Landschaften oder die Minerale des Bodens, sogar Lebensmittel ließ sie unversehrt, löste allerdings sämtliche Behälter auf. Damit unterbrach sie nicht nur die Kontinuität aller technisch erzeugten Gegenstände, sondern darüber hinaus der Technik selbst, da sie alle Fabrikationsanlagen bis hin zum einfachsten Werkzeug restlos vernichtete. Sie bewirkte den rapiden Zerfall der atomaren Struktur jedes im Wirkungsbereich vorhandenen Objekts, das innerhalb von Minuten weich wurde, pulvrig in sich zusammensank und bis zur Unsichtbarkeit zerfiel.

Mit anderen Worten, eine über New York abgeworfene SOB hatte zur Folge, daß es innerhalb kürzester Zeit kein New York mehr gab, nur leere Flächen, auf denen eine Millionenbevölkerung splitternackt umherirrte. Ja, wir waren nackt unseren Feinden ausgeliefert, gezwungen, jede Art von Hilfe anzunehmen.

Das heißt, diejenigen von uns, die nicht getötet wurden, als die Dinge in sich zusammenfielen. Die Sowjets hatten gesagt, daß uns ungefähr vier Minuten blieben, uns in Sicherheit zu bringen, aber wie konnte das der Besatzung und den Passagieren eines Flugzeuges helfen? Sie regneten vom Himmel herab. Oder die Angestellten in den oberen Stockwerken eines Wolkenkratzers? Sie fanden sich plötzlich ohne Boden unter den bloßen Füßen. Oder den Seeleuten, deren Schiffe sich auf hoher See unter ihnen auflösten? Oder den Fahrgästen eines Schnellzuges?

Das konnten Millionen von Menschen sein.

Und das war erst der Beginn der Grausamkeit. Wie viele mußten in den folgenden Wochen an Kälte und Entbehrungen zugrunde gehen, als die Lebensmittel verfaulten, oder an fehlender medizinischer Versorgung und Pflege, oder aus hundert anderen Ursachen?

Und sie hatten den Nerv, es eine »humane« Bombe zu nennen! Während sie alles zerstörte, was wir unter Zivilisation verstanden. Alle Gemälde in den großen Sammlungen, alle Autobahnen und Tankstellen, alle Flugzeuge und Eisenbahnen. Jedes Laboratorium, jedes Krankenhaus, jedes Surfbrett und jede Ölraffinerie, alle Einkaufszentren, sämtliche Bierdosen und Fernsehgeräte. Die Freiheitsstatue, das Goldene Tor, Disneyland und was wir noch alles hatten.

Wer fing den Krieg an? Die Sowjets, ohne Zweifel. Sie mußten gedacht haben, daß sie uns überraschen könnten.

In weniger als einer Stunde tauschten die USA und die UdSSR ihre gesamten Arsenale von Strahlungsbomben und SOBs aus.

Und die Sowjets waren alle tot.

Wir aber blieben nackt übrig, ohne ein einziges Besitztum außer den Dingen, die wir anschließend aus der belebten Natur mit unseren Händen machen konnten.

Und niemand kam uns zur Hilfe. Gott, wie sie uns gehaßt haben mußten, seit Jahren! Der Rest der Welt mied uns. Sie behandelten uns als eine Nation von Mördern, obwohl so viele von uns auch den Tod gefunden hatten. Keine ausländischen Schiffe warfen vor unseren verödeten Küsten Anker. Keine Flugzeuge landeten auf unseren Flughäfen. Im Süden wiesen die Mexikaner uns zurück, wie ich hörte. Die Kanadier zäunten ihre Grenze ein und errichteten in aller Eile einen breiten, von elektrischen Zäunen gesäumten Korridor, der durch British Columbia nach Alaska hinaufführte, wie eine doppelte Berliner Mauer. Sie wollten nichts mit uns zu schaffen haben.

Aber Gott muß auf unserer Seite gestanden haben. Etwas, eine göttliche Kraft, zeigte uns allen den Weg, und was wir zu tun hatten, und wie.

Nehmen Sie eine Nation, die keinen Pfennig und keinen Hosenknopf mehr hat, und nehmen Sie ein riesiges Land, das vollständig entvölkert worden ist, angefüllt mit leeren Städten und Fabriken, Flughäfen und Bahnhöfen. Bringen Sie beides zusammen, und was bekommen Sie?

Sie bekommen eine ganze Bevölkerung, die in die einzig mögliche Richtung marschiert – die Güter wiederzugewinnen, die sie benötigt, um weiterzumachen. Sie bekommen eine frierende, ausgehungerte Nation, gehüllt in Hundefelle und dergleichen, die Baumstämme nordwärts schleppt, um Flöße und Einbäume zu bauen, mit denen sie die Beringstraße überqueren und ein paar richtige Schiffe von der anderen Seite zurückbringen kann, während die ersten Pioniere weiter nach Süden vordringen, sei es mit Booten, mit Geländewagen oder leichten Flugzeugen, um irgendeinen halbwegs bewohnbaren Ort zu erreichen und von dort aus die Route für alle Nachfolgenden festzulegen und mit Versorgungslagern auszustatten.

Sie bekommen die größte menschliche Wanderung aller Zeiten.

Und ebenso wie bei den Massenwanderungen, die wir aus dem Tierreich kennen, hat auch diese einen instinktiven, beinahe gelenkten Aspekt – als ob jedem von uns das Ziel vor Augen stünde. Und als ob allen anderen eingeflüstert worden wäre, die Finger davon zu lassen! So erkläre ich mir, daß die Chinesen anscheinend nicht in die fernöstlichen Provinzen der UdSSR eingedrungen, sondern wie abergläubische Bauern jenseits der Grenzen geblieben sind. Wladiwostok ist China näher als Chabarowsk, aber ich war überzeugt, daß wir auch Wladiwostok menschenleer antreffen würden. Ich gebe zu, daß es für diese Überzeugung keine konkreten Hinweise gab, doch wie ich schon im Hotel sagte, fühlte ich mich meiner Sache so sicher, als hätte Gott es mir eingegeben. Dieses Land war uns vorbehalten, den Siegern des letzten Jahres, vom Pazifischen Ozean bis zur Ostsee.

Später, weil es ein goldener Abend war und wir alle das Menschenmögliche getan hatten, gewährte ich der Truppe vier Stunden freien Ausgang.

Billy und Hank und ich holten eine Flasche Stolitschnaja Wodka aus der Hotelküche und unternahmen einen Rundgang durch die Stadt. Mary erklärte, sie sei erschöpft und wolle früh schlafen gehen; aber ich meinte, sie sagte es bloß, weil sie uns Gelegenheit geben wollte, uns ordentlich zu betrinken.

Wir zogen also los, den Lenin-Prospekt hinauf zum Lenin-Platz, und bewunderten die albernsten Dinge: Spielzeugautos mit Pedalen auf einem Weg zwischen unkrautüberwucherten Blumenbeeten, verlassene Karren von Speiseeisverkäufern, Reihen hellroter Getränkeautomaten, in denen die Flüssigkeit sirupartig eingedickt war, und natürlich eine Statue des bewußten Mannes mit der Schiebermütze, wie er mit aggressiv vorgerecktem Kinn der Zukunft entgegenschreitet – Hank erkletterte die Statue und setzte sich huckepack auf die metallenen Schultern, um ihn anzutreiben.

Wir machten Bekanntschaft mit einem weiteren öffentlichen Park, hinter dem Fußballstadion, aber die Stechmücken vertrieben uns, und so machten wir statt dessen einen Schaufensterbummel, was bei drei ausgewachsenen Männern ein wenig seltsam anmuten mag, zumal die Waren in den Auslagen spärlich und von armseliger Qualität waren. Aber mein Gott, echte Schaufenster – mit Dingen darin!

Einer der Läden war ein Feinkostgeschäft. Ein *gastronom.* Wir wurden immer besser darin, die Straßennamen und Gebäudeaufschriften in der verrückten russischen Schrift zu entziffern.

»Ich hab noch nie Kaviar probiert«, sagte Billy Donaldson. Er rülpste.

»Also sehen wir zu, ob wir ein paar Dosen finden«, sagte ich.

Wir also hinein. Eine Mumie, in der wir die Verkäuferin vermuteten, lag da und zeigte mit einem nackten Fingerknochen in die Richtung des Regals mit dem Kaviar. Andere Mumien, in Anzügen und zerlumpten Mänteln und Uniformen, lagen in einem Haufen vor dem Spirituosen-Tresen, aber auch dahinter, also mieden wir diesen Bereich. Hank räumte ein halbes Dutzend kleiner Dosen vom Regal, die den gesamten Vorrat darstellten.

»Danke, Miß.« Billy kicherte nervös, also reichte ich ihm die Wodkaflasche zum Austrinken.

Wir trugen die Kaviardosen zu einem Restaurant, wo es nicht so viele Leichen gab, und schalteten die Beleuchtung ein. Sie funktionierte, wie das Telefon funktioniert hatte, doch war das Ergebnis beunruhigend hell. Den Russen mußte es gefallen haben, in Scheinwerferbeleuchtung miteinander zu plaudern. Wir setzten uns, bauten beschwipst die Kaviardosen vor uns auf und betrachteten die mit Bleistift gekritzelte Speisekarte.

»Die Bedienung läßt auf sich warten«, scherzte Hank. Er zog einen Dosenöffner aus seiner russischen Uniform und warf ihn vor uns aufs Tischtuch. »Ich werd was suchen, womit wir das Zeug hinunterspülen können.« Und er tappte zur Küche.

Billy nahm sich wieder die Speisekarte vor, während ich mit dem Dosenöffner arbeitete. Er klappte mit den Augenlidern wie ein Uhu.

»Borschtsch«, sprach er in verwundertem Ton, als wundere er sich selbst, daß er das Gekrakel hatte entziffern können. »Salat iz Krab ... Wir sollten das lernen, was meinen Sie, Greg? Wenn wir schon den Rest unseres Lebens in Rußland verbringen werden.«

»Sie haben recht, alter Freund«, sagte ich. »Wissen Sie, wir werden gar nicht in der Lage sein, alle Schilder und Aufschriften und Zeichen zu verändern ...«

»Und alle Listen und Gebrauchsanweisungen und Erläuterungen ...«

»Und so weiter, ja. Wir werden das alles nicht so schnell auf Englisch umstellen können. Wenn überhaupt.«

Hank kam triumphierend mit einer weiteren Flasche zurück, deren Etikett einen roten Wolkenkratzer zeigte. Es hätte ein Gebäude aus dem New York der dreißiger Jahre sein können, bloß war der Wolkenkratzer wahrscheinlich irgendein Staatsministerium in Moskau, und Moskau existierte noch.

Wir ließen uns den Kaviar schmecken und tranken dazu, bis wir Autohupen von der Straße hörten. Also liefen wir hinaus. Eine Siegesparade kam in unsere

Richtung die Straße herauf. Ich sah Dave Weinstock am Lenkrad des ersten Fahrzeuges und sah auf meine Beuteuhr. Dave war offenbar unterwegs zum Hotel Ferner Osten, wie es seinem Befehl entsprach, und war auf die gute Idee gekommen, ein paar zusätzliche Fahrzeuge aufzutreiben. Nun gab er mit den Autohupen das Heimkehrsignal. In der Kolonne waren Busse und Lastwagen und ein paar Personenwagen, deren Kühler den vergangenen Winter überstanden hatten. Oder vielleicht waren sie geplatzt, aber die Motoren hatten sich während der kurzen Fahrt durch die Stadt noch nicht überhitzen können. Wenn wir Wolgas und Schigulis besitzen wollten, wie wir bis zum Sommer vergangenen Jahres Chevys und Mustangs besessen hatten, würde es allerhand zu reparieren geben.

Die Hupen blökten durcheinander. Der Autokorso konnte es, was den Lärm anging, mit jedem Umzug zum Nationalfeiertag aufnehmen.

Hank grinste.

»Laut genug, um die Toten aufzuwecken, wie?«

Die Vorstellung verdroß mich. Ich fühlte mich gerade ein bißchen benebelt und rührselig, wegen des Wodkas – in einer, wie ich glaubte, sehr russischen Art und Weise. Aber als wir uns der Parade anschlossen und auf einen der Lastwagen kletterten, erholte ich mich wieder.

Ich nahm Hank die Flasche aus der Hand und schwenkte sie großartig.

»Hier ist ein Trinkspruch, Leute! Auf neuen Wohlstand!«

»Auf Eisenbahnen und Schnaps!« rief Billy. »Auf Fernseher und Zigaretten. Auf Stühle und Würstchen. Auf ... auf ... auf das Füllhorn der Fortuna!«

Ich hatte nicht gewußt, daß mein Freund Billy die antike Glücksgöttin kannte. Wie er den Namen aussprach, klang es wie ein russisches Wort.

»Auf die Zivilisation!« Ich faßte Billy bei den Aufschlägen und hielt ihn fest. Vor einer Weile hatte sich die elektrische Straßenbeleuchtung automatisch eingeschaltet, und Billys rundes, behaartes Gesicht glänzte vom Schweiß.

»Wir haben die Roten geschlagen, Billy. Die Kommunisten haben uns all unser Eigentum weggenommen – aber wir ihnen das Leben. Wir haben sie geschlagen!«

Dann lachten wir, und weinten und umarmten einander. Ich glaube, Major Billy Donaldson küßte mich sogar auf beide Wangen, aber das schrieb ich nachsichtig dem Alkohol zu.

Am nächsten Morgen versammelten wir uns alle vor dem Hotel. Unsere Zahl war durch die Ankunft von zweihundert Seelen an Bord der zweiten Iljuschin über Nacht angeschwollen. (Die Iljuschin, mit der wir gekommen waren, und eine Tupolew waren bereits nach Magadan im Norden zurückgeflogen.) Der Pilot der zweiten Iljuschin, ein Hauptmann Tom Quinn, war in die Stadt gekommen, sich umzusehen und eine Mütze voll Schlaf zu nehmen. Dies ging mir ziemlich gegen den Strich, da er am Flughafen hätte bleiben sollen, aber seine jungenhafte, überschwengliche Begeisterung nahm mich für ihn ein.

»He, das ist ja märchenhaft hier! Alles da, was das Herz begehrt! Wissen Sie, Sir«, vertraute er mir an, »ich war ein bißchen nervös, als ich in die alte Kommunistenmühle stieg. Aber es war beinahe so, als ob die Kiste sich selbst flöge. Nichts dabei.« Er trug die Uniform eines toten sowjetischen Piloten, mit irgendeinem Orden der russischen Fliegerei an der Brust.

»Das ist sehr hübsch, Hauptmann. Aber nun sehen Sie zu, daß Sie so schnell wie möglich wieder zum Flugplatz kommen, nicht wahr?«

Heute war Eisenbahntag. Die Transsibirische rief uns. Also stiegen wir alle in Lastwagen und Busse und fuhren die Karl Marx-Straße hinauf zum Bahnhof von Chabarowsk.

Unterwegs fing jemand an, *When the Saints Go Marching In* zu singen, und alle fielen mit ein; doch als unsere Kolonne den Lenin-Platz überquerte, war aus dem Lied irgendwie *Maryland, My Maryland* geworden. Dann schien keiner mehr zu wissen, wie der Text weiterging, und alle summten die Melodie gemeinsam.

O Mary, meine Mary ...! Mary hatte uns ein wunderbares Frühstück serviert. Und der heiße Kaffee ... Ich küßte meine Fingerspitzen.

»... des Volkes Fahne flattert rot!« hörte ich eine Stimme mitten im Gesumm singen. Ich warf dem Mann einen finsteren Blick zu, und er verstummte.

Tatsächlich hingen massenhaft rote Fahnen herum. Einstweilen würde all dieses Drum und Dran bleiben müssen. Und das brachte mich auf den Gedanken, daß all diese Lenin-Statuen eingeschmolzen und zu etwas Nützlichem gemacht werden könnten, wie etwa Münzen, und wie gut es wäre, wieder Kleingeld in der Tasche klimpern zu hören, obwohl vorläufig alles kostenlos zu haben war.

»He, Hank«, rief ich. »Wie halten wir es mit dem Geld? Wie denken Sie darüber?«

Er zog ein Bündel Rubelscheine aus der Tasche und lachte.

»Wir nehmen diese, nicht?«

»Aber was ist mit Dollars und Cents, in Gottes Namen?«

»Haben Sie Cents, nach denen man Münzstempel schneiden könnte? Haben Sie Platten, von denen wir Dollars drucken könnten?«

»Es müssen immer noch Milliarden von Dollar im Ausland sein.«

»Das meiste davon ist elektronisches Geld, kein Bargeld. Außerdem wird es inzwischen nichts mehr wert sein. Die Ausländer wissen, daß es in den Staaten keinen Hosenknopf mehr zu holen gibt. Und was diese Gegend betrifft«, sagte er und schmunzelte, »so scheint jemand einen richtigen Eisernen Vorhang niedergelassen zu haben, sonst müßte es doch von Schlitzaugen wimmeln.«

»Vielleicht hat es eine Resolution der Vereinten Nationen gegeben«, sagte Billy. »Sie könnten eine Quarantäne über die UdSSR verhängt haben.«

»Wie über die Staaten, was?« knurrte Hank.

»Vielleicht haben sie alle Angst, irgendein schlauer Computer könnte weitere Sozialistische Bomben abfeuern.«

Hank beugte sich zu Billy hinüber. »Niemand außer uns kann die Luft hier atmen. Ich *weiß* es.« Er wedelte mit dem russischen Geld herum. »Ich denke, wir werden dieses Zeug benutzen, sobald wir eine Verwaltung organisiert haben. Wir können die Rubel Dollars nennen; und die Kopeken Cents.«

»Da wird es einfacher sein, sie Rubel und Kopeken zu nennen«, bemerkte Billy. »So steht es drauf. Wir wollen doch nicht die heranwachsenden Kinder verwirren.«

Billy geriet ganz außer sich, als wir in dem höhlenartigen Bahnhof einen der grünen Passagierwaggons des *Wostok* bestiegen. Wir waren in Sorge gewesen, daß viele Züge unterwegs auf der Strecke gewesen sein könnten, als die Strahlungsbomben detonierten, um sinnlos durch Städte und Wälder weiterzurollen, bis sie irgendwo aufeinanderprallten. Aber hier stand der *Wostok* im Bahnhof, als warte er nur auf uns.

Und wir kamen aus dem Staunen nicht heraus. Dies war ein veritabler rollender Palast. Überall massive Messingbeschläge. Vertäfelungen in Mahagoni. Dicke turkmenische Teppiche in den Gängen und Abteilen. Goldbraune Vorhänge an den Fenstern. Die Polstersitze mit rotem Samt bezogen – sogar die Klappsitze in den Gängen.

»Heiliger Strohsack! Eingerichtet wie ein Luxusdampfer aus den zwanziger Jahren! Gruppe Weiß wird stilvoll nach Wladiwostock fahren.«

Hier war alles, wovon wir seit Monaten geradezu wahnhaft geträumt hatten. Alles hier, wir brauchten es bloß zu gebrauchen.

»Natürlich«, mußte ich Billy behutsam ermahnen, »sieht es nicht überall in Rußland so aus ...«

»Na schön, aber trotzdem! Ich meine, Dinge, herrliche Dinge! Es ist – es ist alles, was sie uns weggenommen haben!«

Schließlich riß er sich von den Passagierwaggons los, und wir konnten nach vorn gehen, um die tschechische Diesellok in Gang zu bringen.

Ein paar Stunden später rollte Gruppe Weiß unter Billy Donaldsons Kommando aus dem Bahnhof von Chabarowsk, begleitet vom ohrenbetäubenden Heulkonzert der CHS 4, die den Zug zog. Inzwischen hatten wir das Stellwerk mit einer Notmannschaft besetzt, aber einmal auf der Strecke, würde Gruppe Weiß vor jedem Bahnhof anhalten und die Weichen selbst stellen müssen.

Den Bahnhofsbetrieb in Gang zu bringen, war unerwartet einfach. Murphys Gesetz* schien seine Gültigkeit verloren zu haben. Es war, als ob die Maschinerie uns sagte, was wir mit ihr anfangen sollten.

Das alles war vor vier heroischen Monaten.

Wir haben einen unerwartet langen Sommer und ei-

---

* Murphys Gesetz:
1. Nichts ist so einfach, wie es aussieht.
2. Alles dauert länger, als man denkt.
3. Wenn etwas schiefgehen kann, dann geht es auch schief. – *Anm. d. Übers.*

nen ungewöhnlich milden Herbst im Norden der Welt hinter uns; und was wir bewerkstelligt haben, steht dem Bau der Transsibirischen Eisenbahn – oder der Errichtung des gewaltigen Wasserkraftkomplexes in Bratsk – nicht viel nach.

Mit den großartigen Schiffen der sowjetischen Ostasienflotte haben wir mehr als fünfzig Millionen Überlebende nach Wladiwostok überführt. (Bis vor kurzem trafen in Nome, Alaska, noch immer Nachzügler ein. Bis zum nächsten Sommer wird zweifellos eine neue, kleinere Wanderungswelle Alaska erreichen.)

Wir haben einen Teil der Flüchtlinge in Wladiwostok und hier in Chabarowsk angesiedelt, ferner flußabwärts in Komsomolsk und entlang der Transsibirischen Bahn bis hinaus nach Tschita und Ulan Ude und Irkutsk am Baikalsee, und oben in Bratsk. Einige sind sogar bis Tomsk und Nowosibirsk vorgedrungen.

Natürlich muß jeder hart arbeiten, je nach seinen oder ihren Fähigkeiten. Der wichtigste Punkt war die Organisation der Verteilung von Grundnahrungsmitteln aus den Vorratslagern und die Ankurbelung der Landwirtschaft, um nächstes Jahr wieder eine Ernte zu erzielen. Trotz der gewaltigen Arbeitsbelastung haben wir alle wieder zugenommen – oder Fett angesetzt, wenn man es so sehen will. Und nun, da der sibirische Winter endlich angebrochen ist, haben wir eine andere Art uns zu kleiden angenommen. Wir stapfen oder watscheln umher, eingemummt in lange dicke Mäntel, mit Pelzmützen auf den Köpfen, und Ohrenschützern.

Es ist uns gelungen, wieder eine Geldwirtschaft einzuführen – und es bleibt uns nichts anderes übrig, als diese verdammten Kopeken und Rubel zu gebrauchen. Wir trinken Wodka und süßen Sekt, denn das liefern die Destillerien. Wir essen Schwarzbrot und eingelegten Stör und Rotkohl und dergleichen, denn das wird von den Vorratslagern geliefert.

Ich stapfe auf dem Bahnsteig in Chabarowsk hin und her und warte auf den Zug aus Irkutsk, der um 21:35 Uhr eintreffen soll. Mary, die ich in letzter Zeit immer öfter Marija nenne, hat eine sehr nützliche und ganz leichte Arbeit als Zugführerin angenommen. (Der kleine Sascha ist in der Kinderkrippe; wir werden ihn nachher abholen.) Auf den Schienen liegt Schnee, und die Luft ist voll weißer Flocken.

Wie vom Sturm umhergewirbelte Seelen ...

Und da kommt er, fährt in den Bahnhof ein: der Stolz Rußlands, die Scheinwerfer blinzeln durch das Schneegestöber.

Meine Uhr zeigt 4:35 Uhr. Wie gewöhnlich, ist der Zug auf die Minute pünktlich.

Das ist natürlich Moskauer Zeit. Die gesamte transsibirische Strecke wurde immer nach Moskauer Zeit betrieben. Wir sind noch nicht bis Moskau vorgedrungen, aber diese Tatsache erinnert uns daran, daß Moskau und der Westen auf uns warten.

Der *Rossija* kommt beinahe geräuschlos zum Stillstand.

Marija läßt die Trittbretter ihres Waggons herab, und die Passagiere steigen aus. Ihr Atem dampft in der Luft wie von einem Schwarm mobiler Samoware. Sie schleppen Pappkoffer und riesige, mit Schnüren zusammengebundene Essenspakete. Sobald Marijas Ablösung eingestiegen ist, verläßt auch sie den Zug.

Strahlend, wenngleich in ihrer Eisenbahneruniform ein wenig fröstelnd, watschelt sie auf mich zu.

»Grigori! Grigoruschka!«

Gespenster ...

Plötzlich kriege ich es mit der Angst – als ob mitten im Schneegestöber unvermittelt eine Schneise bis hinauf in den Himmel entstanden wäre, und der bleiche Schädel des Mondes käme durch diese Schneise auf die Erde herabgestürzt, uns zu zerschmettern.

Als die erste Atombombe über Hiroshima detonierte, wurden die Silhouetten vieler Menschen in die Wände, vor denen sie sich gerade befanden, eingebrannt, als hätte der Feuerball die Schatten der noch Lebenden unmittelbar vor ihrem Tode fotografiert.

Und mir ist, als wäre alles ringsum – Eisenbahnen, Ölraffinerien, Sägewerke, Staudämme und Turbinen, Bäckereien und Destillerien – in ähnlicher Weise durch die Strahlung unsichtbar mit dem Eindruck all der russischen Toten versehen worden. Für die Dauer eines flüchtigen Augenblicks habe ich das bestimmte Gefühl, daß jedes Gebäude, jede Maschine, jeder Gegenstand, den wir gebrauchen, lebendig ist – besessen. Lokomotiven, Restaurants, Busse und Traktoren, Büros und Eisverkaufsstände, Rubelnoten und Telefone, alle sagen uns, was zu tun ist und wie es zu tun ist. Das gesamte, von Russen gemachte Lebensumfeld scheint die Seelen seiner Erzeuger eingesogen und verwahrt zu haben; und nun sind sie in uns eingedrungen. Wie sonst wäre unsere Vorliebe für russische Wörter und Redewendungen und die Art und Weise zu erklären, wie sie beinahe spontan zu entstehen und sich aneinander zu fügen scheinen?

Das muß der Grund sein, daß keine Chinesen hierherkamen. Das Land wollte sie nicht. Es wollte uns – so daß wir lange Zeit büßen können.

Bloß gibt es noch nicht genug von uns, um den Bedarf an Arbeitskräften zu decken. Also werden wir doppelt angestrengt arbeiten und unsere große Nation aufbauen müssen ...

Diese alptraumhafte Zwangsvorstellung löst sich auf, sobald Marija mich mit ihren kräftigen Armen an sich drückt.

Dann macht sie sich los und mustert mich besorgt.

»*Schto svami,* Grigoruschka?«

»Nichts ist los, Marija. *Nitschewo!*«

Vorn beugt sich der der Lokomotivführer aus seiner Maschine. »*Doswidenja, Towarisch!*« ruft er meiner Frau zu. Auf Wiedersehen, Genossin.

Amerika ist so wild und leer und weit entfernt wie vor hunderttausend Jahren, lange bevor Asiaten erstmals die Beringstraße überwanden, um als Indianer den Kontinent zu besiedeln. Amerika ist ein vergessenes Land. Mutter Rußland ist unsere Heimat, und wir gehören ihr.

Lebt wohl, dreihundert Millionen tote Seelen. Lebt wohl und seid gegrüßt.

Marija hängt sich bei mir ein, und wir stapfen davon. Wie zwei Marionetten auf einer Bühne. Aber keine Fäden hängen vom Bahnhofsdach und lenken unsere Schritte. Inzwischen sind sie in unseren Muskeln und Nerven. Und in unserem Bewußtsein.

Die Knospe

T plus 300 Tage. Die Übungsgeräte und die massive Abschirmung gegen die Strahlungsgürtel des Jupiter bringen es mit sich, daß im Innern der Raumsonde kaum Platz ist. Alle Bullaugen sind gegenwärtig verschlossen. Auf einem der Bildschirme ist der riesenhafte Jupiter zu sehen. Die anderen zeigen eine Anzahl der vielen fremden Raumfahrzeuge, die hier versammelt sind. Einige von ihnen sind so groß wie Zwergmonde.

Der Astronaut sieht sich in seiner Höhle um. Alle freien Flächen hat er mit geschmuggelten doppelseitigen Abbildungen aus Zeitschriften beklebt. Jetzt ist es zu spät, sie abzunehmen; außerdem brächte er es nicht über sich.

Das Kameraobjektiv des Zweiweg-Videosystems, das ihn mit dem nächsten fremden Fahrzeug verbindet, ist auf ihn gerichtet. Er seufzt. Er drückt die Ruftaste. Auf dem Bildschirm schneit es, dann kommt eine amorphe, rundliche Gestalt zum Vorschein, die etwas wie ein Stielauge ausfährt und mit einem eilig hinzugefügten Lid blinzelt.

»Knospe?«

»Was gibt es, Sexy? Wir haben zu tun.«

»Es wäre mir lieber, ihr würdet mich nicht bei diesem Namen rufen.«

»Du hast mich gerufen, wir haben nicht dich gerufen. Was stört dich an dem Namen? Die Sexies der Erde. Welch eine Welt! Soll ich dich vielleicht Mensch nennen? Wie banal. Viele Lebewesen tummeln sich auf eurer Erde.«

»Ich kann verstehen, daß du uns nicht attraktiv findest. Vielleicht würde dir mehr an unserem Geschick liegen, wenn du es tätest. Es ist so ... frustrierend, wenn man wie ich in einer Raumkapsel sitzt, Monate von der Heimat entfernt, Monate ohne jeden menschlichen Kontakt.«

»Du hast deine Pin-ups.«

»Verdammt, Knospe, alle Welt hört mit!«

»Dann werde ich still sein. Ich sagte, wir haben zu tun.«

»Nein! Bitte. Hör zu, wenn wir solch eine komische Welt sind, sollten wir untersucht werden. Erhalten, beschützt, etwas von der Art.«

»Nun, man kann nie wissen. Es könnte ansteckend sein.«

»Was könnte ansteckend sein?«

»Du weißt es.«

»Tue nicht so verdammt geheimnisvoll!«

»Ich dachte, du wünschest, daß ich diskreter sei?«

»Du bist unmöglich!«

»Wir finden euch ziemlich unmöglich. *Lusus naturae:* ein Scherz der Natur. Wie auch immer, einige von euch sollten überleben. Es wäre eine gute Erprobung eurer reproduktiven Fähigkeiten.«

»Ihr könntet ein paar Millionen von uns evakuieren. Ihr habt Mengen von Schiffen hier draußen.«

»Ich sagte dir, wir haben zu tun.«

»Gut, ich verstehe, daß es für euch etwas wie eine religiöse Sache ist ...«

»Was dich zu einer ziemlich irreligiösen Sache machte, nicht wahr? Eine ganze Welt voller Schnecken und Sperlingen und Walen und Affen, die brünstig um sich schlagen und sich herumwälzen, einander penetrieren, Eier und Säuglinge und dergleichen legen. Und das hier in diesem herrlichen Sonnensystem, wo die Knospwelt schwimmt. Ich kann dir offen sagen, daß nicht wenige unter uns der Meinung waren, man sollte euch gleich von eurem Elend erlösen. Aber wir wollen der Natur ihren Lauf lassen.«

»Könnten wir dies etwas ausführlicher besprechen,

Knospe? Nach Ansicht unserer Biologen sollte asexuelle Reproduktion langfristig zum Aussterben führen. Wie bringt ihr eine Evolution zuwege? Genetische Variationen? Neue Gattungen und Arten?«

»Aussterben, wie? Du mußt reden! Uns scheint, daß sexuelle Reproduktion fortwährendes Aussterben zur Folge hat, langfristig gesehen. Und die Besessenheit, die sie erzeugt! Wirklich ...!«

»Ich hätte dir das Innere der Kapsel nicht zeigen sollen.«

»Ich dachte, du wolltest auf dem offenen Kanal nicht darüber sprechen? Was ist los, vermißt du es?«

»Ehrlich gesagt, es ist keine *so* große Sache, Knospe. Ich kann ohne es auskommen.«

»So? Warum hast du die Wände dann mit deinen religiösen Bildern bepflastert?«

»Das sind keine religiösen Bilder, das sind ... Ach, lassen wir das.«

»Wenn ein denkendes Wesen ein Bild mit sich in den Raum nimmt, muß es ein religiöses Bild sein.«

»Ich wollte, man hätte an meiner statt eine Frau geschickt. Wenn wir gewußt hätten, was auf uns zukommt ...«

»Eine Frau? Für dich? Damit du deine Zeit im Brunstzustand hättest verbringen können, hier draußen in der Nachbarschaft der Knospwelt? Das hätte rasche Vergeltung nach sich gezogen.«

»Nein, eine Frau allein. Einen weiblichen Astronauten. Sie sind nicht so interessiert an ... nun, ich meine, sie sehen es nicht genauso.«

»Sie sehen keine Pin-ups an? Ich hatte den Eindruck, daß ihr Leben noch mehr vom sexuellen Sein in Anspruch genommen ist.«

»Gewiß haben wir ein Anrecht auf ein Leben nach unserer Art, nicht wahr? So haben wir uns entwickelt. Mach die Natur dafür verantwortlich, nicht uns.«

»*Lusus naturae.* Ausnahmen bestätigen die Regel.«

»Du bist heute wohl präpariert mit Volksweisheiten.«

»Das ist meine Aufgabe, Sexy. Dich uns vom Hals zu halten, während wir uns dem eigentlichen Zweck unseres Aufenthalts widmen – Zeugen zu sein. Wir sind durchaus nachsichtig, weißt du. Für mich ist dies bloß Latrinendienst. Ich habe ihn wegen Insubordination gegenüber der Chefknospe bekommen.«

»Dafür, daß du überhaupt nicht interessiert bist, hast du es in unseren Spracheigentümlichkeiten weit gebracht.«

»Nicht der Rede wert. Eure Schwierigkeiten werden bald vorüber sein.«

»Es sind keine Schwierigkeiten!«

»Kannst du das aufrichtig sagen?«

»Sicher, wir haben Probleme. Aber nicht mit der Sache selbst. Hirsche tun es, Ratten tun es, Gorillas tun es, Spinnen tun es, wir alle tun es.«

»Wieviel Zeit ihr alle damit vergeudet! Kein Wunder, daß ihr es nach Millionen von Jahren nicht weiter gebracht habt. Alle fünf Minuten ändert sich eure Spezies. Eure gegenwärtige Zivilisation ist nichts als Sublimierung, nach eurem Priester Freud.«

»Wir hätten euch nicht so viele Daten zur Verfügung stellen sollen.«

»Dann hätten wir keinen Gesprächsstoff. Ich nehme an, es ist meine eigene Perversität, die mich bewegt, dies alles auf mich zu nehmen – wie die Insubordination der Chefknospe beweist.«

»Du hältst dich für sehr klug, nicht wahr?«

»Sexy, ich bin vier Komma drei Milliarden Jahre alt, Knospe für Knospe. Wie lang lebt ihr? Nun, das können wir vergessen!«

»In all der Zeit solltest du eine Menge Weisheit und Mitgefühl angenommen haben. Das ist das Problem mit euch. Ihr seid noch fast die gleichen, die ihr am Anfang wart. Ihr entwickelt euch nicht.«

»Wir breiten uns aus, Freund. Wir breiten uns aus. Und alle anderen Arten in der Panzivilisation sind Knosper, wenn wir den Begriff weit fassen. Es ist *die* Fortpflanzungsart. Das Leben im Universum ist so, und ich sage es dir nicht noch einmal. Das ganze Universum ist lebendig. Es ist ein riesengroßes Lebewesen: Galaxien, Sterne, Welten, alles. Ihr lebt einfach zu kurz, um den Rhythmus dieses Lebens zu bemerken. Und zu diesem Rhythmus gehört der Strom unserer Lebensweise zwischen den Welten. Jedes einzelne Atom im Universum spürt den kosmischen Strom, so daß Leben zusammenkommt, einfach indem alle Arten von Materie sich zusammenballen: ein Konglomerat. Sobald es zu einer Zusammenballung kommt, strömt das kosmische Bewußtseinsfeld in sie ein, und das Leben wird zu einem organisierten Sein – geistig organisiert, ohne daß es einer besonderen Form bedürfte. Jede Form ist möglich. Jede Form kann zu einer anderen werden. Wir sind alle amorph. Wir verbringen unsere Zeit nicht damit, Millionen von Jahren immer wieder verschiedene Kleider anzuprobieren, die wir dann wohl oder übel tragen müssen, selbst wenn die Ärmel zu lang oder die Stiefel zu schwer sind, um sie aufzuheben. Wir wählen jede Form, die uns günstig erscheint. Und das Leben verbreitet sich durch Spaltung, Wachstum, neuerliche Spaltung und so weiter. Es ist ein einfaches Universum, und dies ist die Art des Lebens darin. Auch das Leben ist einfach. Ihr hingegen seid die perversesten, kompliziertesten, schadhaftesten Lebewesen, die wir je angetroffen haben. Ein immerwährendes Ein-Aus-Experiment. Man könnte meinen, das Universum sei eine höchst komplizierte Angelegenheit, wenn man euch betrachtet.«

»Vielleicht ist es komplizierter als ihr meint, Knospe.

Vielleicht können wir das sehen, ihr hingegen nicht. Vielleicht haben wir uns entwickelt, um dieses Wissen zu erfassen.«

»Vielleicht haben Schweine Flügel.«

»So daß du ein geflügeltes Schwein sein könntest, wenn du es wolltest.«

»Richtig. Eine neue Gestalt, nur zum Spaß. Während ihr eine halbe Million Jahre damit verbringen müßtet, Schweine über Zäune zu jagen oder sie mit Bussarden zu kreuzen, um zu dieser sublimen Albernheit zu gelangen; und dann wäret ihr darin gefangen. Das Leben paßt sich an, wie es will. Wirkliches Leben. Manche von uns glauben nicht einmal, daß ihr wirklich lebendig seid. Ihr seid eine Art Baukasten zum Zusammenbasteln lächerlich spezialisierter Maschinen. Vielleicht hat eine Knospe eure Welt einmal als einen Scherz oder als einen Spielplatz eingerichtet. Alles ist zu unvereinbar mit allem anderen. Eine instabile Situation! Wir haben nie damit gerechnet, daß ihr im Weltraum herumpfuschen würdet.«

»Nie erwartet? Soll das heißen, ihr hättet die Erde früher einmal besucht?«

»Nein, die Knospenwelt. Wir waren letztes Mal hier – vor ungefähr drei Milliarden Jahren. Als euer zweiter Planet knospte – der Weiße.«

»Venus.«

»Gewiß, als Venus aus der Knospwelt knospte. So werden kleine Welten geboren.«

»Und das ist, was es mit dem Großen Roten Fleck auf sich hat. Dort entsteht eine neue Welt.«

»Dir muß man alles viele Male erklären.«

»Aber in der Nähe der Sonne ist kein Platz mehr für weitere Planeten. Gravitationshemmung – es ist ein physikalisches Gesetz.«

»Ihr habt das Gesetz gemacht, also erkläre es der Knospwelt. Schließlich ist es ihre Familie. Es wird Raum geben. Es wird ein bißchen herumgeschoben, und dann haben sie alle Platz. Du wirst es sehen – oder vielleicht nicht. Vielleicht wird Merkur ein Mond des Neuen werden.«

»Und die Erde, um Himmels willen? Was wird aus unserer Heimat?«

»Ach, die wird auch eingefügt. Ein bißchen näher zur Sonne, ein bißchen weiter draußen.«

»Alles würde zugrunde gehen, entweder vor Hitze oder vor Kälte!«

»Nun, wenn ihr wirkliches Leben wäret, könntet ihr euch darauf einstellen. Anpassung durch Formveränderung. Aber bei eurer Konstitution und Entwicklung würde das eine Million Jahre dauern. Weißt du, solche Ereignisse kommen immer wieder vor: Planeten, die einander zu nahe kommen, Novae und Supernovae, Sterne, die in kosmische Staubwolken tauchen. Wirkliches Leben muß sich mit solchen Wechselfällen arrangieren können. Ihr habt dort unten ein ziemlich behütetes Leben geführt.«

»Wieviel Zeit bleibt uns noch?«

»Wir rechnen damit, daß der Rote Fleck jetzt jeden Tag knospt. Es würde vielleicht ein Jahr dauern, bis die neue Welt den Schweregradienten sonnenwärts gleitet, um ihren Platz zu finden. Wir werden in der Nähe bleiben und sehen, wo sie enden wird.«

»Aber sie wird uns nicht treffen, Knospe?«

»Euch treffen? Nein, nicht so, wie du meinst. Es wird sicherlich nicht zu einer Kollision kommen, und selbst dann wird es nur ein Vorbeistreifen sein, das eure Welt vielleicht umdrehen wird. Nord-Süd-Umkehrung: Austausch des Nachthimmels. Vielleicht auch eine neue Umlaufbahn. Ganz ohne Auswirkungen wird es für euch allerdings nicht abgehen, falls ihr eure Hoffnungen darauf setzen solltet. Die größeren Planeten sind in diesem Jahr alle hintereinander aufgereiht. Glückverheißende Vorzeichen für eine Knospung, nicht wahr?«

»Was können wir tun? Bitte, als Freund ...«

»Das liegt bei euch. Wenn ihr nur eine Karte in der Hand habt, schlage ich vor, daß ihr sie ausspielen solltet, selbst wenn es ein Joker ist.«

»Was ... Soll das ein Vorschlag sein? Ich meine, wie sollen wir uns verhalten?«

»Ich glaube, ihr nanntet es Saturnalien. Bloß paßt der Name nicht gut ... Es wäre besser, ihr würdet es Jovenalien nennen. Oder ein Bacchanal.«

»Das hört sich mehr nach einem Faß Bier an.«

»Das könnte auch helfen.«

T plus 750 Tage. Er denkt noch immer in Missionszeit, obwohl er vor drei Monaten über dem Pazifik niedergegangen ist. Seither hat er sich der Gunst vieler junger Damen erfreut, was ihm nach seiner Ansicht auch zukommt. Hier ist wieder eine von ihnen, in seinem Hotelzimmer. Sie hat rotes Haar.

»Wie sahen sie aus, Liebling? Du bist der einzige Mensch, der sie aus der Nähe gesehen hat.«

»Ich war bloß in einer Umlaufbahn, nicht in ihrer Nähe. Was weiß ich, wie sie aussahen? Wie alles und jedes. Klumpen. Tropfen. Ziemlich formlos.«

»Wenigstens bist du in Form. Wenn man all die Schwerelosigkeit bedenkt. Man sieht, daß du die Freiübungen gemacht hast.«

»Und du ... He, mach das nochmal!«

»Fühlt sich gut an, wie?«

»Mmm.«

»Findest du nicht auch gut, daß wir etwas können, was die nicht können? Hm? Bist du nicht auch stolz darauf? Wenn ich daran denke, daß alle Kaninchen und Wale und Schmetterlinge und Strauße und Frösche auf der Welt jetzt auch dabei sind? Es muß doch ein ziemlich schales Leben für diese Tropfen oder Klumpen sein, wenn man bedenkt. Schließlich, wer mag sich schon entzweispalten?«

»Ja, wer? Wir werden es ihnen zeigen.«

Inzwischen ist die Masse, die sich vom Jupiter losgelöst hat – der vormalige Große Rote Fleck – größer als der Mond am Himmel. Seine Glut erhellt die Nacht und die Stadt. Auch die Gestalten im Hotelzimmer liegen im Schein des neuen Himmelskörpers.

Überlebensreaktion, denkt er in einem losgelösten Augenblick; dann vergißt er das Denken.

Überall auf Erden genießen Milliarden von Kreaturen das Leben. Und einander. Wie närrisch.

Die Milch des Wissens

»Du kannst nicht wieder heimkehren«, sagte Thomas Wolfe damals im zwanzigsten Jahrhundert. »Du kannst die Vergangenheit nicht wieder leben.«

Weise Worte.

Leider unzutreffend.

Denn die Vergangenheit kann dich wieder einholen. Ich bin einundvierzig Jahre alt. Ich sollte draußen in Celesteville leben, unserer europäischen Raumkolonie am Gleichgewichtspunkt L-4. Ihre Existenz bedeutet, daß wir endlich eine gewisse Sicherheit gefunden haben. Wenn die Heuschreckenplage der Menschheit die Erde kahl gefressen hat, und selbst zugrunde geht, wird es wenigstens in Celesteville ein Überleben für uns Auserwählte geben – ebenso wie in Skytopia drüben am Gleichgewichtspunkt L-5.

Aber es ist nicht mehr das Jahr 2090. Es ist wieder 2063, und ich bin wieder in Birmingham, Europa, in der Hochhauswohnung meiner toten Eltern. Sie sind lebendig, und ich bin vierzehn Jahre alt. Genau wie ich es einmal war ...

Jetzt zweimal! Die Zeit ist zurückgespult. Mein Bewußtsein ist entlang meiner Lebenslinie rückwärts in jüngeres Fleisch geflohen und hat mein vierzehnjähriges altes Selbst enteignet. Ich bin in meiner eigenen Vergangenheit gefangen.

Ist es ein Wunder? Kann es schreckliche Wunder ebenso wie menschenfreundliche geben?

Was kann im Jahre 2090 geschehen sein, daß dies die Folge war? Ich kann mir nur vorstellen, daß ich starb – so plötzlich, daß ich es nicht einmal merkte. Ich starb und wurde wiedergeboren. Und wer sagt, daß ein Mensch seine Reinkarnation später in der Zukunft erleben muß? Warum nicht in der Vergangenheit, in seiner eigenen Vergangenheit? Vielleicht explodierte die Sonne in einer Nova und jedes Lebewesen ging zugrunde, so daß jetzt nur noch die Vergangenheit bleibt, um darin wiedergeboren zu werden!

Aber nach den Fernsehmeldungen krebst die Menschheit des Jahres 2063 genauso herum, wie sie es tut, seit ich mich erinnern kann. Nichts deutet darauf hin, daß acht oder neun Milliarden Menschen plötzlich überall auf diesem Globus aufgewacht sind, als Präinkarnationen, oder wie man es nennen will. Ich wage nicht, die Bildschirminformation über diese Möglichkeit zu befragen, sonst könnte sie mich als geisteskrank diagnostizieren, und man würde mich zur Behandlung mit Medikamenten und Elektroschocks in eine Anstalt einliefern.

Es scheint, daß mein Los nur mich allein betrifft. Also werde ich einstweilen nichts über meine Einzigartigkeit verlauten lassen.

Die Vorstellung von meinem eigenen Körper ist völlig verkehrt. Ich habe noch immer das Gefühl, ein gutes Stück größer zu sein, als ich es jetzt bin: eine größere, schlankere, gesündere Person. Aber ich bin eingezwängt in eine kurze, rundliche Masse, wie jemand, der in einen Koffer gestopft worden ist.

Ich muß mich darauf besinnen, wie ich mich hier im Jahre 2063 normal zu verhalten habe.

Es gibt Milch zum Frühstück, weil heute Vierttag ist. Meine Mama lächelt fürsorglich, als sie die Milchpakkung in meinen Plastikbecher entleert und noch den letzten Tropfen herausschüttelt. Sie weiß, daß ich Übergewicht habe. Viele Leute haben Übergewicht. Sie auch. Aber das rührt nicht von einem Überfluß an Reichtümern her, sondern davon, daß wir die meiste Zeit nur denaturierte, ungesunde Schundnahrung erhalten. Nur Papa hat es geschafft, schlank zu bleiben, weil er in der Freizeitanlage Squash spielt. Aber Mama und Papa werden am Ende des nächsten Jahres beide sehr schlank sein, wenn die Epidemie von 2064 sie mit endlosen Durchfällen schwächt. Bald werden sie Skelette sein. (Mama, Papa: liebe Fremde! Wie kann ich euch retten?) Papa schaltet die Morgennachrichten im Fernseher ein. Es ist wieder die indonesische Krise. (»Keine Sorge«, möchte ich sagen. »Das geht vorüber. Wir werden es überstehen. Dann die nächste und die übernächste Krise. Ich fürchte, daß ihr persönlich sie nicht überleben werdet, aber ich werde, die Welt wird – so unwahrscheinlich es heute im Jahr 2063 erscheinen mag.«)

»Trink aus, Jonny!«

Mama bereitet Bratwürste auf dem Mikrowellenherd. Fleisch- und Fettabfälle, mit Sägemehl vermengt.

Gehorsam trinke ich – und schmecke etwas von wirklicher Milch heraus. Nicht viel, aber etwas.

»Soeben wird aus Wien gemeldet, daß der österreichische Kanzler Karl-Heinz Kraus von Extremisten der Großeuropa-Bewegung ermordet worden ist. Nähere Einzelheiten folgen. Die europäische Bewegung in Brüssel distanziert sich energisch von der Bluttat ...«

»Ach du lieber Gott«, sagt Papa leise. »Warum ausgerechnet er?«

(»Es wird vorübergehen, Papa. Ich weiß es.«)

Ich trinke meinen Becher leer.

Milch. Wie ... die Milch des Wissens ...

Ich stieß einmal auf die Geschichte, als ich mich in Celesteville mit alter Literatur beschäftigte. Sie war in den Werken des arabischen Philosophen Ibn Arabi aus dem zwölften Jahrhundert.

Es war einmal ein Mann namens Taqi Ibn Mukhallad, der eine Traumvision des Propheten Mohammed erlebte, und in diesem Traum reichte der Prophet dem Taqi einen Becher Milch. Taqi glaubte, es sei eine wahre Vision des Propheten gewesen, aber um eine Bestätigung zu erhalten, steckte er sich am nächsten Morgen eine Feder in den Hals und erbrach. Es kam genug frische süße Milch heraus, um damit einen Becher zu füllen. Aber diese Milch bedeutete Wissen. Hätte Taqi sich die Zeit genommen, eingehender über seinen Traum nachzudenken, wäre ihm das klar geworden. Indem er sich zum Erbrechen zwang, erlangte er zwar einen kleinen physikalischen Beweis, brachte sich aber um ein großes Wissen – dem gleich, was er getrunken hatte ...

Armer Taqi.

Soll ich meine eigene Milch des Wissens erbrechen? Soll ich es ihnen sagen?

Wenn ich es tue, könnte ich den Gang der Geschichte verändern! Ich könnte allen den Weg zeigen. Ich kann die Astronauten retten, die auf dem Mars umkommen werden. Ich kann vor der Epidemie des nächsten Jahres warnen, vor der *Beagle*-Krise 2069 und der Reaktorkatastrophe von Tientsin. Ich kann einer Million Märtyrern Schmerzen ersparen, Hunderte von Millionen Menschen vor Epidemien und Katastrophen warnen ...

Wenn ich es kann. Es wird für einen vierzehnjährigen Jungen schwierig sein. Vieles spricht dafür, daß man mich mit Beruhigungsmitteln vollstopfen und zur Besinnung bringen würde – oder, wenn meine erste Prophezeiung sich bewahrheitete, würde ich zum Gefangenen der europäischen Regierung gemacht, das ausgebeutete Orakel in einem Käfig, das Ziel von Entführungs- und Mordversuchen.

Und würde ich mit alledem wirklich die Welt verändern, wie ich es mir einbilde? Sobald ich ein Ereignis geändert hätte, würde sich dies mehr oder weniger subtil auf alle zukünftigen Ereignisse auswirken. Wenn ich alle Milch des Wissens von siebenundzwanzig Jahren erbräche, wie könnte dann jene Zukunft, die ich zu verbessern suchte, jemals Wirklichkeit werden? Ein Paradoxon. Die im Euter sauer gewordene Milch.

Geht man den Dingen auf den Grund und läßt einmal die unausweichlichen Leiden, Gewalttaten und Ungerechtigkeit einer hoffnungslos übervölkerten Erde außer acht, dann ist bloßes Überleben die Hauptsache. Und die Menschheit überlebt, recht und schlecht. Sie quält sich mit Ach und Krach durch – jedenfalls bis 2090. Das würde aus der heutigen Sicht schon einem Wunder gleichkommen. Celesteville. Skytopia. Könnte ich diesen Aspekt der Zukunft nicht zum Entgleisen bringen? Wenn man mich nicht einfach zur Therapie fortbrächte ...

Also behalte ich die Milch bei mir. Ich brauche einen Plan, aber es will mir keiner einfallen. Vorwärts, Taqi, hilf mir! Wenn ich schon ein Zeit-Messias sein soll, hätte mir jemand sagen sollen, warum gerade ich?

Mein Datenanschluß neben dem Bett läutet. In fünf Minuten beginnt die Schule. Allerdings ist es keine Schule im herkömmlichen Sinne, da das gesamte Schulsystem computerisiert worden ist.

Es muß einen Grund geben.

Ich bin machtlos und habe doch Macht über das Schicksal der Welt. Mache ich aber von meiner Macht Gebrauch, könnte alles zugrunde gehen. Und wie mache ich überhaupt davon Gebrauch?

»Verspäte dich nicht, Johnny.«

Aber ich habe mich schon verspätet. Ich bin siebenundzwanzig Jahre später als alle anderen auf dieser Welt.

»Guten Morgen, Johnny«, verkündet mein Bildschirm mit übertünchter Unpersönlichkeit. »Heute beginnen wir mit Deutsch.«

Gefolgt, wie ich hoffe, von Französisch. Ich spreche diese beiden Eurosprachen inzwischen fließend. (»Inzwischen« bedeutet, im weiteren Verlauf der Zeit.

Durch die Epidemie verwaist, werde ich als ein Mündel der europäischen Regierung, Ministerium für Soziales, nach Ruhrstadt geschickt, und von dort wird mein Weg mich schließlich zum Paradies Celesteville führen.)

Tatsächlich spreche ich Französisch und Deutsch allzu gut. DB, das Diagnostische Bewertungssystem, ist des Lobes voll über meine plötzliche Verbesserung in Aussprache und Geläufigkeit. Eine Stunde später erklärt es bissig, ich hätte mich zu Lasten der Biochemie zu sehr auf Sprachen konzentriert, denn in der ersteren bin ich plötzlich ein Kretin. Ich versuche, meine Kenntnisse in Mathematik nicht zu zeigen und auf dem erwarteten Niveau zu halten. Dann aber, als Französisch an die Reihe kommt, fällt es mir schwer, meine Zunge zu zügeln, und DB hat einen Riecher für diese Dinge. Ich werde gelobt, und wieder gewarnt.

Ich werde meine Zunge zügeln müssen, bis ich einen Plan habe.

Damals war ich kein Schwimmer; jetzt aber bin ich es.

Die Ausbildungsvorschriften bestehen darauf, daß die verstreuten Schülerinnen und Schüler zum Sport im Freizeitzentrum zusammenkommen. Im Schwimmbad werden wir von einem taperigen alten Lehrer und einem athletischen, sadistischen Bademeister beaufsichtigt. Welch ein Alptraum war dieser Schwimmunterricht für mich, welch eine Qual für das fette Fleisch! Das widerhallende Geschrei, die unaufhörlich ins Wasser platschenden Körper, der Geruch von Chlor, das Untergetauchtwerden, das Herunterziehen der Badehose. Wie oft war ich das Opfer, rannte wabbelnd und splitternackt herum und bettelte um meine Badehose, während sie von Hand zu Hand geworfen wurde! Oft dachte ich an Selbstmord. Die einzige Chance, Sicherheit zu finden, bestand darin, daß ich mich zum fetten Maskottchen einer der Schülerbanden machte. Doch auch sie verübten oft grausame Späße an ihrem Maskottchen. Ich mußte den Hanswurst für sie machen, Tränen in den Augen. Aber die Tränen sahen wie Wasser aus dem Schwimmbecken aus.

An diesem Nachmittag durchpflüge ich das gechlorte Blau. Ich springe vom Sprungbrett. Ich pruste wie ein Wal. Mein Geist erinnert sich, und mein jugendlicher Körper gehorcht. Unnötig zu sagen, daß meine des Schwimmens unkundigen Muskeln später aufschreien werden. Aber noch nicht. Noch nicht.

Meine Bande starrt verblüfft zu mir her.

Ich lache.

»Das ist der Triumph des Willens!« Die Dummköpfe wissen nicht, wovon ich rede. Natürlich nicht.

Aber damit kann es nicht sein Bewenden haben. Ein kleiner Triumph ist nicht genug.

Um mir eine Übersicht zu verschaffen, fange ich an, eine Tabelle der Zukunft zusammenzustellen. Eine Geschichte der Zukunft.

Zwei elende Tage später gebe ich auf. Das Problem ist unüberwindlich. Es würde mich sechs Monate kosten, und bis dahin würde ich halb verrückt sein. Wann genau schmolz der Reaktor in Tientsin durch? War es 2075? oder 2077? Oder 2079? Wann wurde der Imam Birjandi ermordet? Wann fiel die Atombombe auf Haifa? Wer brachte Cock Robin um?

Taqi, dies war niemals deine Art von Wissen.

Als ich fünfzehn war (das heißt, nächstes Jahr), verbrachte ich ein paar Tage bei meiner Tante Lisa in London. Das war kurz vor dem Ausbruch der Epidemie. Sie war mit einer Amerikanerin befreundet ... – wie hieß die doch gleich? Rachel. Ja, Rachel Akerman. Sie arbeitete im Informationsbüro der US-Botschaft. Eine regelrecht nymphomane Dame, diese Rachel, obwohl ich das damals nicht erkannte, erst rückblickend. Tante Lisa und ich gingen zu einer Einladung in Rachels Wohnung, die im selben Hochhaus war, und dort war ich das erste Mal betrunken. Hinterher mußte ich mich übergeben.

Wenn ich als Fünfzehnjähriger mit der Bahn nach London fahren konnte, warum nicht als Vierzehnjähriger? Schließlich bin ich in der letzten Woche sehr gereift – obwohl ich spüre, daß ich von der kühlen Selbstsicherheit von Celesteville in die Naivität meines früheren Fleisches zurückgleite. Vielleicht gelingt es mir, mit jemandem in der amerikanischen Botschaft Verbindung aufzunehmen ... Kann ich meinen englischen Landsleuten vertrauen? Zurückhaltung lautet hier die Devise. Welch ein Segen, daß die Epidemie mich als minderjährigen Flüchtling nach Ruhrstadt verschlug. Hätte uns die Epidemie weniger hart getroffen, so wäre ich nie aus England herausgekommen. Natürlich war Ruhrstadt auch ziemlich lausig, wenn auch ordentlicher, wie ich sagen muß – und wenn ich es recht bedenke, kann ich den Deutschen dieser Zeit auch nicht trauen. Was Russen und Chinesen betrifft, so kontrolliert die britische Sicherheitspolizei alle Personen, die bei ihren Botschaften ein- und ausgehen. Das schreckliche Geheimnis, das mir bekannt ist – die Ursache der Epidemie –, kann, wie ich glaube, nur einer bestimmten Gruppe von Personen gefahrlos erzählt werden, andernfalls könnten die Raketen fliegen ...

Warum sollte ein Vierzehnjähriger nicht die Menschheit retten können? Solche Dinge kommen als Abenteuergeschichten jede Woche im Fernsehen vor. Allerdings arbeitet der heldenhafte Junge gewöhnlich mit den Sicherheitskräften zusammen ...

So unglaublich es scheinen mag, es gelingt. Tante Lisa will mich aufnehmen. Mama und Papa vertrauen mir und lassen mich in den Osterferien nach London fahren.

Und so sitze ich bald darauf im Zug und lese wie irgendein reicher Sohn der Eurokratie eine Wirtschaftszeitung – obwohl mein Aussehen der Rolle schwerlich gerecht wird. Zu fett. Zu billig gekleidet. (Finanzmänner, was könnte ich euch erzählen!) Nächstes Jahr – das heißt, vor sechsundzwanzig Jahren – las ich während der Bahnfahrt Stendhals *Die Kartause von Parma* und bemühte mich in meiner halbwüchsigen Unerfahrenheit, die Liebesgefühle des Fabrizio del Dongo nachzuempfinden, wie er in seinem Turm eingesperrt saß und zu der Geliebten hinausspähte. Ich selbst betrachtete die geschlechtlichen Dinge damals auch wie von einem hohen Turm herab. Oder sie waren verknüpft mit Furcht und Demütigung am Schwimmbecken. Der Raub der Badehose. Das Sackkneifen. Onanieren unter Wasser.

Der kahlköpfige amerikanische Adler breitet seine Schwingen für mich aus. Skytopia!

Es ist ganz einfach, die Treppe hinauf zu gehen und bei Rachel zu läuten, nachdem Tante Lisa sie angerufen hat.

Ich gehe hinein.

»Was würden Sie sagen, Miß Akerman, wenn ich Ihnen erzählte, daß ich die Zukunft kenne? Wenn ich Ihnen sagte, daß es nächstes Jahr eine weltumspannende Epidemie geben wird, welche die Westküste Amerikas aus noch unbekannten Gründen verschonen wird? Aber Ihr bester Präsident seit Jahren wird daran sterben, weil er im Osten ist, was wiederum bedeutet ...« Ich kann eine ganze Weile weiterreden, und ich tue es. Ich hoffe, ich habe meine Fakten in die richtige Reihenfolge gebracht; es ist alles so lange her.

Rachel lacht. (Sie hat einen breiten, nassen Mund.)

»Du bist wirklich unheimlich. Du glaubst das alles?«

Bald mache ich Fortschritte. Hier mag ich ein fetter Schlappschwanz von einem Schuljungen sein; aber später in Celesteville bin ich entschieden *sympathique.*

»Möchtest du ein Gläschen mit mir trinken, Johnny?«

»Gern, solange es nicht Gin ist.«

Es war Gin, wovon mir damals bei ihrer Einladung schlecht wurde; die Erfahrung hinterließ in mir für allezeit einen Ekel vor Gin.

»Ist das ein Scherz?«

Klarer Fall. Diesmal werde ich nicht Gin spucken, bloß Milch.

»Haben Sie Zugang zur CIA, Miß Akerman?«

»Also, wirklich!«

»Nehmen wir einmal an, daß Sie Verbindung zur CIA haben. Nun, wie wäre es, wenn Sie morgen mit den Leuten sprechen würden? Erzählen Sie ihnen, Sie hätten einen unheimlichen Jungen getroffen, der ihnen ein faszinierendes Forschungsschiff mit dem Kodenamen *Beagle* beschrieben hätte.« Wenn der Skandal in fünf Jahren platzt und einen unmittelbaren Zusammenhang zwischen den heimlichen DNS-Experimenten an Bord der *Beagle* und dem Ausbruch der Epidemie enthüllt ... Nun, es wird beinahe zu einem Atomkrieg kommen. Der Name *Beagle* wird in Zukunft nicht mehr mit Charles Darwin in Verbindung gebracht werden. »Erwähnen Sie nur den Namen und sagen Sie, daß es eine kleine Epidemie von mutierten Cholerabakterien geben wird. Kälteklima-Cholera. Das wird die Herrschaften aufmerken lassen. Ja, und Sie könnten hinzufügen, daß es sehr wahrscheinlich eine kleine Wolke radioaktiven Staubes über dem Meer geben wird, wenn ich anderen Leuten davon erzähle – und Sie wissen, wohin das führen könnte.«

»Das hört sich wie ein Spionagefilm an.«

»Ja, nicht wahr?«

»Was schaust du mich so an, Johnny?«

»Ich schaue Sie bloß an. Eine Katze kann eine Königin anschauen.«

»Wie eine Katze, die eine Schale Milch gefunden hat.«

»Schnurr.«

Erfolg! Erleichterung! Wieder unten bei Tante Lisa, liege ich im Bett und denke an Rachels Körper und meinen Aktionsplan. Die zwei Bilder überlagern einander wie eine Doppelbelichtung. Orgasmus des Fleisches: Orgasmus der sich von diesem Punkt entfaltenden Ereignisse! Vermutlich ist Erbrechen auch eine Art orgasmischer Reflex: eine krampfhafte Zusammenziehung von Muskeln, die zu einem Erguß führt. Die Übereinstimmung und Samenerguß und der Milch des Wissens, die aus meinen Eingeweiden hochschießt, beschäftigt mich eine kleine Weile. Ich bin gesättigt, entspannt und befriedigt.

Tag zwei der neuen Ordnung. Ich verbringe ihn mit Spaziergängen durch London.

Am Abend schlüpfe ich die Treppe hinauf. Mehr Milch des Wissens und mehr Samenerguß in Rachel. Meine Verbündete, meine verwirrte Geliebte, für die ich plötzlich ein jugendlicher Rasputin geworden bin, hat meiner Bitte Folge geleistet. Ich liebe sie dafür. Energisch liebkose ich ihre Brüste.

Sie kommen: zwei stämmige, schweigsame Typen, wie man sie als Begleiter wichtiger Persönlichkeiten kennt, und das Gehirn des Trios, eine Gestelt wie aus einem amerikanischen Gruselfilm, Huffstickler mit Namen. Er ist bebrillt (ein komischer Anachronismus, selbst im Jahre 2063) und trägt einen Fischgrätanzug, dazu einen Schlips, der eng genug geknotet ist, um einen Henker zu begeistern. Huffstickler muß jeden Abend einen erwürgten Schlips wegwerfen.

»Miß Akerman erzählt uns, daß du dich für Forschungsschiffe interessierst. Sie sagte etwas über – wie war doch gleich der Name? – etwas, das *Beagle* genannt wurde. Wir dachten bloß ...«

»Das kann ich mir denken, daß Sie gedacht haben. Nun passen Sie gut auf: An Bord der *Beagle* wird es bald einen größeren Betriebsunfall geben, bei dem eine Menge von Ihren kälteresistenten Choleraerregern freigesetzt werden wird. Nicht viele Leute werden während der nächsten fünf Jahre wissen, wie genau es dazu kam, daß ein paar hundert Millionen Menschen umkamen, darunter Ihr Präsident Greenberg. Aber wenn es herauskommt – und früher oder später kommt die Wahrheit immer ans Licht –, werden Sie einen großen Eiertanz aufführen und dabei mächtig ins Schwitzen kommen. Und Ihre Regierung wird gewaltige Entschädigungszahlungen leisten müssen. Oder einen Atomkrieg riskieren.«

Huffstickler besieht seine Fingernägel. Plötzlich blickt er auf; sein Blick spießt mich auf wie einen Schmetterling ...

Er besieht wieder seine Fingernägel.

Wieder?

Unsinn sprudelt mir von den Lippen. Huffstickler babbelt unverständliches Zeug. Plötzlich eile ich rückwärts zur Tür. Wie kann ich rückwärts laufen? Hilfe! Nicht ich bin es, der rückwärts läuft – es geschieht mit mir! Ich beschleunige. Undeutliche, verschwommene Szenen flackern rückwärts. Es ist unmöglich, diese rückwärtsfahrende Achterbahn unter Kontrolle zu bringen! Ich erbreche mein Frühstück, sauge meine Exkremente ein. Das Dunkeln der Morgendämmerung – und ich sterbe, nein, träume – dann das Hellerwerden des vergangenen Abends. Der gestrige Tag huscht mit flakkernden Ansichten von London vorüber. Schneller. Wahnsinnig.

Wie lang, wie lang? Ich rase abwärts in ein schwarzes Loch, wo die Zeit umgestülpt ist! Werde fortgerissen.

Ich verlangsame. Ich bin in Rachels Wohnung, zum ersten Mal. Ich bin nackt in ihrem Bett, sauge Sperma aus ihr in mich ein!

Ich bin angezogen, speie einen Martini in ein Glas.

Ein Schwindelgefühl, ein Schwanken ...

Die Zeit läuft wieder vorwärts ...

»Was würden Sie sagen, Miß Akerman, wenn ich Ihnen erzählte ...?«

»Wenn du mir was erzähltest, Johnny?«

»Nichts, nichts! Ich muß gehen.«

»Aber du bist doch gerade erst gekommen.«

Ich fliehe aus ihrer Wohnung, ein tolpatschiger Junge, beschämt. Ich übergebe mich in Tante Lisas Waschbekken, als ob ich Rachel Akermans Gin vom nächsten Jahr bereits getrunken hätte.

Die Milch des Wissens konnte ich nicht ausspeien. Sobald ich es versuchte, wurde ich ... zurückgespult. Zurück zu dem Augenblick, bevor ich die Serie von Ereignissen einleitete.

Gibt es Regeln in diesem Spiel? Gibt es eine Ethik? »Du sollst dich nicht auf Kosten der Menschheit mit einer Seite zusammentun? Du sollst deine Macht nicht zur Unzucht mißbrauchen?«

Wer sagt das? Wessen Regeln sind es?

Erschöpft krieche ich ins Bett.

Wieder Tag zwei. Diesmal lenke ich meine Schritte zum Empfangsschalter einer Fernsehanstalt. Öffentliche Information zum Wohle der Allgemeinheit.

Ich werde hinaufgeschickt – mehr als ein Scherz, als ein Vorläufer der Sauregurkenzeit. Doch sobald ich tatsächlich einem Nachrichtenredakteur gegenübersitze, der aufmerksam wird und sich Notizen macht, schwupp: die Zeit schnurrt wieder rückwärts. Unten angelangt, stürze ich aus dem Gebäude, ohne dem Empfangsschalter nahezukommen, jetzt finster beäugt von einem argwöhnischen Portier.

Wenigstens verlor ich diesmal nur zwanzig Minuten. Wenn es verlorene Zeit genannt werden kann, denn ich erhalte sie ja zurück.

Immerhin konnte ich mein Anliegen am Empfangsschalter vortragen. Geradeso wie ich es Rachel sagen konnte. Vermag ich in privaten Gesprächen über die Dinge zu reden, aber nicht gegenüber Vertretern der Öffentlichkeit?

An wen also soll ich mich wenden? Einen Psychiater?

Ja, mein Junge, du leidest unter einem außerordentlich komplexen und integrierten System von Selbsttäuschung. Es tut mir leid, aber da werden wir dir wohl den Schädel öffnen müssen ...

O Taqi, du hattest niemals solche Schwierigkeiten!

Ich versuche den Ombudsmann der Regierung anzurufen. Zu meinem Überraschung werde ich mit ihm verbunden. Kurz darauf spuckt der Münzautomat mir das Geld zurück in die Hand, macht den Anruf ungeschehen, läßt mich, wo und wann ich war.

Wieder: Ich suche das Panarabische Kulturzentrum auf. Vielleicht haben sie Sufis unter ihrem Personal – Kenner der Mystik und der verborgenen Verkettungen von Ursache und Wirkung, die auch Wesire in der praktischen Welt sind. Sufis sollten solche Dinge verstehen. Ibn Arabi war ein Sufi.

Und es scheint, daß ich Glück habe. Wenigstens kennen sie die Geschichte von Taqi. Und vielleicht habe ich eine Zukunftsvision gehabt, die seiner Vision von Mohammed gleichkommt. Drei, vier Stunden vergehen, während sie Fühler ausstrecken. Sie behandeln die ganze Sache sehr feinfühlig und diskret. Ich verschmähe Datteln; der Geschmack erinnert mich allzu verlangend an Celesteville. Ich schlürfe echten Mokka aus einem winzigen Becher, und mein junger Gaumen genießt bewundernd den unbekannten Geschmack, den meine Erinnerung freudig begrüßt.

Unterdessen hallen die Echos der Ereignisse durch die Jahre wider und schlagen über mir zusammen.

Und plötzlich, ohne Vorwarnung, schnurrt die Welt rückwärts. »*Ne-e-e-i-i-n ...*« heule ich durch die rückwärtsgewandten Stunden. Ich verlasse das Kulturzentrum. Kein weiser Sufi rettete den Tag. Kein Wesir löste mich aus.

Wieder zu Hause.

Zitat des Tages (aus Sören Kierkegaard, *die Wiederholung,* 1843):

> *Bekam ich nicht alles doppelt? Bekam ich nicht mich selbst wieder, gerade so, daß ich die Bedeutung davon doppelt fühlen mußte? Und was ist eine Wiederholung von irdischen Gütern, die gleichgültig ist, gegen die Bestimmung des Geistes, im Vergleich mit einer solchen Wiederholung? Nur die Kinder bekam Hiob nicht wieder, weil ein Menschenleben sich nicht so verdoppeln läßt. Hier ist nur des Geistes Wiederholung möglich, wenn sie auch in der Zeitlichkeit niemals so vollkommen wird wie in der Ewigkeit, die die wahre Wiederholung ist.*
> *Wieso wurde ich Teilhaber in der großen Unternehmung, die man Wirklichkeit nennt? Warum soll ich Teilhaber sein? Ist das keine freiwillige Sache? Und falls ich genötigt werden soll, es zu sein, wo ist da der Dirigent, ich habe eine Bemerkung zu machen. Gibt es keinen Dirigenten? Wo soll ich mich mit meiner Klage hinwenden?*

Danke euch, Mama und Papa, ich hatte schöne jungenhafte Ferien im aufregenden London. Und nun gehöre ich wieder der Hochhauswohnung und dem Bildschirm ... und dem Schwimmbecken.

Wenigstens hat es Spaß gemacht, mit Rachel ins Bett zu gehen. Obwohl sie es nie erlebte. Nie erlebte.

Aber ich erlebte es, jawohl!

Und blitzartig wird mir klar, daß ich, wenn alle Vorfälle, die das System zurückweist, für alle Leute bis auf mich ausgelöscht werden – wegen der Weiterungen, die sich daraus ergeben könnten – nun, daß ich tun und lassen kann, was mir gefällt! Ich kann stehlen und vergewaltigen und morden. Sobald ich erwischt werde und mich erkläre, wird der ganze Zeitabschnitt zurückgespult! Schnellt zurück wie ein Gummiband.

Das macht Diebstahl ziemlich sinnlos. Ich wäre der Bereicherung beraubt. Aber vielleicht nicht Vergewaltigung oder Mord. Ich würde immerhin die Befriedigung haben, wenn man es so nennen kann.

Dennoch ... wenn ich ein Verbrechen beginge und lange Zeit unentdeckt bliebe, schließlich aber überführt würde, könnte es notwendig werden, Jahre rückwärts zu überspringen. Gerade wenn ich im Begriff bin, die Fähre nach Celesteville zu besteigen, legt sich eine Hand auf meine Schulter – und schwupp, werde ich zwei Jahrzehnte zurück in mein vierzehnjähriges Fleisch gestoßen. Das wäre schrecklich.

Aber mit Vierzehn habe ich sowieso kaum das Zeug zu Gewalttaten.

Sollte es etwa anders sein? Bin ich in Wirklichkeit im Gedächtnissimulator irgendeines Psychiaters, der meine Persönlichkeit härtet, damit ich die robuste Widerstandsfähigkeit eines Astronauten zurückgewinne? Aber es gibt kaum einen Bedarf an Astronauten. Kein Mensch hat eine Ahnung, wie man ein Triebwerk bauen kann, das die für die Weltraumentfernungen erforderlichen Geschwindigkeiten auch nur annähernd erreichen würde.

Handelt es sich um eine Art moralischen Intelligenztest? Wird mir beigebracht, daß ich nicht vergewaltigen und morden darf, nicht einmal den Wunsch zu abweichendem Verhalten verspüren sollte?

Nein, es ist keine Simulation. Dessen bin ich gewiß. Es ist tatsächlich das Jahr 2063, und ich wandere in Birmingham herum, nicht im Land meiner Phantasie. Mein Körper sagt es mir. Dieser Furz sagt es, feucht und fruchtig.

Und so verschafft sich dieser Proto-Kriminelle, ich, über den Bildschirm Zugang zu dem Buch *Die Wiederholung* von Kierkegaard.

»Wiederholung ist Transzendenz«, schreibt unser dänischer Philosoph. »Wenn Gott die Wiederholung nicht selbst gewollt hätte, wäre die Welt niemals in Erscheinung getreten. Er hätte sie erinnert und im Gedächtnis konserviert.« (Tat er das vielleicht wirklich? In meinem Einzelfall? Konserviert er mich im Gedächtnis?) »Derjenige, der Wiederholung wünscht, ist im Ernst gereift.« Warum sollte das so sein, lieber Kierkegaard? »Weil Wiederholung Reue von seiten des Menschen darstellt, und Vergebung von seiten Gottes ...«

Solche Gewißheiten entdeckte Kierkegaard auf seiner eigenen wiederholten Reise nach Berlin im Jahre 1843, als er vor der schönen Regina Olsen floh und sich zugleich nach der Wiedervereinigung mit ihr sehnte. Welche vergleichbaren Gewißheiten entdeckte ich auf meiner wiederholten, vergeblichen Reise nach London, zu den samenbefleckten Bettlaken Rachel Akermans?

Weswegen stehe ich vor Gericht? Was soll ich bereuen? Ich werde zum Werkzeug gemacht, oder zum Versuchsobjekt. Aber von wem? Von Gott, oder von Menschen? Ich kann mir nicht vorstellen, daß Gott es der Mühe wert finden sollte; ich kann nicht glauben, daß ein Mensch es zuwege bringen könnte. Aber es ist so.

»Wiederholung ist ein unvergängliches Gewand.« Sehr richtig! Versucht man einen Pullover aufzutrennen, so strickt er sich gleich wieder zusammen.

Eine höhere transzendentale Wiederholung erwartet mich? Tut sie es wirklich?

In der Ewigkeit ist die wahre Wiederholung ... Und es wird ewig währen, dieses Leben, wenn ich bei jeder in die Zukunft weisenden Äußerung wieder von vorn anfangen muß. Und unterdessen krebst die Menschheit weiter, mit ihren Epidemien, Gemetzeln, Katastrophen. Und ich werde machtlos sein.

Es gibt immer die Möglichkeit des Selbstmords ...

Aber stimmt das wirklich? Oder werde ich, wenn ich mich selbst töte, sofort zu dem Augenblick vorher zurückbefördert? Der Tod wird nicht durchlebt, sagte Wittgenstein. Kann der Tod in der Umkehrung durchlebt werden?

Kann ich es wagen, mich selbst als Experiment umzubringen?

Aber vielleicht bin ich bereits tot, und dies ist die Hölle oder das Fegefeuer: die ewige Wiederholung meiner Tage.

Taqi, alter Freund, ich habe mich weit von deiner Vorstellung vom Wissen entfernt. Seltsame und unnatürliche Bestrafung! Sollte ich um Vergebung beten?

Sag mir bloß, was du vergeben wissen möchtest.

Verschwiegener Bastard.

Hör zu, bitte: Ich entschuldige mich dafür, ich zu sein. Ich bedaure, daß ich John Farrer bin. Zutiefst.

Doch scheint es, daß Bedauern nicht genügt.

Heute steht die Welt still ...

Zuerst bemerkte ich es nicht. Ich dachte, der Bildschirm sei defekt geworden.

Aber nein. Alles ist zum Stillstand gekommen, nur nicht für mich. Wenn ich zu lange an einem Platz stehen bleibe, werde ich in meiner eigenen Ausatmung erstikken ...

Mama steht bewegungslos im Küchenabteil. Eine Fliege hängt mitten in der Luft – und wird nicht von dem Faden einer Spinne gehalten.

Draußen, in einiger Entfernung, hängt auch ein Polizeihubschrauber; ich kann jedes Rotorblatt so scharf ausmachen, als ob die Maschine am Boden stünde.

Hier ist ein einzelner Quantenmoment der Zeit, der sich ständig wiederholt. Ich allein kann mich darin bewegen, wie jemand, der sich in einem holographischen Bild bewegt – einem Bild, das greifbar ist. Eine Welt im Zustand der Stasis. Ist dies die verheißene transzendentale Wiederholung, der ewige Augenblick? Kaum, wenn der eigene Atem mich erstickt!

Aber bis zu diesem Augenblick, bis ich zu müde werde, mich weiterzubewegen, kann ich allmächtig mit der Welt spielen! Wie kann jetzt, da die Zeit selbst stillsteht, eine Handlung von mir zurückgespult werden? Die Welt ist ein Spielzeug, das auf mich wartet.

Ich glaube, in den nächsten subjektiven Stunden werde ich ein bißchen verrückt. Ich zerschlage Dinge. (Der Ziegelstein segelt durch das Fenster, das Glas splittert ... Dann kann es nicht auf das Pflaster fallen.) Ich stehle einen schnittigen Turbowagen und fahre rücksichtslos damit herum, unbekümmert um Kratzer und Beulen. Einen streunenden Hund, der wie angefroren auf der Straße steht, zerquetsche ich mit den breiten Reifen zu einem roten Teppich. Ich nehme an, daß der Turbowagen deshalb normal funktioniert, weil ich mit ihm verbunden bin; er ist zeitweilig eine Verlängerung meiner selbst. Ich halte an, um ein Bettengeschäft anzuzünden. (Das Feuer brennt nicht. Ohne Zweifel würde es brennen, wenn ich mich hineinstellte und selbst verzehrte!) Ich schlendere an dem erstarrten Portier vorbei in ein Kleidergeschäft. Ich inventarisiere die jungen Verkäuferinnen, wähle eine aus, entkleide sie und lasse sie akrobatisch posieren. (Anders als Dornröschen erwacht sie nicht unter meinen Liebkosungen.) Ich kopuliere mit ihr auf dem Teppich, in einer Position des Kamasutra. Sie fühlt sich weich und warm an, aber das ist alles, was mein Tun von Leichenschändung unterscheidet. Ich lasse sie in unveränderter Haltung zurück und gehe hinaus. Unweit von einem Juweliergeschäft bemerke ich einen Polizeiwagen. Ich nehme eine Maschinenpistole heraus und schieße Löcher in die Luft. Es kommt jetzt darauf an, die Zeit zu überreden, daß sie vorwärts fließt, nicht rückwärts! Trotz des Smogs ist der Himmel klar bis hinauf in die höchsten Höhen. Keine Löcher erscheinen darin; keine bemalten Kulissen poltern herab.

Und ich werde verfolgt. Ich bin dessen sicher. Irgendwo summt eine Maschine in der stummen Stasis der Welt. Sie tut es für mich.

Wer kommt? Ist es der Milchmann des Wissens? Fern von mir ist jetzt die *Beagle,* der durchgeschmolzene Reaktorkern von Tientsin und was sich noch alles ereignen wird.

Langsam gehe ich um den Turbowagen. In Bewegung bleiben. Oder die Statue spielen.

Ein Motorrad braust um die Ecke ... Ich erstarre. Auf der Maschine sitzt eine junge Frau. Mager, mit rotem Haar und sommersprossigem Gesicht. Sie trägt rote Stiefel, rote Hosen, eine rote Bluse. Sie ist Feuer, gekommen, mich zu brennen! Und ich erröte über meine Straftaten. Ist sie auch eine Präinkarnation, wie ich?

Sie bremst.

»Hallo!«

Sie scheint sehr erfreut zu sein.

»He, John, mich kannst du nicht täuschen! Jungen

deines Alters fahren nicht mit Turbowagen herum.« Sie lacht fröhlich. »Ja, ich habe gesehen, was du angerichtet hast, aber denk dir nichts dabei – es ist ganz verständlich.«

»Wer sind Sie? Werde ich wieder zurückgespult, wenn ich zu Ihnen spreche? Was ist passiert?« Ich weine vor Erleichterung, ein schluchzender Junge, der sich seiner Tränen schämt.

»Immer langsam, eins nach dem anderen! Ich bin Liz. Ich bin schon lange hinter dir her, aber jedesmal, wenn ich in deine Nähe kam, spieltest du mir einen Streich, und wir mußten beide wieder ganz von vorn anfangen!«

Sie steigt ab, und wir gehen umeinander herum, damit wir freien, sauerstoffreichen Raum bekommen.

»Ich war in Celesteville, John. Genau wie du. Schlechte Luft hier, nicht?«

»Bin ich ein Verbrecher? Ein Sünder? Warum geschieht dies?«

Sie tippt sich mit dem Finger an die Nasenspitze. »Du bist so etwas wie ein Zeitreisender – oder vielleicht sollte ich sagen, ein Wahrscheinlichkeitsreisender. Sie haben das getan. *Sie.* Ich weiß nicht, was sie sind: Essenzen, Einheiten, die statt des Raums die Zeit oder die Wahrscheinlichkeit bewohnen. Sie können ihre Köpfe oder Fühler durch die Oberfläche der Welt stecken, wie du ein Rohr mit einem Glasboden in einen Teich steckst. Wie können die Fische wissen, was oben am anderen Ende ist?«

Höhere Wesenheiten also. Diese Erklärung ist anderen vorzuziehen.

»Warum ist die Welt zum Stillstand gekommen?« frage ich sie. »Ist das Spiel jetzt zu Ende? Es kommt mir ziemlich albern vor – bloß Sie und ich ... ah, Liz. Was sind wir: Helden, Repräsentanten der Menschheit? Was hat es alles zu bedeuten?«

»Johnny, es könnte eine Milliarde von alternativen Geschichtsabläufen nebeneinander geben. Eine unendliche Zahl. Vielleicht ist das die Art von Kosmos, die sie bewohnen. Ich mußte dich irgendwie erreichen. Es gab eine Zeitgrenze, die anscheinend jetzt erreicht ist. Aber«, sagt sie lächelnd, »da bin ich.« Sie schüttelt das Kohlendioxid aus ihrer roten Mähne.

»Diese ›Einheiten‹ ... Ich kann nicht sagen, daß ich damals um 2090 etwas davon bemerkt hätte! Sind andere darauf gekommen?«

»Aber wir sind nicht von 2090, John! Wir sind von 2095. Das ist das Jahr, als sie eindrangen. Sie gaben dir keine vollständige Vor-Erinnerung, sonst wärst du darauf gekommen. Aber sie gaben mir die Fähigkeit zu spüren ... die Wahrscheinlichkeit zu spüren, wo du warst. Und jedesmal, wenn du handeltest, um den Gang der Geschichte zu verändern, mußten wir von vorn anfangen! Ich wurde auch zurückgeworfen. Geringe Wahrscheinlichkeit, dich wiederzufinden. Sehr frustrierend. Daß du einfach so nach London fuhrst, warf mich von der Fährte.«

Sie schreitet aus, atmet tief. Ich watschle in meiner unglücklichen Jungengestalt schnaufend neben ihr her.

»Aber was geht im Jahr 2095 vor? Celesteville muß ein Chaos sein, die ganze Erde!«

»Sie sind eine Zone dunstigen Lichts draußen im Raum nahe L-4, und auch im Raum von Skytopia. Und auf dem Mond, und hier auf Erden in rauhen Mengen. Wie Kuckucksspeichel. Belebte, denkende Zeitgeflechte sind es, wenn du mich fragst, aber uns, die wir in einer einzigen Zeitlinie eingeschlossen sind, erscheinen sie einfach wie heller Nebel.«

»Aber ...«

»Wir müssen feiern, daß ich dich gefunden habe!« Sie pflanzt mir einen Kuß auf die Backe, dann auf den Mund. Ein paar Augenblicke später sitzen wir im Turbowagen; sie läßt die Sitzlehnen zurückschnurren, so daß ein Bett entsteht.

Seltsame Art, einen fetten Jungen zu begrüßen, selbst wenn er in Wirklichkeit über vierzig und schlank ist! Es ist wie eine Parodie auf meine frühere Eroberung von Rachel. Ein Wiederholungsspiel.

Ich kann ihrem drahtigen Zugriff nicht widerstehen ... Wenigstens etwas, eine Schicksalsgenossin. Ich fühle mich träge, schläfrig. Liz, Liz ... ich kenne nicht mal ihren Nachnamen. Will sie mich retten? Oder zerstören? Ist das die Methode, die man ihr empfahl, um mich aus dieser Stasis herauszuholen? Soll sie mich ersticken? Umbringen? Schwer und leicht fühle ich mich: zu schwer, um mich zu bewegen, und schwerelos auf diesem weichen Sitz ...

Ich schwebe schwerelos, atme leicht ...

Ich bin an einem Ort des Lichts, in wattiger Vergessenheit, völliger Stille. Nein, ein leises Knistern ist zu vernehmen. Ich schwebe.

Ich bin in einem Schutzanzug. Ich stecke in meinem zukünftigen Körper! Der leuchtende Nebel umhüllt mich, aber es fühlt sich an, als ob ich in der Schwerelosigkeit des Raums wäre. Vielleicht treibe ich in der Mitte von Celesteville die Nullachse entlang, und die Klimaregelung ist defekt geworden, so daß dieser Nebel entstanden ist ... Aber nein, dort würde ich nicht in einem Raumanzug stecken.

In einer Richtung scheint die Helligkeit des Nebels stärker zu sein.

Ich betätige die Manövrierdüse, treibe auf die Helligkeit zu. Auf einmal befinde ich mich in grellem Sonnenlicht. Schwärze und helle, flimmerfreie Sterne. Ich bin am Rand eines kugeligen Körpers aus milchigem Nebel, der im Raum schwebt. Es ist die Milch des Wissens, zu Schaum geschlagen, zu einer Wolke des Vergessens.

Wenige Augenblicke nach meinem Auftauchen schnatterten Radiostimmen in meine Ohren.

»Dr. Farrer!«

»John!«

»Er ist zurückgekommen!«

»Können Sie mich verstehen, Farrer?«

»Sind Sie wohlauf?«

Eine Raumfähre hängt in einiger Entfernung, ein silbriger Fisch mit Antennenflossen. Weiter entfernt, durch die Entfernung geschrumpft, ist der vertraute lange Zylinder von Celesteville zu sehen.

Eine kleine Kapsel schießt auf mich zu.

»Ich verstehe Sie. Wer immer Sie sind.«

Soviel ich weiß, haben wir noch das Jahr 2090.

Aber es ist 2095, wie Liz mir sagte.

Ich erfahre das in Celesteville, wo ich sicher in unterirdischer Quarantäne untergebracht bin, isoliert von den Feldern und Wäldern, für den Fall, daß ich sie mit wattigem Nebel füllen könnte.

Wie es scheint, bin ich ein Held, der erste Mensch, der mit relativ intakten geistigen Fähigkeiten aus der Wolke zum Vorschein gekommen ist. Andere Freiwillige sind ins Säuglingsalter zurückgefallen; andere sind wahnsinnig geworden. Aber dem Dr. John Farrer wurde nur die oberste Schicht seines Gedächtnisses abgerahmt. Die Masse der Milch bleibt.

Und da sind meine Kollegen. Wolfgang Hesse, François Gilot, Ernst Zandel, Richard Devenish. Gute Freunde aus der Zeit vor fünf Jahren. Und Maria Menotti. Meine Geliebte jüngeren Datums. Sagt sie mir. Ich habe sie vergessen, werde sie aber wiederentdekken. Vielleicht werden wir einen Ehevertrag unterschreiben, wenn ich sie wieder kennenlerne.

Ich bin sieben Tage in der weißen Wolke gewesen. Sie hatten die Hoffnung aufgegeben. Aber mein Luftvorrat zeigt einen Verbrauch von nur vier Stunden an – und meine Erinnerung sagt mir, daß ich wochenlang dort drinnen war. Wochen des Jahres 2063.

Die Hauptsorge in Verbindung mit den Nebelzonen ist nicht das Schicksal der Leute, die hineingehen, sei es absichtlich, sei es unabsichtlich. Es ist das Schicksal der Geschichte selbst, und darum der Gegenwart, da jeder, der hineingeht, sie verändern kann. Auf Erden denkt man nicht daran, die Nebelzonen zu meiden. Unter dem Vorwand der »Erforschung« ist ein höchst gefährlicher Zeitkrieg im Gange. Freiwillige werden in die verschiedenen Zonen auf Erden geschickt: Fanatiker, hypnotisierte und programmierte Agenten des Islam oder des Marxismus oder des einen oder des anderen Nationalismus. Und kurz nachdem solche Freiwilligen in die Nebelzonen eindringen, entstehen unausweichlich Flecken alternativer Realität. Diese Flecken messen zehn oder zwanzig Quadratkilometer und haben eine Lebensdauer von mehreren Stunden oder sogar mehreren Tagen, bis die grundlegende Gegenwartsrealität sich wieder durchsetzt. Über den Datenverbund haben wir einen recht guten Überblick über die Ereignisse in den einzelnen Ländern. Die Ergebnisse ihrer störenden Eingriffe sind vielfältiger Art, wenn auch zum Glück kurzlebig: Sklavenstaaten, religiöse Diktaturen, schlimmer als jede Inquisition, radioaktive Wildnis, eine Welt, wo die weiße Rasse an einer selektiv wirkenden Seuche ausgestorben ist, ein »Utopia«, wo man der Raumfahrt entsagt hat ... Und jedesmal, wenn sich die grundlegende Realität wieder durchsetzt, geht eine Art Schockwelle durch sie hindurch, ein Zittern wie von den dröhnenden Vibrationen eines Gongs – als sei alles im Begriff, sich zu verändern, und vielleicht tut es das für die Dauer eines Sekundenbruchteils, um dann sofort wieder den früheren Zustand zu erreichen. Dieses Phänomen ist sogar hier draußen in Celesteville fühlbar.

»Aber du konntest überhaupt nichts verändern!« sagt Wolfgang Hesse triumphierend. »Du versuchtest es, aber du konntest nicht. Vielleicht ist dieses ganze elende Durcheinander bald vorbei.«

»Noch wichtiger«, sagt Richard Devenish, »ist die Tatsache, daß John allem Anschein nach Verbindung mit den Kräften aufgenommen hat, die diese Nebelzonen betreiben. Ich meine das Geschöpf, das sich ›Liz‹ nannte.«

»Es sei denn, sie war bloß eine Art Phantasiegestalt, eine Projektion seines Unterbewußtseins, die ihn zurückführte.« Maria Menotti scheint die mögliche Existenz dieser Liz nicht ohne Eifersucht zu betrachten.

Devenish schüttelt den Kopf. »Nein, das ist die erste bedeutsame Begegnung im Innern einer Zone. Jedenfalls die erste, von der wir wissen. Ich glaube wirklich, daß wir Verbindung aufgenommen haben.«

»Mit wem? Mit diesen Einheiten, von denen Liz sprach?«

»Verstehst du nicht? ›Liz‹ muß selbst eine von ihnen sein. Das ist unser erster wirklicher Anhaltspunkt, Maria. Die Leute unten auf Erden rennen bloß wie leukotomisierte Ratten durch das Zeitlabyrinth.«

»Liz könnte trotzdem Johns Über-Ich gewesen sein. Er benahm sich ziemlich schlecht.«

»Ein paar Missetaten, das ist alles. John ist gesund und mit klarem Verstand zurückgekehrt.«

»Ich habe fünf Jahre verloren«, sage ich mit einem Blick zu Maria. Sie kennt meinen Körper; aber ich kenne ihren nicht.

»Du solltest die anderen sehen, sie haben den Verstand verloren. John, du bist unser Bindeglied zu diesem Ding. Zu ihnen.«

»Du willst doch nicht andeuten, daß ich wieder zurückgehen sollte, um Himmels willen?«

Devenish breitet die Hände aus.

»Gibt es eine andere Wahl? Sollen wir die Hände in den Schoß legen und dasitzen, bis sich eine dieser elenden Alternativwelten verfestigt – und wir alle plötzlich aus der Existenz verschwinden? Oder uns irgendwo auf Erden wiederfinden, während Celesteville nichts als ein eitler Traum ist? Wir haben Verpflichtungen, Mann – gegenüber der Geschichte, wie sie sich entwickelt hat, der Geschichte, die uns nach Celesteville führte. Wir haben Verpflichtungen gegenüber der Menschheit. In den Augen jener Wesenheiten mögen wir uns wie Mäuse in einem Zeitlabyrinth ausnehmen, aber wir haben ein begründetes Interesse daran, den Weg, den wir gekommen sind, als die wahre und einzige geschichtliche Realität zu stabilisieren.«

»Nun ...«

»Guter Mann!«

Die Kapsel bleibt außerhalb, während ich allein in den weißen Nebel eindringe. Wieder wird der Funkverkehr augenblicklich unterbrochen.

Ich gehe auf einer festen Oberfläche durch den Nebel. Schwere zieht mich abwärts. Ein Blick auf die an meinem Unterarm befestigten Sensoren verrät, daß ich den Nebel atmen kann. Er besteht aus Stickstof, Sauerstoff, Spuren von Edelgasen. Der Luftdruck entspricht dem in Meereshöhe. Befinde ich mich jetzt in Übereinstimmung mit allen anderen Nebelzonen auf Erden?

Ich mache Bewegung aus. Eine Gestalt. Rotes Haar, undeutlich im milchigen Rauch. Rote Stiefel, rote Hosen, rote Bluse.

Ich öffne den Helm.

»Hallo! Du bist zurückgekommen, das ist gut. Du bist ... beständig. Du hast Konsistenz, Johnny.«

Die hat der Nebel unter meinen Füßen auch.

»Die da draußen«, sage ich und zeige mit dem Daumen über die Schulter, »wollen wissen ...«

»Willst du wissen?« sie lacht hexenhaft. »Begehrst du die Macht, die Wissen bringt?«

»Unsere ganze Welt könnte sich verändern.«

»Das wäre aber schade, Johnny. Es gibt jedoch Wichtigeres als Wissen. Feste Existenz ist wichtiger. Du, Johnny, existierst. Du bist. Deine Welt ist. Aber was ist Sein? Sind *wir* Wesen? Nein wir können nicht in der Weise ›sein‹, wie ihr es könnt. Du zeigst uns, was es ist: ›zu sein‹. Unser Eindringen bedroht euch mit allen möglichen Weltlinien, in denen wir wohnen: Im Multiversum, nicht in eurem einzigen Universum. Ihr schaltete alle anderen Existenzen bis auf eine aus. Wir können machen, daß die Welt in andere Gleise springt. Wir können nebeneinanderstellen. Aber das ist nicht wirklich, was wir wünschen. Wir lieben eure singuläre Realität.«

»Ich liebe sie auch. Bitte, laßt uns in Ruhe!«

»Kann die Liebende den Geliebten verlassen? Außerdem deckt eure Liebe sich mit der unsrigen. Du selbst warst es, dein eigenes tiefes Verlangen, das die Zeit zu ihrer Grundlinie zurückspulte. Wir haben es nicht getan, Johnny.« Liz betrachtet ihre Finger, als ob sie sie erheiterten. Sie legt die Spitzen zusammen. »Diese ... Zurückhaltung ist für uns sehr attraktiv. Denn wo alle Möglichkeiten gleich sind, kann keine wirklich *sein*. Keine existiert tatsächlich. Sie sind nur Wellen von Wahrscheinlichkeit. Aber ihr existiert. Ihr habt einen Raum deterministischer Kausalität geschaffen. Sie ist durch die Natur eures Bewußtseins geformt und wie ein Samenkorn eingebettet in das Multiversum. Ihr habt eine wahre Zukunft – wenn wir die Welt nicht in ein anderes Gleis überspringen lassen.«

»Kennt ihr unsere wahre Zukunft?«

Sie nickt.

»Warum sie dann verändern? Oder ist es überhaupt keine Zukunft? Wie ist sie?«

»Ach, dieser köstliche Augenblick, wenn du deine Seele verkaufst!«

»Das also ist es? Du möchtest Bezahlung? Womit?«

»Nun, mit der Erfahrung, wie es ist, *zu sein,* Johnny.«

»Ich verstehe nicht.«

»Wir können in dich eingehen, wie ein Glas Milch, das du trinkst und verdaust und Teil deiner Körperzellen wird, deiner Nervenbahnen und deines Gehirns. Durch euch gehen wir in eure Kinder und Kindeskinder über, ohne daß ihr euch dessen bewußt seid, so wenig wie eure Kinder und Enkel es sein werden. Es wird so sein, als hättet ihr plötzlich eine Seele geerbt. Ihr werdet die eine wahre Zukunft wissen, und dann werdet ihr sein wie vorher; ihr werdet sie nicht länger wissen, doch werdet ihr euch aufmachen, sie zu erreichen. Und ihr werdet diese Zukunft sein. Und ihr werdet nicht mehr von uns und von den Veränderungen wissen, weil wir in dieser Zukunft eins mit euch sein werden, für alle Zeit. Aber ihr müßt uns eure Herzen und euren Sinn bereitwillig öffnen.«

»Und was geschieht, wenn wir euch nicht konkrete Form in uns annehmen lassen?«

»Dann werden wir eure Welt unausweichlich in Nebelschleier von Möglichkeiten der verschiedensten Art hüllen. Die Kausalität wird sich selbst zugrunde richten. Viele Zeitlinien werden gleichzeitig bestehen. Ihr werdet es als Chaos empfinden – bis die Alternativen sich derart vervielfachen, daß die Winde des Multiversums uns wieder fortwehen können. Für euch aber wird es zu spät sein.«

»Also heißt es: Kopf – ihr gewinnt, Schrift – wir verlieren.«

»Aber ihr verliert nicht. Ihr gewinnt eure eine wahre Zukunft. Und wir erlangen Realität: eure einzige Realität.« Liz lächelt. »Wie du als ein Repräsentant eine gesamte Rasse verpflichten kannst, ist dein Problem. In ferner Zukunft, Johnny, wenn eure Gene sich wieder und wieder vermischen, wirst du ohnedies ein Teil deiner gesamten Art sein. So wird eine Vereinbarung mit deinem einzelnen Selbst langfristig alle binden. Und dies beweist natürlich ...«

»... daß wir Millionen von Jahren vor uns haben! Also muß es eine Zukunft für die Menschheit geben, sonst könntest du dieses Angebot nicht gut machen, nicht wahr? Aber ... ah, habt ihr diese Vereinbarung auch anderen Rassen draußen im Weltraum angeboten?« Anderen Rassen, die sich vielleicht geweigert hatten, selbst auf Kosten ihrer eigenen soliden Realität? Weil die Alternative schlimmer war?

»Vielleicht gibt es keine anderen Wesen als euch? Vielleicht gibt es anderswo nur Wahrscheinlichkeitswellen? Hier allein ist das Saatkristall, nach langer Suche gefunden. Wähle, Johnny! Die Zeit drängt. Trinkt uns tief in euch hinunter, oder seid verfolgt von veränderlichen Realitäten, bis eure Welt zum Kaleidoskop wird.«

»Großer Gott, was für eine Wahl! Nun, fangen wir an. Geh in mich ein! Tue, was immer notwendig ist!«

Liz kommt näher.

Wie konnte solches Wissen besser übermittelt werden als in einem Kuß? Mit diesem Kuß besiegele ich deine wahre Zukunft. Mit einem Kuß, der dir die Besinnung rauben wird ...«

Die eine wahre zukünftige Geschichte der Menschheit. Ja, wahrhaftig. Aber vor allem sehe ich die Tragödie. Ihre Tragödie, die unsrige ...

Denn dieser Augenblick, dieser einfache, beinahe banale Augenblick, sieht man von seinen ziemlich unheimlichen äußeren Umständen ab, ist der Augenblick der Schöpfung.

Warum glaubten wir jemals, daß Schöpfung am Anfang stehen müsse? Die Schöpfung geschah nicht vor zwölf oder fünfzehn Milliarden Jahren. Noch ereignet sie sich in weiteren fünfzig Milliarden Jahren, wenn das Universum wieder in sich zusammenfällt und in einem neuen Urknall abermals auseinanderfliegt. Es ist nichts besonders Hervorragendes an diesem Augenblick, ein Viertel oder ein Fünftel des Weges durch die »Zeit«, außer daß es der *eine* ist.

Bisher existierten alle Universen in gleicher Weise, und jedes löste das andere durch probabilistische Wechselwirkung ab. Das ist vorbei. Jetzt existiert nur ein Kosmos. Von nun an ein Kosmos.

Bisher konnte es in den parallelen Strömen des Multiversums niemals etwas wie einen wirklichen Anfang geben. Aber jetzt gibt es einen. Und deshalb kann es auch einen bestimmten Endpunkt geben. Endlich ist ein einziges Universum in einer Realität festgemacht. Die Fluktuation hat aufgehört; die Wellenfunktion des Multiversums ist zusammengebrochen. Die göttlichen Essenzen der Wahrscheinlichkeit sind endlich zur Existenz, zum wesenhaften Sein gelangt. Sie haben gefunden, wonach sie immer gesucht hatten. Jetzt können sie sterben; sie können aufhören zu sein – endlich. Noch nicht jezt, versteht sich, aber in dreißig oder vierzig Milliarden Jahren, wenn dieses einzelne Universum sein Ende erreicht und seine Existenz beendet.

Diese ungeheure Spanne der Geschichte – der ruhmvollen Geschichte unserer künftigen Ausbreitung noch über die Grenzen dieser Galaxis und der benachbarten Galaxien hinaus – ist wie ein Nichts, verglichen mit den unendlichen Räumen der Wahrscheinlichkeit, die für alle Zeit ein Multiversum erhalten hätten, nun aber nicht mehr sind.

Sie haben durch uns absolute Aktualität erreicht, und so können sie eines Tages enden. Sie können sterben, sobald unsere großartige zukünftige Geschichte – soviel größer als die lächerliche Spanne von tausend Jahren, wie Faust gewährt wurde – ihren absoluten Endpunkt erreicht. Jetzt *ist* das Universum; und irgendwann in der Zukunft ist es nicht mehr.

Ich sehe jetzt, daß sie in einem Sinne wir selbst sind, eine Art der Wahrnehmung, die über alle vielfach verzweigten Multiversen verstreut ist, ein multiversales Metabewußtsein. Jetzt ist dieses Multiversum nicht mehr. Schöpfung ist an seine Stelle getreten: Eine solide, mit sich selbst im Einklang stehende Schöpfung. Die ein Ende haben wird. Für alle Zeit.

Kein Wunder, daß sie die Sprache der Makroprobabilität zu uns sprachen. Sie war ein Teil dessen, was sie und das geisterhafte Multiversum erhielt. Nun aber ist die Maktroprobabilität tot. Die Flüssigkeit ist in einer Schockwelle kristallisiert, als das Multiversum in ein Universum zusammenfällt – doch auf der Quantenebene dauert die Mikroprobabilität weiter an, bis zum Ende.

Zum Ende.

Gott wird dann gestorben sein und nichts erreicht haben. Habe ich Gott getötet, indem ich ihn verkörperte? Gott wünschte zu sterben. Ja, ich habe die Milch des Wissens von ihren Lippen getrunken ...

Leben bindet Zeit. Leben ist selten. So selten es ist, hat es doch andere, weisere fremde Rassen gegeben, denen im Laufe der Zeitalter dieses Angebot gemacht worden ist. Und obwohl ihre Realität für lange Zeit in schreckliche Äonen des Chaos, der Vielheit und der einander überschneidenden Teilwirklichkeiten zerfiel, bis sie sich schließlich wieder zu einem Anschein der alten Kausalität festigte, weigerten sie sich alle, um der wahren Unendlichkeit und Ewigkeit willen. Alle bis auf uns. Und wie werden wir dafür belohnt! O Herrlichkeit, o Jammer. O menschliche Hybris.

Dr. John Farrer schlendert Arm in Arm mit Maria Menotti über die aufwärtsgebogenen Wiesen von Celesteville. Fünf Kilometer in der Höhe hängen abwärtsgebogene Wälder über ihren Köpfen. Sonnenschein strömt, von Außenspiegeln umgelenkt, durch die langen Fensterflächen. Die beiden kommen zu einer Sennhütte. Hier schnallen sie Flügel an.

Und für einen flüchtigen Moment, so kurz, daß sie es kaum bemerken, ereignet sich Seltsames. Als sie sich abstoßen und emporschwingen wollen, fliegt mit rauschendem Flügelschlag ein einzelner Flamingo vorüber. Und für einen zeitlosen Augenblick hält er inne, stockt im Flug. Johns Herz zieht sich schmerzhaft zusammen. Dann fliegt der Vogel weiter. Nein, er hat nicht angehalten, hat nur einen Flügelschlag ausgesetzt.

Nun flattern auch die beiden aufwärts in die Nähe der Mittelachse. Dort liegen sie fast schwerelos in der tropisch warmen Luft und sonnen sich.

»In der alten Sonne ist genug Energie für Jahrmilliarden«, sagt John, als müsse er sich rechtfertigen. »Milliarden Jahre, das ist beinahe ewig. Und lange vor der Ewigkeit werden wir draußen unter den Sternen sein – sogar unter den Galaxien!«

»So viel Gewißheit«, sagt Maria lachend. »Und wie seelenvoll du klingst. Was versprichst du dir – oder der Menschheit – davon? Glaubst du wirklich, wir würden dort draußen glücklicher sein, als in einer intakten Heimat?«

»Ganz gleich, ich bin sicher, daß es dazu kommen wird. Ich weiß es. Irgendwie.«

»Vielleicht ist es schon geschehen, in einer Alternativwelt«, neckt sie ihn. »Schon vor fünfzig Jahren. Und du weißt nichts davon und warst nicht dabei!«

»Nein«, widerspricht er im Brustton der Überzeugung. »Es gibt keine Alternativwelten. Wenn es welche gäbe, würde es parallel dazu eine unendliche Menge

Zeit geben. Das Universum – nein, das Multiversum – würde niemals enden. Und das ist offenbar nicht der Fall. Aber ich meine, wir brauchen uns darum keine grauen Haare wachsen zu lassen.« Er erwidert das gespiegelte Lächeln der Sonne. »Beinahe ewig reicht mir vollkommen!«

Er streckt die Hand nach ihr aus. Mitten in der Röhre ihrer künstlichen Welt lieben sie einander, ein Dädalus und seine geflügelte Gefährtin. Da ihre Schwerelosigkeit nicht vollkommen ist, sinken sie langsam; aber es ist ein Niedersinken wie von einem Löwenzahnsamen, und sie haben viel Zeit. Und obwohl sie es nicht wissen, ist dies der Augenblick der Empfängnis.

Originaltitel: »The Milk of Knowledge«

Frieden

Drei Monate nach dem Eintreffen des Kolonie-Asteroiden *Exodus* in einer Umlaufbahn um Tau Ceti III, dessen winziger Mond er werden sollte, und einige Wochen nach dem anschließenden Auftauen und der Überführung seiner hunderttausend Passagiere aller Rassen zu dem ausgewählten Kolonialgebiet auf dem nördlichen Kontinent, wurde den Kolonisten klar, daß sie doch nicht allein auf der angeblich jungfräulichen Welt waren ...

Draußen auf den frisch gepflügten Feldern des Agrarkomplexes B, ein gutes Stück entfernt von den eintönigen Reihen der primitiven Plastikbaracken, lag das Wrack des fremden Eindeckers mit dem toten Piloten an Bord.

»Zusammenbruch der Treibstoffzelle«, sagte einer der Ingenieure zu Direktor David Habrin. »Unseres Wissens versuchte er nicht, Verbindung zu uns aufzunehmen. Offenbar nur ein Aufklärungsflug. Und er machte Bruch.«

Einer der Geologen hatte aus dem Flugzeugwrack Landkarten geborgen, deren dünnes Papier auf Metallfolie kaschiert war. »Anscheinend kam er von der Spitze des südlichen Kontinents. Das sind ungefähr zweitausend Kilometer. Er muß nach Sicht geflogen sein und sich nach Landmarken orientiert haben, also sind diese Leute nicht besser ausgerüstet als wir.«

Habrin blickte hinaus zu den Bergen, die grün und dicht bewaldet den Horizont markierten. »Vor hundert Jahren war diese Welt noch jungfräulich«, sagte er. »Die *Genesis*-Sonde irrte sich nicht. Diese Lebewesen müssen in der Zwischenzeit gekommen sein, genau wie wir. Es ist die einzige Erklärung. Wären sie Einheimische, so würden wir sie hier überall antreffen. Wäre der abgestürzte Flieger Mitglied einer Expedition von einem anderen Sternensystem, hätte er bessere Ausrüstung als dieses Flugzeug benutzt. Dies ist Forschungstätigkeit der ersten oder der zweiten Generation – zweifellos angeregt durch die plötzliche Ankunft unseres kleinen Mondes am Himmel.«

»Schade, daß er abgestürzt ist«, bemerkte Leila Habib, seine Beauftragte für Soziales. »Sie könnten glauben, wir hätten ihn abgeschossen.«

»Mißverständnisse lassen sich aufklären. Nun, da wir wissen, daß sie hier sind, und wo sie sind, können wir ihnen die Reste zurückgeben – oder wenigstens ein paar Holographien von dieser Absturzstelle. Wir müssen ein Langstreckenflugzeug bauen und in Verhandlungen eintreten.«

»Das ist sicherlich voreilig«, meinte Mary Tshona, die Beauftragte für Landwirtschaft. »Wir werden wenigstens fünf bis zehn Jahre brauchen, um das Gebiet um Newton nutzbar zu machen und im weiteren Umkreis eine bäuerliche Landwirtschaft aufzubauen. Eine nennenswerte Ausweitung wird in den nächsten Jahrzehnten noch nicht erfolgen. Und denen wird es vermutlich genauso gehen. Die Kontaktaufnahme ist eine Sache, die wir unseren Urenkeln überlassen können.«

Habrin schüttelte den Kopf. »Was du heute kannst besorgen, das verschiebe nicht auf morgen, ist die Moral dieser Situation. Habe ich recht, Leila?«

»Wir haben keinen Präzedenzfall, aber es scheint vernünftig.«

»Keinen Präzedenzfall? Selbstverständlich haben wir Präzedenzfälle. Mehrfachbesetzung führt immer zu Konflikten, es sei denn, man kann sich von Anfang an zufriedenstellend arrangieren und Interessensphären abgrenzen. Wir haben unsere eigenen Koexistenzprobleme durch gesellschaftliche Regeln und Übereinkünfte gelöst. Dies hier ist das Gleiche, großgeschrieben.« Habrin blickte mit unbehaglichem Gesichtsausdruck zu dem zerschmetterten Leichnam des Piloten. »Was halten Sie davon?« fragte er den Biologen Schmitt.

»Zum Fürchten.«

Der Fremde war größer als ein Mensch, mit hellgrüner Haut, deren Beschaffenheit an Krokodilhaut erinnerte. Er war ein Zweifüßler mit vierfingrigen Händen und vierzehigen Füßen, aber der zähnestarrende, vorspringende Mund unter den Nasenschlitzen wirkte so wenig vertrauenerweckend wie die roten Augen mit den Strichpupillen. Es fiel schwer, in dem Fremden etwas anderes als ein Krokodil zu sehen, und der Name hatte bereits Fuß gefaßt: Alle nannten das Lebewesen »Kroko«. Der Kroko war nackt bis auf einen Gürtel, der mit allerlei Werkzeugen behängt war, wozu auch ein Laserrohr und ein gefährlich aussehendes Messer gehörte. Dazu hatte er einen langen schwarzen Umhang, der am Hals geschlossen war.

Habrin warf sich staatsmännisch in die Brust.

»Wir werden in der Galaxis mit ihnen koexistieren müssen. Dies wird weder ihre erste noch ihre letzte Kolonie sein, aber derzeit ist es vielleicht ihre neueste. Wir werden die vorhandenen Welten Seite an Seite miteinander teilen müssen. Die Nachricht von dieser Begegnung kann die Erde erst in zwölfeinhalb Jahren erreichen, und wer weiß, wie lange es dauern wird, bis die beiden Heimatwelten Verbindung miteinander aufnehmen werden – aber wir benötigen hier eine Art Potsdamer Abkommen. Wir werden unsere Interessen einvernehmlich abgrenzen und diese Welt untereinander aufteilen. Es wird ein Protokoll geben, und später vielleicht Handelsabkommen, Diplomaten, kulturellen Austausch und eine Schlichtungsinstanz. Ich sehe eine gemeinsame Herrschaft, nicht nur hier, sondern auch in anderen Gebieten des Raums: die Anfänge einer echten kosmischen Gemeinschaft. Ein großer Traum! Und er soll hier, auf Tau Ceti III seinen Anfang nehmen. Nicht für alle Zeit werden wir durch die Lichtgeschwindigkeit in unserer Reichweite begrenzt bleiben. Antriebstechniken zur Beschleunigung über Lichtgeschwindigkeit befanden sich bereits vor zehn Jahren im Experimentierstadium. Und sobald diese Barriere erst überwunden sein wird, steht uns die Galaxis offen.«

»Vielleicht haben die Krokos schon den überlichtschnellen Antrieb«, bemerkte Schmitt.

Habrin schüttelte energisch den Kopf. »Nein. Der hier ist von einer langsam reisenden Kolonie, sonst hätten sie hier schon sehr viel mehr Zivilisation. Wie auch wir. Wir werden einander viel zu sagen haben. Über die große Zukunft unserer Rassen.«

Einige Wochen später wurde das Langstreckenflugzeug mit Erfolg erprobt. Am Abend vor dem Abflug zur Kontaktaufnahme mit den Fremden – eine Expedition, die Habrin wegen ihrer historischen Bedeutung selbst zu leiten sich entschlossen hatte – lag der Direktor mit Leila Habib im Bett.

Nachdem sie sich voneinander gelöst hatten, flüsterte David ihr ins Ohr: »Wir werden dieses Wunder morgen wiederholen. Der Begegnung und des Zusammenkommens. Nicht von Mann und Frau – sondern von Spezies.«

Leila stützte sich auf den Ellbogen. »Ich habe darüber nachgedacht, David – darüber, was wir Menschen sind. Denn wir werden lernen müssen, mit fremdartigen Lebewesen umzugehen.«

»Die uns abstoßend erscheinen. Bedrohlich. Dieser tote Pilot – schrecklich, nicht wahr? Das ist eine Reaktion, die wir alle werden überwinden müssen.«

»Ja, das ist das Problem – unsere Reaktionen. *Homo sapiens* besitzt von allen Tieren die am höchsten entwikkelte Vernunftbegabung – gepaart, würde ich sagen, mit einer unverändert hohen Emotionalität. Das Problem ist, wie man beides zu einer fruchtbaren Zusammenarbeit bringen kann. Emotional hängen wir unserer lokalen Gruppe an, der Sippe, dem Stamm, den Leuten, die wir sehen und anfassen können; und wir alle neigen dazu, den Fremden zurückzuweisen. Die Zivilisation hat eine Welt von Fremden geschaffen, aber dieser Instinkt ist erhalten geblieben.«

»Hier sehe ich keine Schwierigkeiten, Leila. Unsere Kolonie Newton ist vollkommen überschaubar, und obwohl wir zu viele sind, als daß man jeden einzelnen kennen könnte, beginnt sich bereits ein Gemeinschaftsgefühl zu entwickeln.«

»Später wird es anders sein. Und wenn diese neuen Antriebstechniken kommen, wie du sagst, wird das Problem nur auf eine Vielzahl räumlich weit auseinanderliegender Welten verlagert.« Sie zögerte, fuhr dann fort: »Ich weiß nicht, ob wir Menschen biologisch damit fertig werden. Wir haben die Freundschaft mit anderen Völkern und anderen Rassen zu einem rationalen Tabu gemacht – die Vernunft allein sagt uns, daß jeder Mitmensch unser Bruder oder unsere Schwester sei. Aber es sollte emotional in uns verankert sein, und das ist es eben nicht.«

Er zwinkerte ihr zu. »Bei uns ist es so.«

»Richtig. Für uns gehen Emotionen und Vernunft Hand in Hand. Aber wenn die rationalen und die emotionalen Botschaften aufeinanderprallen, David, dann entsteht eine Zerrissenheit, eine Art Schizophrenie. Und schließlich siegt die emotionale Botschaft. Das ist auf Erden oft genug geschehen, daß wir es als gegeben ansehen können.«

»Und?«

»Indem wir uns zu den Krokos rational verhalten, könnten wir unsere instinktive Ablehnung vielleicht eine Zeitlang maskieren, aber niemals auf Dauer. Wir würden nur den Schlot des Vulkans verstopfen, aber sobald der innere Druck hinreichend angewachsen ist, wird die Lava aus den Seiten hervorbrechen.«

Habrin lachte. »Du meinst, es wäre besser, wenn sie unsere Feinde wären?«

»Nein, das wäre auch verhängnisvoll.«

Habrin liebkoste sie. »Du machst dir zu viele Sorgen.«

Die Maschine flog eine Runde über der Barackenstadt Newton, dann ging sie auf Südkurs über Savannen, Wälder aus palmähnlichen, gefiederten Bäumen und Hügel, die allmählich zu Bergen anstiegen, hinter denen sich ein hohes, ödes Tafelland erstreckte. Jenseits, wo das Terrain wieder absank, überflogen sie von mächtigen Flüssen durchzogene Wälder und erreichten schließlich die Küste des Mittleren Ozeans. Tausend Kilometer weit flogen sie über die saphirblaue See, bis der südliche Kontinent in Sicht kam: ein heißeres Land üppiger Urwälder und Sümpfe, in der Ferne überragt von den Kegeln erloschener Vulkane; einige davon rauchten noch schwach.

Obwohl sie die aus der abgestürzten Maschine geborgenen Kartenblätter als Orientierungshilfe hatten, konnten sie die Kolonie der Krokos nicht gleich finden – bis sie bei systematischer Suche merkten, daß sie sie schon mehrere Male überflogen hatten. Denn der Urwald war nicht gerodet, sondern von zahlreichen Brennpunkten ausgehend unterbaut, so daß der Eindruck von weithin gestreuten Flecken verdichteten Unterholzes entstand.

Der Pilot schüttelte den Kopf. »Keine zentrale Planung. Bei dieser Rate können sie sich in einer oder zwei Generationen durch den halben Urwald ausbreiten. Aber«, setzte er grinsend hinzu, »wie könnten sie das Ganze zusammenhalten? Das Chaos regiert.«

Endlich entdeckten sie eine Lichtung, wo ein paar abgestellte Eindecker des gleichen fremden Typs, der bei Newton abgestürzt war, neben dem Gerippe eines großen ausgeschlachteten Schiffes standen, das wie das Skelett eines Wals im Urwald ruhte.

Sie setzten zur Landung an.

Wenn man – unter Schwierigkeiten – die haarsträubende Erscheinung der Fremden nicht mitzählte, war der Empfang, den sie der Expedition bereiteten, durchaus gastfreundlich zu nennen. Für Unterbringung wurde gesorgt, und Verpflegung wurde angeboten, die Habrins Gruppe zugunsten ihrer mitgebrachten Vorräte höflich ablehnte. Über die Holographien des Kroko-Flugzeugwracks gab es viel Geschnatter und viel Gebell, und dann begann der vom Computer unterstützte Prozeß des Sprachaustausches. Einige Mitglieder der Gruppe bemühten sich, Kroko zu meistern, während andere Mitglieder den Fremden panglisch beizubringen suchten. Zu David Habrins Verdruß lernten die auserwählten Krokos rasch und mühelos, als ob sie es gewohnt wären, fremden Lebensformen zu begegnen, obwohl sie durch nichts zu erkennen gaben, daß sie andere kannten.

Zwei Wochen nach der Ankunft der Gruppe fand die erste Zusammenkunft von, wie Habrin es zu nennen beliebte, »Substanz« statt. Teilnehmer waren Habrin und Leila und ein paar nackte, panglisch sprechende Hraxliker, wie die Krokos sich nannten. In der feuchtheißen südlichen Kolonie gingen beinahe alle Krokos nackt. Ihre Häute schienen dick und zäh genug, um im Urwald Insektenstiche und Dornen abzuwehren.

»Wir entbieten der Familie des toten Fliegers unser Mitgefühl«, begann Habrin.

»Nicht nötig«, sagte der ihn um mehr als Hauptes-länge überragende Kroko. »Keine Familie. Alle Familie. Schmerz ist verbreitet unter allen. Er wird sehr klein.«

»Wir sind zwei verschiedene Arten, die dieselbe Welt miteinander teilen. So wie wir eines Tages die Galaxis miteinander teilen werden. Es soll keine Mißverständnisse, keine Fehler geben. Wir schlagen den Abschluß eines immerwährenden Friedensvertrags zwischen unseren beiden Völkern vor. Wir schlagen beiderseitige Konsultationen und den Austausch von Repräsentanten vor.«

»Warum?« bellte der Kroko.

»So daß wir freundschaftlich miteinander auskommen können. So daß wir alle Probleme, die zwischen uns entstehen sollten, einvernehmlich lösen können. Vor allem aber, daß diese Probleme nicht erst entstehen. Eine Gruppe eurer Leute sollte unserer Siedlung zugeordnet werden, und eine Gruppe der unsrigen hier bei euch bleiben. Wir nennen solche Leute Botschafter. Auf diese Weise können wir die Grundlage eines gemeinsamen Verständnisses schaffen, das eines Tages beispielgebend für den gesamten Kosmos sein wird.«

Der Kroko zischte. »Ihr wollt Geiseln austauschen?«

»Es sollen Gäste sein«, berichtigte Habrin den anderen. »Gäste und Gastgeber. Aber wenn es euch zu früh erscheint ...«

»Früh in der Tat. Aber wie ihr wollt.«

»Wir sollten ein Schriftstück aufsetzen, das wir Protokoll nennen. Eine gemeinsame Erklärung niedergeschriebener Worte, das die Beziehungen zwischen unseren Völkern festlegt.«

»Wir ihr wollt. Wir werden unsere Namen auf dieses Ding schreiben.«

»Also kann ich drei von meinen Leuten hier lassen? Und darf ich drei der eurigen in unserer Kolonie willkommen heißen? Es würde uns eine Ehre sein.«

»Ich verstehe.« Die roten Augen glänzten.

»Etwas ist da faul«, sagte Leila zu David, als sie nach Newton zurückflogen. Im rückwärtigen Teil der Maschine saßen drei panglisch sprechende Krokos, gegen das kühlere Klima des nördlichen Kontinents in Umhänge gehüllt.

»Unsinn. Wir haben gerade den Grundstein unserer Brüderschaft gelegt.«

»Diese Sache mit den Geiseln ...«

»Ein sprachliches Versehen, mehr nicht. Kurosawa, Rubadiri und Bentley werden das an ihrem Ende regeln, sobald sie über die Anfangsgründe des Hraxlischen hinauskommen.« Habrin lächelte bei der Aussprache des fremdartigen Namens. »Ich bin sehr neugierig auf ihre Funkmeldungen. Selbstverständlich werden wir an unserem Ende die gleichen Möglichkeiten für ihre drei Botschafter schaffen. Sobald wir einander etwas besser kennen, werde ich eine Nachricht zur Erde senden.«

»Mir gefällt es noch immer nicht.«

»Es ist der Instinkt, der aus dir spricht. Du mußt das überwinden.«

»Ich frage mich, welches die Instinkte der Krokos sind – uns gegenüber?«

»Sie schienen keine vorgegebene Reaktion zu haben.«

Nach langem Flug landeten sie in Newton und fuhren in die Barackenstadt zum Verwaltungskomplex, der sich mit seinen drei Stockwerken über die Einförmigkeit der vorgefertigten Einheitsdächer erhob. Die Sonne ging unter.

Kaum waren sie im Gebäude, da flog die Tür des Senderaumes auf, und ein Techniker kam herausgerannt.

»Hallo! Bentley ist am anderen Ende! Sie haben Rubadiri und Kurosawa getötet! Sie haben sie niedergemacht!«

Verwirrt starrte der Funktechniker die drei fremden Gestalten an. »Die waren es, die Krokos! Sie gingen in die Botschaft, die sie uns zur Verfügung gestellt hatten, und machten Rubadiri und Kurosawa mit Laserwaffen nieder. Dann gingen sie wieder. Bentley ist am Verrücktwerden.«

Habrin rannte in die Funkstation. Dann zögerte er, wollte Leila nicht bei den Fremden zurücklassen, und rief ihr zu, daß sie auch kommen sollte. Der Funker war inzwischen schreiend auf die Straße hinausgestürzt.

»Bentley, hier spricht David Habrin. Was ist schiefgegangen? Was geht vor?«

»Mein Gott, David!« babbelte die von atmosphärischen Störungen überlagerte Stimme. »Sie sind tot. Die verdammten Krokos kommen zurück. Diesmal haben sie Messer. Sie sind ...« Ein entsetzlicher Schrei drang aus dem Lautsprecher, dann wurde die Verbindung unterbrochen.

Draußen lärmten Stimmen. Habrin lief aus der Funkstation. Bewaffnete Männer und Frauen umdrängten den Eingang des Verwaltungsgebäudes. Die drei Fremden standen beisammen und sahen ziemlich gleichmütig zu.

»Wartet!« rief Habrin. »Tut nichts! Eure Leute haben gerade die unsrigen getötet«, rief er den Fremden zu. »Versteht ihr mich?«

»Wir verstehen genau.«

»Aber ... ihr könnt nicht gewußt haben, daß es geschehen würde! Es muß ein schrecklicher Irrtum sein.«

»Es war kein Irrtum. Nun ist die Reihe an uns. Aber der Schmerz ist geteilt – er wird nur gering sein, für uns.«

Eine mit einem Gewehr bewaffnete Frau schrillte: »Soll das heißen, daß ihr drei von unseren Leuten vorsätzlich ermordet habt?«

»Vorsätzlich. Es ist ungelegen, auf einer neuen Welt.

Wir haben viel zu tun, aber wenn wir dies tun müssen, dann werden wir es tun.«

»Aber wir haben einen Friedensvertrag geschlossen!« schrie Habrin. »Einen Vertrag der Brüderlichkeit!«

»Genau«, sagte der Fremde und ging auf ihn zu, die Zähne gebleckt. Als er die Hand nach Habrin ausstreckte, schoß die Frau ihn nieder. Die zwei anderen wandten sich der kleinen Menge zu und zogen Röhren aus ihren Gürteln.

»Halt!« befahl Habrin. »Keine Bewegung!«

Aber die Fremden beachteten ihn nicht, während die Menschen zögerten. Die Krokos wählten ruhig ihre Ziele aus und schossen drei, vier aus der Menge nieder, bevor sie selbst getroffen wurden.

Später in der Nacht flog eine Maschine aus dem Süden über Newton und warf Brandsätze und Explosivstäbe ab, die zwanzig Baracken am Stadtrand zerstörten.

Der Krieg gegen die teuflischen Krokos hatte begonnen.

Es wurde ein langsam sich entfaltender Krieg von Anschlägen und Überfällen, da die Entfernungen Kampfhandlungen größeren Stils ausschlossen. Für die menschlichen Kolonisten komplizierte sich die Lage dadurch, daß ihre Barackenstadt ein offenes, ungeschütztes Ziel bot, verglichen mit den verstreuten, im Urwald verborgenen fremden Siedlungen. Dennoch war es nicht möglich, ihn einschlafen zu lassen, da die Krokos ihn mit einer Verbissenheit führten, daß es eine Art hatte. Immer wieder entsandten sie kleine Angriffsabteilungen, entweder um aus der Luft zuzuschlagen oder sogar am Boden Überfälle zu verüben. Sie verwüsteten Teile der Stadt und ihrer Umgebung und gaben kein Pardon, noch dachten sie daran, sich gefangen zu geben; sie kämpften bis zum letzten. Bald wurde deutlich, daß man die Krokos entweder ausrotten – eine Vorstellung, die mittlerweile eher schwierig als erschreckend erschien – oder so zerschlagen mußte, daß ein vernünftiger Friede gewaltsam diktiert werden konnte.

Dann traf im dritten Kriegsmonat das überlichtschnelle Aufklärungsschiff von der Erde ein.

»Das Antriebssystem befähigt uns nicht, in einen Krieg einzugreifen«, sagte die Chefpilotin Maria Vivaldi zu David Habrin. »Aber wir werden sicherlich bald größere Schiffe haben, die schwere Waffen an Bord nehmen können. Und Versorgungsgüter. Ich schlage vor, Sie führen eine Lebensmittelrationierung ein, verteidigen Newton, stoppen die Kolonisierung ...«

»Sie ist schon gestoppt, verdammt noch mal!«

»... während ich zur Erde zurückkehre und Meldung mache. Dann werden wir diese Kreaturen zwingen, Frieden zu halten, hier und anderswo. Ich bin überzeugt, daß wir durch die neue Antriebstechnik einen Vorsprung von Jahren haben, wenn nicht von Jahrzehnten. Sie werden es bereuen.« Maria Vivaldi war eine forsche Dame mit einer Neigung zu starken Worten.

Habrin nickte. »Richtig. Wir werden einen Vertrag mit ihnen schließen, den zu brechen sie nicht wagen werden – mit unserer neuen Technik im Hintergrund. Wir werden über ihnen sein, bevor sie wissen, daß wir kommen. Aber wir müssen gerecht und ehrenhaft sein. Eine Aufteilung der Herrschaftsbereiche wird noch immer erforderlich sein, weil sie technologisch offensichtlich auf der Höhe sind. Aber es wird Frieden geben, bei Gott. Und Harmonie. Ich vermute, es muß sich bei ihnen um einen Herausforderungsinstinkt handeln, wie bei Hirschen zur Brunftzeit. Wir werden uns also beweisen müssen, dann werden sie uns friedfertig akzeptieren. Es kann nicht einfach paranoide Aggression sein, sonst hätten sie uns anfangs nicht gastfreundlich behandelt. Dann hätten sie sofort rot gesehen. Nun, sie sehen tatsächlich rot, die Satansbestien – aber Sie wissen, was ich meine.«

»Weißt du, was ich glaube?« warf Leila ein. »Ich glaube, wir haben alles angefangen.«

»*Wir* haben alles angefangen?« fuhr er sie an. »Wir haben einen Vertrag immerwährender Freundschaft mit ihnen geschlossen, und sie antworteten darauf, indem sie unsere Freunde abschlachteten! Du brauchst eine Ruhepause, Leila.«

»Angenommen, die Krokos haben im Gegensatz zu uns einen natürlichen Instinkt, mit Fremden friedlich zusammenzuleben? Ich habe mehr und mehr darüber nachgedacht.«

»So, hast du? Sonst hat niemand – und schon gar nicht unsere Toten.«

»Hör zu, David! Du bist so fixiert auf deine zerbrochene Vision eines Friedensabkommens. Dein kostbarer Freundschaftsvertrag, der zur Grundlage eines speziesübergreifenden kosmischen Rechts werden sollte. Das ist menschliches Denken. Die Menschheitsgeschichte ist voll von solchen Abkommen und Verträgen. Was bedeuten sie im Grunde? Sicherlich doch nur, daß wir übereingekommen sind, unser instinkthaftes beiderseitiges Aggressionsverhalten zugunsten eines größeren allgemeinen Ziels hintanzustellen – solange es zu jedermanns Vorteil gereicht! Wenn wir an einen Vertrag denken, bedeutet es doch nur, daß wir nicht streiten und Krieg führen wollen – einstweilen. Angenommen, für die Krokos ist leben und leben lassen eine instinkthafte, natürliche Verhaltensweise, nicht etwas durch Verträge oder Gesetze Auferlegtes, sondern weil es in ihrem genetischen Erbgut so niedergelegt ist.«

»Gut, ich nehme es an – aus Sympathie zu dir.«

»Nun, kommt ein Friedens- und Freundschaftsvertrag dann nicht in gewissem Sinne einer Kriegserklärung gleich?«

»*Was?*«

»Ist es nicht eine gewaltige Selbsttäuschung von uns, daß alle Menschen Brüder seien? Und durch Erweiterung alle vernunftbegabten Wesen? Das ist nicht die Art, wie unser Kleinhirn denkt. Es ist bloß die andere Seite der Medaille von unserem tief verwurzelten Gruppeninstinkt. Wenn wir instinktiv wüßten, als eine gegebene Tatsache der Existenz, daß alle Wesen unsere Brüder sind, dann wäre es wirklich schizophren, dies zum Gegenstand eines Vertrages über Freundschaft und Zusammenarbeit zu machen! Es käme der Idee gleich, ein Gesetz zu erlassen, das geatmet werden muß. Folglich ist unsere Vorstellung von Frieden in Wirklichkeit eine Erklärung der Feindseligkeit. Die Krokos haben das richtig so verstanden, und sie gehen darauf ein – indem sie angreifen. Das ist die Botschaft, die wir ihnen wirklich gegeben haben.«

»Du bist überreizt, Leila. Du bist nicht ganz bei Sinnen.«

»Glaubst du? Ich glaube, wir haben den Krokos einen förmlichen Vertrag unserer Feindseligkeit angeboten. Zögernd nahmen sie den Fehdehandschuh auf, um dann aber um so beharrlicher zu kämpfen. Sie können einen formalen Friedensvertrag nicht ertragen, weil er ihrer eigenen zutiefst instinktiven Natur zuwiderläuft. Es wäre wie ein Vertrag über die Verteilung des Sonnenscheins. Nur ein Verrückter würde so etwas tun.«

Habrin starrte seine Exgeliebte erbittert an. Wie die Begegnung der beiden fremden Rassen gescheitert war, so war jetzt auch seine eigene Übereinstimmung mit der Araberin zerbrochen. Verrückte Hexe, dachte er bei sich; und erschrak über die Heftigkeit seiner Gefühlsaufwallung.

Die Tür ging auf. Ein Funker rief ihm zu: »Direktor, die Frequenz zu den Krokos ist offen! Sie wollen mit Ihnen sprechen!«

Habrin eilte in die Funkstation. Gefolgt von den beiden Frauen.

»Wahrscheinlich haben sie die Schockwellen unseres Antriebs festgestellt«, schnaufte Maria Vivaldi. »Wenn sie erkennen, was das bedeutet, nun, dann werden sie es mit der Angst bekommen!«

Habrin ergriff das Mikrofon. »Hier spricht Direktor David Habrin.«

Aus dem Lautsprecher bellte eine Stimme: »Dies ist der Sprecher der hraxlischen Siedlung. Wir sind dieser Kämpfe überdrüssig. Wir stellen sie ein. Wünscht ihr immer noch ein Friedensabkommen? Wollt ihr noch immer, daß unsere Namen auf eine Erklärung geschrieben werden?«

Leila nahm Habrin das Mikrofon weg. »Nein, wir wollen nicht! Wir haben unsere Lektion gelernt. Ein Friedensabkommen mit euch würde uns korrumpieren. Wir wünschen niemals ein Friedensabkommen oder einen Freundschaftsvertrag oder irgendeinen anderen Vertrag mit euch zu schließen!«

Habrins Schlag warf Leila taumelnd zur Seite. »Nehmt sie fest!« rief er den Neugierigen bei der Tür zu. Darauf griff er wieder zum Mikrofon.

»Hier ist Habrin. Das habe nicht ich gesagt, Sprecher. Eine meiner Untergebenen verlor den Verstand. Ja, es wird jetzt einen Vertrag geben – einen Vertrag über immerwährenden Frieden und Zusammenarbeit zwischen Menschen und Hraxlikern. Wegen der Ermordung unserer Botschafter sind wir nicht bereit, zu eurer Siedlung zu reisen, auch könnten wir gegenwärtig nicht für die Sicherheit eurer Abgesandten in der unsrigen garantieren. Darum schlage ich ein Zusammentreffen auf einem neutralen Gebiet vor, um die Verhandlungen zu führen, die bleibende Harmonie zwischen unseren Rassen erreichen sollen. Ich schlage die Südküste unseres Kontinents vor, die ungefähr auf halbem Weg zwischen unseren Siedlungen liegt. Seid jedoch gewarnt. Diesmal darf es keinen Verrat geben.« Er nickte bedeutungsvoll in Vivaldis Richtung und sagte: »Wir besitzen neue Mittel der Kriegsführung. Nachdem dies bekräftigt worden ist, laßt euch von mir als denkende und fühlende Freunde begrüßen, als Partner einer beschworenen Freundschaft, welche die zukünftige Geschichte vieler Welten formen wird.«

Stolz auf seine improvisierte Ansprache, gestattete David Habrin sich ein stilles Lächeln der Zufriedenheit.

»Das war gut gesagt«, applaudierte Vivaldi.

»Nein«, rief Leila.

»Wir hören euch«, sagte des Sprechers Stimme. »Ihr seid ein seltsames Volk. Dann also haltet euch für uns bereit.« Die Verbindung wurde unterbrochen.

Ein paar Stunden später stand David Habrin auf dem Flugplatz von Newton, wo das schlanke Aufklärungsschiff neben einer Reihe von Langstreckenflugzeugen stand, die alle als Bomber umgebaut waren. Die Unterhändler für die Friedensverhandlungen waren bereits an Bord einer dieser Maschinen und erwarteten Habrins Erlaubnis zum Abflug. Er selbst wollte diesmal nicht an den Verhandlungen teilnehmen.

»Man kann ihnen trotzdem nicht trauen«, sagte Maria Vivaldi. »Sobald wir die Bestätigung des Vertragsabschlusses bekommen, werden wir zurückfliegen und uns um die beschleunigte Bereitstellung der Waffenlieferungen bemühen. Die Verfahren zur Erteilung der Ausfuhrgenehmigung laufen bereits. In längstens sechs Monaten werden wir größeres, schwereres Material hier haben.«

»Es ist nur vernünftig«, stimmte Habrin zu. »Bedauerlich, aber notwendig. Hoffen wir, daß wir keine machtvollere Überredung benötigen werden.«

»Amen«, sagte Maria Vivaldi. Aber ihre Augen glitzerten.

Ihr Navigator erschien in der Einstiegsluke.

»He, Maria, wir bekommen verrückte Ablesungen! Als ob ein weiteres SAL-Schiff in der Nähe wäre.«

»Es sind keine zwei Aufklärungsflüge nach Tau Ceti geplant. Wir haben noch nicht genug Schiffe ...«

Ein Donnerschlag dröhnte am Himmel. Über Newton hing ein unheimliches, silbrig schimmerndes Schiff, seltsam geformt wie ein Alligator. Es war sehr groß. Und es schwebte, indem es auf dem Heck stand.

»Sofort starten, Toni!«

»Wir können nicht. Es wird eine halbe Stunde dauern!«

»Schnell!« rief Maria und rannte zur Luke.

Habrin zögerte, dann lief er zu dem Langstreckenflugzeug und kletterte hastig an Bord. Er stieß die Fahrleiter zurück und schloß die Tür.

»Sofort starten!«

Augenblicke später liefen die Triebwerke, und die Maschine startete senkrecht. Und wenige Augenblicke danach erschütterte die erste Explosion den Flugplatz. Keine Bombe. Es war eine Art beschleunigter Teilchenwaffe, deren Teilchen annähernd Lichtgeschwindigkeit erreichen mußten. Denn erst nach der Explosion sah er die ionisierte Spur vom Himmel herab und hörte ihren Donner. Die Waffe mußte allem Anschein nach aus dem überlichtschnellen Antrieb des Alligator-Raumfahrzeugs improvisiert worden sein. Die Druckwelle warf das Flugzeug hin und her, es kippte, trudelte, konnte aber unter Kontrolle gebracht werden und stieg höher.

Habrin starrte hinab. Der Flugplatz war verwüstet. Das Aufklärungsschiff lag aufgeplatzt auf der Seite und brannte lichterloh.

Das Alligator-Schiff schwenkte den Schwanz, und eine zweite Explosion erschütterte die Barackenstadt. Ungezählte Gebäude wurden aufgerissen und gerieten in Brand.

David Habrin schüttelte wie betäubt den Kopf. Er konnte noch immer nicht glauben, daß Leila Habib recht gehabt hatte.

Unterdessen nahm das Zerstörungswerk seinen Fortgang.

Nach einer Weile war es wirklich friedlich.

Jean Sandwich, der Gönner und ich

Jean Sandwich war nicht ihr richtiger Name. Ihr richtiger Name war Jean Sandra Norwich, aber sie hatte zwei der Namen in bitterer Ironie über ihre Situation zusammengezogen.

Ihre sarkastische Namensänderung hatte jedoch nichts mit Verdruß über weibliches Rollenverhalten oder den Umstand zu tun, daß das Geschlecht (im weitesten Sinne) sie gebunden und zu einem lächerlichen Schicksal verurteilt hatte. Wie ein Wissenschaftler es ausgedrückt hatte: »Ein menschliches Wesen ist nichts weiter als eine Vorrichtung, die von einem Gen dazu benutzt wird, ein weiteres Gen zu erzeugen.«

Wie die Antiheldin aus einem Comic, die ihre weltliche Verkleidung abwirft, um ihre geheime Natur zu offenbaren, wurde Jean Sandra Norwich ein Gen-Sandwich, die Schnitte Fleisch, die zwischen den Genen ihrer Eltern und den Genen ihrer Sprößlinge gefangen ist.

Sie ging, wohin sie wollte, sie nahm kein Blatt vor den Mund, sie zeigte alle Zeichen freien Willens und einer eigenen, einzigartig wertvollen, unabhängigen Existenz – doch wußte sie dabei, daß es alles eine Illusion war. Sie war eingeklemmt. Denn die Gene hatten sich in Jeans Tochter genauso manifestiert, wie sie es zuvor in ihrer Mutter getan hatten. Jean hatte mit ungestümer Überzeugung geglaubt, daß sie gegenüber ihrer Mutter eine Verbesserung war – bis ihre eigene Tochter zur Welt kam. Sie war überzeugt, sie habe sich an den eigenen Haaren hinaufgezogen, bis ihre einfältige Mutter aus Jeans Leib wiederholt wurde.

Den Genen war Jeans Kreativität und Sensibilität offensichtlich völlig gleichgültig. Sie hatten nichts übrig für die schönen Dinge, die sie in Öl gemalt, in Ton geformt und aus Stoff gewebt hatte, noch für das Geschöpf von Schönheit und Geist, das sie aus sich gemacht hatte. Jean hatte geträumt, daß eine Tochter von ihr sie in dem Maße übertreffen würde, wie sie selbst ihre Mutter übertraf und in den Schatten stellte. »Irrelevante Maschine«, sagten die Gene; und Jean gebar ein weiteres Geschöpf, dem es dermaßen an Kreativität und Sensibilität mangelte, daß es imstande sein würde, wie Jeans Mutter durch das Leben zu gehen: gleich einem Huhn, dem der Kopf abgeschnitten ist.

Vielleicht hatten die Gene gemerkt, daß Sensibilität im Wettbewerb einer übervölkerten Welt fehl am Platz war? Vielleicht hatten sie einen Atomkrieg oder eine Eiszeit vorausgesehen, wodurch das Leben in den nächsten tausend Jahren zu einer mühseligen und schmutzigen Plackerei würde? Jean mochte das beste magere Fleisch sein, aber Brot war das Hauptnahrungsmittel.

Solange ihre Tochter noch klein war und Hoffnung bestand, widmete Jean sich mit Feuereifer der Aufgabe, dem Palimpsest ihrer Tochter Liebe und Humor, Vortrefflichkeit und Feinfühligkeit einzuprägen. Aber die starren Programme waren bereits geschrieben, und als ihre Tochter heranwuchs, schlug die Schrift immer deutlicher durch: Das dumme, vandalistische Geschmier an der Wand, welches schlicht leugnete, daß es in Jeans eigenem Leben etwas Besonderes gab.

In ihrem Kummer wurde Jean Sandra Norwich zu Jean Sandwich.

Welch ein Glück, daß wir sie entdeckten! Denn Jean war die ideale Freiwillige für das große Experiment. Sie würde mit einer Leidenschaft, die weit über die Lokkung hinausging, eine Million in der Schweiz deponierter Dollars zu verdienen, an unserem Projekt teilnehmen.

Tatsächlich hatte es fast den Anschein, als habe sie uns gesucht, obwohl sie zu der Zeit nicht wissen konnte, daß wir existierten. Noch wissen es andere – abgesehen von uns selbst, mittlerweile Jean, und natürlich unserem Gönner, dem Finanzier und Eigentümer der Millionen Dollar. Die ganze Angelegenheit ist viel zu umstritten, als daß wir sie der Öffentlichkeit bekannt machen könnten.

Jean empfahl sich uns durch eine Serie vehementer Zeitschriftenartikel unter dem Namen Jean Sandwich, in denen sie erklärte, warum sie ihren Mann und ihre Tochter verlassen hatte, und gegen den Betrug der Natur zu Felde zog. Sie würde nichts unversucht lassen, um der Natur den üblen Streich heimzuzahlen, den sie ihr gespielt hatte. Aber natürlich gab es nichts, was da zu machen wäre! In einem ihrer Artikel beklagte sie sich sogar über die Genforschung; doch wenn ihr ein einziges befruchtetes Ei entnommen und gentechnisch verändert würde, um in einem Reagenzglas etwas entstehen zu lassen, was ihrem Herzenswunsch näher käme, würden alle übrigen Eier weiterhin dieselbe betrügerische Botschaft enthalten – wie auch jede verdammte Zelle in ihrem ganzen Körper. Welche Wunder die DNS-Klempner auch in ihren Laboratorien wirkten, sie würde immer Jean Sandwich bleiben. Gleichwohl trat sie grimmig entschlossen für gentechnische Experimente mit menschlicher Erbmasse ein.

Ich las diese Artikel, und nach einer gewissenhaften Überprüfung ihrer familiären Verhältnisse durch die Organisation unseres Gönners nahm ich mit ihr Verbindung auf.

»Fünftausend Dollar, wenn Sie hören, was ich Ihnen vorzuschlagen habe, und dann nichts über dieses Gespräch verlauten lassen, von dem Sie übrigens kaum beweisen könnten, daß es stattgefunden hat ...«

»Es würde wie etwas sein, was ich mir ausgedacht habe?« Sie lächelte betörend. Jean war eine schöne Frau, mit glänzenden braunen Augen, kastanienbraunem Haar, das sie kurz in einer Art Pagenschnitt trug, und einer vollkommenen glatten Haut. Ihre Nase war gerade, das Kinn fest, und ihre Gestalt so schlank, wie sie es gewesen war, bevor sie ihr schreckliches Kind geboren und aufgezogen hatte. Ihr Körper hatte niemals resigniert, wie die Körper anderer Frauen es vielleicht getan hätten; das traurige daran war, daß in jeder Zelle dieses Körpers die genetische Regierung – gegenwärtig im Exil – steckte, die in diesem Kind wieder zur Macht gelangt war. Jean selbst war eine Art Zufallstreffer der Natur: Ein einmaliges *Romeo und Julia,* zuwege gebracht von den genetischen Affen auf der Schreibmaschine, die den Rest der Zeit nur dumpfe Schundromane herunterklapperten.

»Genau. Darf ich Sie Jean nennen? Bitte nennen Sie mich Frank.«

»Was nicht Ihr wirklicher Name ist?«

»Er ist es tatsächlich. Also, fünftausend, daß Sie mir zuhören und schweigen. Und eine Million Dollar ohne Abzüge, die auf Ihren Namen in Zürich deponiert wird, wenn Sie auf meinen Vorschlag eingehen – ob es gelingt oder nicht.«

»Wie kann man solch ein Angebot ablehnen?«

Ich legte ein Bündel Banknoten auf den Tisch. Sie blätterte die großen Scheine durch, ohne sie nachzuzählen.

»Wir möchten Sie gern für ein DNS-Experiment gewinnen, Jean – ein illegales, aber eines, das Sie billigen werden, wenn Ihr Ernst war, was Sie in Ihren Artikeln geschrieben haben.«

»Illegal? Die Gene sind das wirkliche Gesetz – und schauen Sie, was ihr Gesetz mir angetan hat.« Sie zündete eine Zigarette an, dann zögerte sie.

»Wir machen uns keine Sorge über mögliche Chromosomenbrüche«, beruhigte ich sie. »Wir sind über derlei Kleinigkeiten hinaus. Nein, ich wollte sagen, illegal im Sinne der öffentlichen Meinung. Des gesetzlichen Verbotes von Experimenten mit menschlichem Erbgut.«

»Sie wollen ein Ei? Können Sie haben!« Sie blies Rauch von sich. »Nein, das ist lächerlich. Es wäre das kostspieligste Ei auf der Welt; und sicherlich haben Sie unter Ihrem Personal ein paar Frauen ... Also möchten Sie, daß ich eine Wirtsmutter spiele, nicht wahr? Nein, das ist auch albern. Dafür könnten Sie mit Leichtigkeit irgendeine arme Kuh heuern, und es käme Sie viel billiger. Worum handelt es sich?«

»Um dies: Unser Gönner ist ein reicher Mann – sehr reich. Es liegt auf der Hand, daß ich Ihnen seinen Namen nicht verraten werde. Er würde gern in seiner eigenen Lebensspanne ein Übermensch sein, *Homo superior,* und Übermenschen zeugen. Die nächste Rasse. Er möchte der Erste sein, der Urvater, der Adam.«

»Und ich soll die ...?«

»In diesem Fall wird Eva zuerst erschaffen. Wir wissen nicht genau, ob wir es mit einem Menschen tun können, obwohl es mit Ratten und Affen geklappt hat. Die Versuchsaffen sind jetzt ... ah ... nun, Überaffen. Aber ein Überaffe ist nicht das gleiche wie ein ›Beinahe-Mensch‹. Sie gehören in eine andere Nische der Existenz. Es gibt nicht etwas wie eine einfache Leiter, auf der die Affen unten und wir oben stehen.«

»Und die Ratten ...«

»Die Ratten mußten wir töten. Wären sie entkommen, nun ...« Ich ließ den Rest ungesagt, aber Jean konnte es sich denken.

»Nicht«, beeilte ich mich hinzuzufügen, »daß wir beabsichtigten, die Überaffen zu töten. Das wäre – ungerecht. Unser Gönner ist sehr gewissenhaft.« Noch wollen wir Sie töten, Jean ... Aber das blieb besser ungesagt.

»Also hat er auch für sie eine Million Dollar treuhänderisch hinterlegt?«

»Sie haben wundervolle Lebensbedingungen. Allerdings haben wir ihre Sprößlinge sterilisiert. Vorsichtshalber.«

»Schlecht«, sagte Jean. Aber sie akzeptierte es. »Wie wird dieses Wunder bewerkstelligt?«

»Es hängt von der Anpassungsfähigkeit der Gene ab, ihrer Bereitschaft, auf geeignete Stimulantien mit einer Art Quantensprung zu einer neuen Seinsordnung zu reagieren. Die alte Vorstellung von der Evolution als einem langwierigen Prozeß, der Hunderttausende von Jahren benötigt, ist in diesem Sinne überholt. Veränderung erfolgt rasch – wie ein Kristall plötzlich Beschaffenheit und Form einer gesättigten Lösung verändert. Natürlich kann eine Million Jahre vergehen, bevor es tatsächlich geschieht. Aber wenn es geschieht, geht es schnell. Das neue Wesen wartet in uns wie der Schmetterling in der Puppe. Das ist kein gewöhnliches Herumklempnern mit ein paar Genen, die man neu zusammenstellt. Es geht darum, dem gesamten Potential einen Anstoß zu geben. Wir haben ein fortpflanzungsfähiges Virus entwickelt, das sich der DNS anlagert und durch alle Zellen des Körpers ausbreitet, wo es das genetische Potential, Körper und Gehirn des Infizierten optimiert. Das Fleisch selbst erfährt eine Umwandlung, nicht bloß das in den Zellen gespeicherte genetische Programm. Aber unser Gönner möchte diesen neuen Übermenschen, die neue Eva, sehen, bevor er sich als Adam gleichfalls der Veränderung unterzieht.«

»Also soll ich die Über-Eva werden? Und er soll mein Partner werden, sobald er auch den Sprung gemacht haben wird?«

»Das ist es in etwa. Es wird Sie sicherlich verändern.

Es veränderte die Ratten und die Affen, aber dort gab es ein geringeres Veränderungspotential. Wir glauben, daß das menschliche Potential enorm ist.«

Jean kicherte. »Vielleicht werde ich durch Willenskraft fliegen können? Vielleicht werde ich eine Wunderfrau? Oder telepathisch?«

»Wer weiß?«

»Dann würde ich kaum eine Million Dollar benötigen. Freilich«, fügte sie hinzu, »wird es angenehm sein, sie zu haben.«

»Das Geld ist mehr als eine Art Sicherheit gedacht, falls es nicht klappen sollte. Denn bei gelungenem Experiment werden Sie der einzige Mensch auf Erden sein, der unserem Gönner gleichkommt.«

»Gab es Mißgeschick bei den Affen?«

»Nein.«

»Ich werde darüber nachdenken müssen.«

»Lassen Sie sich Zeit, Jean. Nehmen Sie sich eine Woche. Zwei Wochen.«

»Ach was, ich habe es schon bedacht. Die Antwort ist ja. Allerdings möchte ich vorher Ihre Affenfarm sehen.«

»Seien Sie unser Gast.«

Der Besuch in der Affenfarm (um Jeans Ausdruck zu gebrauchen) verlief gut. Sie ließ sich alle Videobänder von den Über-Ratten vorführen und hatte reichlich Gelegenheit, die Über-Affen kennenzulernen und sich durch einen Dolmetscher der Zeichensprache mit ihnen zu verständigen. Sie war zutiefst beeindruckt. Die Natur hatte ihr einen üblen Streich gespielt, aber nun würde sie ihr es heimzahlen.

Und Jean Sandwich verschwand aus dem Blickfeld der Öffentlichkeit – soweit es die Öffentlichkeit kümmerte, ob sie in Sicht war oder nicht.

Es kam der Tag, ihr das Virus zu injizieren. Erfahrungsgemäß benötigte es einen Tag, um sich im Wirtskörper zu stabilisieren, und anschließend eine Woche oder etwas länger, um sich in ihrem Körper zu vervielfachen. Eine weitere Woche würde der Herausbildung einer neuen Jean gewidmet sein, der Über-Eva. Diese letztere Woche würde schmerzhaft für sie sein, da ihr Körper sich selbst absorbierte und neues Gewebe erzeugte. Sie sollte jedoch die gesamte Zeitspanne schlafend verbringen und erst geweckt werden, wenn es schien, daß der Prozeß abgelaufen war. Unser Gönner hatte die Absicht kundgetan, den gesamten Prozeß über ein Videosystem zu beobachten.

Wir injizierten mit dem Gefühl, daß die Spritze Gottes Finger in der Wölbung der Sixtinischen Kapelle vergleichbar sei. Dann warteten wir die Entwicklung ab.

Die Umwandlung von Jean in Jean-Eva, *Homo superior,* begann – anfangs kaum wahrnehmbar – acht Tage nach der Injektion.

Eingeschläfert und im Mittelpunkt eines spaghettiähnlichen Gewirrs von Kathetern, intravenösen Zuleitungen und Monitoren, lag sie nackt in dem verglasten, sterilen Raum auf einem weißen Wasserbett, das allen körperlichen Veränderungen gerecht werden sollte: nicht, daß wirklich drastische Veränderungen erwartet wurden. Es war beispielsweise sehr unwahrscheinlich, daß sie Flügel bekommen würde.

Das Wasserbett sah wie eine riesige Schnitte Toast aus. Jean lag darauf, eingeklemmt zwischen die Vergangenheit der menschlichen Rasse und die Zukunft. Die Zukunft war jedoch unsichtbar: Sie war ein offener Sandwich.

Allmählich wurden die Veränderungen augenfällig.

Ihr Gesicht wurde plumper, vergröberte sich zu einem Ausdruck, der eine unheimliche Mischung von Schlauheit und Leere war. Wir hofften, daß dies nur die Wirkung der Betäubungsmittel sei, und vielleicht eine gewisse Umgruppierung der Gesichtsmuskeln. Sie setzte am ganzen Körper Fett an und sog die intravenösen Tropfflaschen immer wieder leer. Ihr Kinn verschwand unter Fettrollen. Ihre kleinen Brüste schwollen an. Ihre cremig-glatte Haut wurde derb, als hätte sie Wochen ungeschützt in Wind und Wetter zugebracht; aber auch ihre Körpertemperatur war ziemlich hoch – vielleicht war die Beschaffenheit der Haut nur ein Nebeneffekt des Fiebers der Veränderung in ihr. Das kurzgeschnittene Haar fiel aus, und neues Haar wuchs mit erstaunlicher Schnelligkeit nach, dick und schwarz und fettig, als ob ihre Kopfhaut zur Spinnmaschine geworden wäre. Ihre Knochenstruktur erfuhr eine Vergrößerung und Vergröberung; sie wurde nicht nur fett, sondern auch massiger.

Verwirrt beobachteten wir den Wandel und fragten uns, wie unser Gönner auf diese Metamorphose reagiere. Ich glaube, man konnte sagen, daß die Gestalt, die sich auf dem Wasserbett entwickelte, eine derbe Rubens'sche Großartigkeit besaß ... sie war jedoch kaum eine geschmeidige und schlanke Schönheitskönigin nach unseren Maßstäben. Immerhin hörten wir von unserem Gönner keine Beschwerden; er behielt seine Gedanken für sich. Eines war bereits sicher: Dies war nicht Jeans Mutter, in ihrem eigenen Fleisch wiedergeboren, noch war es ihre Tochter, in die Form einer Erwachsenen projiziert.

Am zehnten Tag der Metamorphose, die um einiges länger war als die Metamorphose der Affen – was wir wahrscheinlich hätten erwarten sollen –, hatte sich ein Großteil des neu angesetzten Fettes zu wohlgepolstertem Muskelfleisch verfestigt, und sie war eine wahre Primadonna, eine Wagner'sche Walküre mit gewaltigem Busen und mächtigen Gliedmaßen. Sie war eine Riesin geworden, zwei Meter groß und entsprechend proportioniert, so daß sie annähernd zweihundert Kilo wog. Die an Rubens gemahnende Üppigkeit hatte einer Gestalt aus einer Heldenlegende Platz gemacht: Einer Riesin aus dem Geschlecht, das vor den Göttern auf Erden gehaust hatte, oder einer erdhaften Fruchtbarkeitsgöttin, die Thors Hammer so gut wie dieser hätte schwingen können.

Am dreizehnten Tag war sie zweieinviertel Meter lang (oder groß) und um einiges schwerer als zweihundert Kilo.

Dies konnte schwerlich die Zukunft der Menschheit sein: Eine Rasse von Riesen? In den letzten Tagen war das Innere des Mythos nach außen gekehrt worden. Wichtiger aber erschien uns die Frage, ob diese Gigantin klug oder dumm war? War alle Energie, die sie aufgenommen hatte, lediglich in Knochen- und Körpergewebe eingegangen? Was war aus Jeans Verstand geworden?

Am vierzehnten Tag schienen die augenfälligen Veränderungen zu einem Abschluß gekommen. Wir setzten allmählich die Dosen der Beruhigungsmittel ab, entfernten Katheter und Tropf, und früh am nächsten Morgen erwachte sie.

Plötzlich richtete sie sich auf, reckte die mächtigen Arme und blickte umher, ein muskelschwellender weiblicher Samson oder Goliath, mit Strähnen öligen Haares, die ihre Schultern peitschten.

Sie stand vom Wasserbett auf und betrachtete sich in einem hohen Spiegel. Und lachte dröhnend und schlug sich in einer Art und Weise, die mich an die Schaustellung eines Gorillas erinnerte, klatschend auf dic Schenkel.

Die beiden Ärzte, die bei ihr waren, erkundigten sich mit stockender Stimme nach ihrem Befinden. Neben ihr nahmen sie sich wie ein Paar dünner, rasierter Affen in weißen Mänteln aus.

Sie grinste breit. »Ich fühle mich wie eine Million Dollar. Und mir ist danach, meine Tochter zum Frühstück zu verspeisen. Oder vielleicht einen gebratenen Ochsen. Füttern Sie mich!« Wieder blickte sie in dem aseptischen Raum umher, als ob er in Wirklichkeit eine Höhle wäre, besät mit Kadavern und Knochen. Sie stapfte zur Tür und stieß die metallenen Flügel auf, daß sie gegen die Wand zurückschlugen, dann ließ sie sich auf einem Stahltisch nieder, da ihr die vorhandenen Stühle zu klein waren.

Zögernd streckte ich ihr den größten Kittel hin, den ich hatte ausfindig machen können. Sie nahm ihn mit ironischem Grunzen und zog ihn über den Kopf, um seine Unzulänglichkeit zu demonstrieren. Sowie sie ihre Schultern hineinzwängte, platzte der Kittel aus allen Nähten. Sie schneuzte geräuschvoll in den zerrissenen Stoff, ballte ihn zusammen und warf ihn zur Seite.

»Ich werde Gewänder tragen«, erklärte sie. »Etwas Langes und Kräftiges und Farbiges, mit einem ledernen Gürtel und Schnürsandalen.«

»Es wird eine Weile dauern.«

Das tat sie mit einem Wedeln ihrer riesigen Hand ab. Der Luftzug war erstaunlich.

Telefonisch gab ich die entsprechenden Instruktionen durch, dann legte ich auf und fragte vorsichtig: »Sie sind immer noch ... Jean?«

»Ich habe Jean gegessen«, sagte die Riesin. »Jean ist ein zu kümmerlicher Name für mich. Sie war bloß das *hors d'œuvres.* Aber ich bin der Hauptgang. Und nennen werde ich mich ... nun, das werde ich nach dem Frühstück entscheiden.«

Bald darauf verzehrte die gewesene Jean, unübersehbar nackt auf dem Stahltisch sitzend, fünf Steaks und ein Dutzend Spiegeleier. Ich begann mich zu fragen – und die anderen sicherlich auch –, wo die Grenzlinie zwischen Überschwang und beginnender Verrücktheit zu ziehen sei.

Nach ihrem Megafrühstück rülpste sie anerkennend.

»Dieses Zimmer ist zu klein«, bemerkte sie. »All diese Räume sind winzig. Ich brauche große Hallen.« Sie richtete ihren Blick auf die Kamera, die unseren entfernten Gönner über das Geschehen unterrichtete, und winkte. »Hallo. Wann sind die nächsten Olympischen Spiele?«

Unsere Enttäuschung nahm immer mehr zu. Sicherlich konnte der Gönner keinen Augenblick daran denken, sich mit diesem Riesenweib zusammenzutun. Und er war ganz gewiß kein Förderer des Sports, selbst wenn die vormalige Jean jetzt wie das Idol aller osteuropäischen Athletinnen aussah, vollgepumpt mit anabolischen Steroiden. Andererseits war vielleicht etwas daran – wenn sie ebenso schnell wie gewaltig war. Aber darauf kam es überhaupt nicht an, verdammt noch mal! Es kam darauf an, wie ein zukünftiger Übermensch sein würde. Wenn sie alle so ausfielen, würde die Menschheit sich selbst in den Untergang fressen. Bei Licht gesehen, war es möglicherweise dies, was mit den Dinosauriern schiefgegangen war; sie hatten zu üppig getafelt. Sie hatten reinen Tisch gemacht. Nichts für die nächste Mahlzeit übrig gelassen.

»Ich weiß! Ich werde mich Gineva nennen. Das ist Jean und Eva.« Sie lachte, daß uns die Ohren gellten.

Bei diesem Stand der Dinge schnurrte das orangefarbene Telefon – die Direktleitung zum Gönner. Es fiel mir zu, den Hörer abzunehmen.

»Frank Caldero.«

»Hier spricht ...« Wer sonst? Ich hatte seine Stimme wohl ein halbes Dutzend Male gehört. Es war die etwas näselnde, leiernde Stimme eines Mannes von ungefähr vierzig Jahren, aber ich vermochte nie zu sagen, ob sie Zufriedenheit ausdrückte oder im Begriff war, sich zu erregen. Besonders in diesem Augenblick konnte ich dem Tonfall keinen Hinweis entnehmen.

»Sie entspricht nicht gerade dem, was ich erwartet

hatte. Aber wer von uns wußte schon, was zu erwarten war? Ich bin ... erschrocken und erfreut zugleich. So viel unbekümmerte Kraft erfreut mich durch ihre Natürlichkeit, Frank. Ich kann mich kaum zu ihr hingezogen fühlen, aber natürlich sehe ich sie mit den Augen der Gegenwart, nicht mit denen eines umgewandelten Menschen. Könnte ein Urmensch sich für ein Exemplar des *Homo sapiens* begeistern? Schwerlich! Ich anerkenne dies, Frank. Vielleicht dachten Sie, ich hätte eine Aphrodite oder Botticellis *Primavera* erwartet, statt einer Riesin. Nicht unbedingt. Sie alle haben bemerkenswert gute Arbeit geleistet. Im Augenblick kann ich sie nicht lieben oder verehren, obwohl ich das Wunder bestaune, das sie geworden ist. Ich komme selbst zu Ihnen, Frank. Jeder auf der Welt kann im üblichen Maße ansehnlich und klug und stark sein, aber wir suchen das Außergewöhnliche, nicht wahr? Für mich gilt das jedenfalls. Ich möchte, daß die Sicherheitsvorkehrungen verdoppelt werden, Frank. Ich werde einige Tage benötigen, um laufende Geschäfte abzuwickeln und Vorbereitungen zu treffen. Ich rechne nämlich nicht damit, daß ich in ein paar Wochen noch sonderlich an meinem alten Lebensstil interessiert sein werde. Auch ich werde ein Wunder sein. Wir werden die Ersten einer neuen Rasse sein.«

»Was ist mit Jean – ich meine, Gineva?«

»Sprechen Sie mit ihr! Ersuchen Sie sie, dazubleiben, bis wir einander ... als Ebenbürtige begegnen können.«

Ich legte auf und sagte es den anderen. Wir alle atmeten auf und schlugen einander auf die Schultern. Glücklicherweise tat Gineva nicht mit.

»Den hatte ich ganz vergessen«, sagte sie mit einem sonderbaren Gesichtsausdruck.

»Es ist Teil der Vereinbarung«, erinnerte ich sie.

»Ho, ho«, machte sie. »Er wird hervorragend sein müssen, um mich aufs Kreuz zu legen.«

Ich konnte mir nicht vorstellen, daß der Gönner oder sonst jemand sie aufs Kreuz legen oder sich gefügig machen könnte, und ich für meine Person hätte es vorgezogen, ein massives Stahlgitter zwischen mir und dieser Begegnung der Titanen zu wissen. Aber es hatte wenig Sinn, auf ihren Verpflichtungen herumzureiten.

»Das wird er sein müssen«, pflichtete ich ihr bei.

Notfalls konnten wir ihr immer noch eine hypodermische Einspritzung mit einem Beruhigungsmittel schießen – eine Dosis etwa, wie sie zur Betäubung eines Nashorns geeignet wäre – und eine künstliche Befruchtung vornehmen. Aber irgendwie hatte ich nicht den Eindruck, daß der Gönner an diese Möglichkeit dachte.

Die nächsten Wochen verbrachte Gineva, nunmehr gehörig gewandet und mit Sandalen versehen, auf dem ausgedehnten Gutsgelände, wo sie über Wiesen und Felder sprang, durch den kleinen See platschte, Hügel erstieg und durch Dickichte brach. Ihr erstaunlicher neuer Körper schien unermüdlich. Sie unternahm keinen Versuch, den hohen, elektrisch geladenen Zaun an der Grundstücksgrenze zu überwinden. Warum sollte sie? Sie war nicht eigentlich eine Gefangene, und wenn sie es sich in den Kopf setzte, auszubrechen, brauchte sie nur durch das Haupttor zu gehen. Aber wo in der ländlichen Umgebung würde sie hinreichend mit Steaks und dergleichen versorgt? Zu Fuß und ohne Ortskenntnisse? Die Idee, wie eine griechisch gewandete Riesendame aus einer Abnormitätenschau die Gegend zu durchstreifen, hatte zweifellos auch für sie wenig Reiz.

Unterdessen brachte eine Limousine mit schwarz getönten Scheiben und verhängten Fenstern unseren Gönner, der sich gleich in die Behandlung begab.

Er war ein drahtiger – oder schmächtiger – kleiner Mann, und ich konnte nicht umhin, an die Anzeigen von Bodybuilding-Instituten zu denken, in denen gezeigt wird, wie aus mickrigen Figuren muskelbepackte Athleten wurden. Unser Gönner hatte seine finanziellen Muskeln offensichtlich bis zum Bersten entwickelt, aber wenn es darum ging, seinen Körper übermenschlich zu machen, konnte nur die Wissenschaft helfen, nicht körperliche Anstrengung.

Er wurde vorbehandelt und auf Ginevas Wasserbett gelegt, wo er seiner Veränderung entgegenschlief, während zwei Leibwächter abwechselnd bei uns im Überwachungsraum Dienst taten.

Bald, während Gineva im animalischen Wohlgefühl ihrer Körperlichkeit draußen herumtobte, begannen die Veränderungen.

Zunächst machte er durch, was ich jetzt als das Stadium banaler Karikatur bezeichne – genauso wie Gineva eine Weile ausgesehen hatte: bloß fett, dumm und schlau.

Während dieser Periode schrumpfte er jedoch tatsächlich, glich mehr und mehr einer runzligen und ausgetrockneten ägyptischen Mumie, als ob nicht bloß die Katheter Flüssigkeit aus seinem Körper abführten, sondern auch die Schläuche, durch die ihm Nahrung zugeführt wurde. Es war, als verwandelte er sich in einen runzligen alten Affen. Wir verfolgten diese Entwicklung mit erheblicher Sorge, insbesondere die Leibwächter, die nun mit ansehen mußten, wie der Leib, zu dessen Bewachung sie bezahlt wurden, sich vor ihren Augen zu verflüchtigen drohte.

Aber dann stabilisierte sich sein Zustand. Er setzte allerdings nicht wieder an. Statt dessen – er wog mittlerweile weniger als fünfzehn Kilo und war von Kopf bis Fuß knapp über einen Meter lang – gewann er eine makellose Schönheit: etwas Elfenhaftes, Märchenhaftes, Engelgleiches. Wir verzehrten uns in Angst und Verwunderung.

»Ich glaube, wir haben es nicht richtig hingekriegt«,

murmelte Axel Norman, nachdem er mich außer Hörweite der Leibwächter gezogen hatte. »Das kann nicht die Zukunft der menschlichen Rasse sein: Riesendamen und winzige elfenhafte Männer. Das würde bei unserer Gattung nicht funktionieren. Wir sind keine Spinnen! Ich glaube, Frank, wir haben es hier mit einer seltsamen psychobiologischen Veränderung zu tun: Es ist genau, was die Versuchsperson tief in ihrem Unterbewußtsein wirklich werden möchte. Es ist ihr eigentliches Selbstgefühl: die Idealisierung des Selbst. Das Selbst als Metapher, statt als Fleisch. Eine Traumperson.«

»An Gineva ist jede Menge Fleisch«, bemerkte ich.

»Weil das ihr geheimer Traum war. Eine Amazone zu sein, eine Walküre: Das war ihr unbewußtes Verlangen.«

»Und sein Traum war, ein Elf zu sein?«

»Der Traum seiner Seele, wenn du es so nennen willst. Er wünschte vollkommene Schönheit – und die hat er, aber nicht nach einem gewöhnlichen menschlichen Durchschnittsmaß von gutem Aussehen. Es ist die Schönheit eines Kolibris oder eines Schmetterlings. Ich wette, wenn du die Verwandlung durchmachtest, würdest du weder ein Riese noch ein Engel, sondern etwas völlig anderes. Vielleicht ein Werwolf oder weiß Gott was.«

»Die Ratten und Affen hatten nach der Umwandlung alle ein ähnliches Aussehen, im großen und ganzen.«

»Affen haben Geschicklichkeit, Ratten Schlauheit – das ist ihr Traum. Aber sie haben nicht soviel Phantasie. Aber für uns ist es, als ob die Welt neu gemacht würde, und du kannst dich selbst nach deinem Herzenswunsch schaffen. Ohne Vorurteile. Bloß kannst du nicht bewußt befehlen, was dabei herauskommen soll. Du kannst es auch nicht im voraus erraten. Denn niemand von uns weiß, was wir im tiefsten Innern unseres Wesens wünschen. Aber das Unterbewußtsein, die Körperzellen wissen es. Das ist mythologisch, Frank; es ist der wahre Traum der Mythologie. Es ist der Weg zurück zu einer verrückten magischen Rasse von Sirenen und Harpyien und Meerjungfrauen und Riesen. Jeder seine oder ihre eigene Rasse. Dieses Verfahren erzeugt Ungeheuer, aber durchaus lebensfähige. Und schöne, in ihrer eigenen Art.«

»So kann man es sehen.«

»Und so wird er es sehen. Ich weiß es.«

»Ob er damit zufrieden sein wird? Mein Gott, hoffen wir es. Wie ich es sehe, ist dieses ganze Projekt danebengegangen.«

»O nein, Frank, nein.«

»Wie wollen sie sich fortpflanzen? Und wie wird das Ergebnis zweier solch grundverschiedener Typen sein? Schreckliche Vorstellung ...«

»Siehst du nicht, daß andere Leute dieses ... dieses Wunderland betreten werden? Mit seiner Zustimmung und auf seine Einladung hin, versteht sich. Kühne Geister werden sich darum reißen. Natürlich werden wir die Sache sehr diskret handhaben müssen ... und wenn sie sich nicht darum reißen, nun, dann wird er trotzdem ungewöhnliche Gesellschaft wünschen, nicht wahr?«

»Um Gottes willen!«

»Es ist viel Platz hier. Ein riesiger Besitz. Gineva scheint sehr zufrieden und erfreut mit ihrer Umwandlung, so unerwartet sie war. Ich habe nicht gehört, daß sie in letzter Zeit von ihrem Schweizer Bankkonto gesprochen hätte.«

»Das hat nichts mehr mit dem Sinn des Experiments zu tun!«

»Aber es könnte sein, daß es nun in der neuen Richtung weitergeführt wird.«

»Axel!«

»Gut, das ist bloße Mutmaßung. Eine Phantasie, so dahergeredet, wie sie mir in den Kopf gekommen ist. Eine ziemlich verrückte Geschichte, dies.« Aber Dr. Axel Norman hörte sich nicht so an, als ob er lediglich scherzte.

Unser Gönner wurde noch ein wenig kleiner. Und noch schöner, bevor er aufwachte. Eine durchscheinende, sich blähende Membrane – Engelsflügel, die in Struktur und Beschaffenheit an die Flughäute von Gleitfliegern erinnerten, wuchsen zwischen Armen und Seiten und reichten vom Handgelenk bis zur Hüfte. Als wir seinen im Tiefschlaf ruhenden Körper jetzt berührten, erhielten wir einen elektrischen Schlag – einen heftigen, schützenden Schlag.

Wir setzten das Beruhigungsmittel ab, und am nächsten Morgen richtete er sich auf und konnte sich selbst sehen.

Verblüfft und ohne Wiedererkennen in den großen taufeuchten Augen starrte er in den Spiegel. Dann sprang er mit einem Jubelruf auf und hüpfte im Raum herum, und die Membrane füllte sich mit Luft und hielt ihn wie ein doppelter Fallschirm momentan in der Luft. Er war ein Elfendrachen, etwas, was Kinder an einem windigen, sonnigen Herbsttag am Ende einer langen Schnur hoch in die Luft fliegen lassen. Bloß war er das Kind und der Drachen in einer Person. Es war seine Apotheose, ein Traum aus ferner Vergangenheit, bevor das Papier des Drachen zu einer Farbe wurde: grün und bedruckt mit der Seriennummer der Notenbank.

»Sir«, sagte ich zögernd, in Furcht vor seinem elektrischen Schlag, der dem des Zitteraals kaum nachstehen konnte, »wie fühlen Sie sich?«

Ich dachte, vielleicht könnte er nicht reden, sondern nur flöten und zwitschern wie dieser Vogeltyp in der *Zauberflöte.* So jedenfalls erinnerte ich mich an *Die Zauberflöte,* ohne Zweifel ungenau, denn eine Oper braucht schließlich ein verbales Libretto.

Er konnte sprechen, singend, lyrisch.

»Gineva braucht keine Million Dollar!« flötete er. »Sie hat bereits, was sie braucht! Das muß sie inzwischen wissen. Lassen Sie mich hinaus! Lassen Sie mich ins Freie!«

Natürlich kamen wir dem Wunsch nach. Er war noch immer der Mäzen und Gönner, und es war ohnedies nicht daran zu denken, jemanden zu binden, der einen mit einem elektrischen Schlag töten konnte – sowenig die gewaltige Gineva mit geringeren Mitteln als einer Kanone bezwungen werden konnte.

Eine halbe Stunde später beobachtete ich durch den Feldstecher, wie unser Gönner – der sich, einer momentanen Eingebung folgend, für den neuen Namen Ariel entschieden hatte – von einer Baumgruppe herabgeglitten kam und auf Ginevas massiger Schulter landete. Augenscheinlich ging es ohne elektrischen Schlag ab! Also hatte er diesen jetzt unter bewußter Kontrolle. Sie lachte fröhlich, als er ihr etwas ins Ohr flüsterte. Dann nahm sie ihn von der Schulter und warf ihn hoch in die Luft, und er segelte abwärts um ihren Kopf und landete wieder, und beugte sich, als wollte er an ihrer Brust trinken. Das unpassende Paar, die Riesendame und der Elf, schienen gut miteinander auszukommen. Ich hätte sogar gesagt, daß sie verliebt waren – eher als wenn es ein wildes Toben und Stampfen brünstiger Titanen gewesen wäre. Sie waren verliebt in das, was sie waren, weil sie es waren.

Am Abend kehrten sie nicht zu den Gutsgebäuden zurück, aber ich habe keine Ahnung, was sie vorhatten. Am Morgen kam Gineva, heißhungrig auf Steaks – und Ariel saß auf ihrer Schulter. Er wollte eine Schüssel Milch und Honig.

Das wäre ein schöner, wenn auch nur vorläufiger Schluß der Saga von Jean Sandwich und unserem Gönner gewesen, doch ein paar Tage später, als sie bei einer ihrer ungleichen Mahlzeiten saßen, zeigte Gineva mit einem Bratwurstfinger auf mich, während Ariel ihr aufgeregt ins Ohr zwitscherte. Später sah ich Dr. Axel Norman mit dem Gönner konferieren, die Lippen zu einem schiefen Lächeln verzogen.

In derselben Nacht versuchte ich vom Gut zu entkommen, aber einer der Wächter brachte mich mit einem hypodermischen Injektionspfeil ins Hinterteil zur Strecke. Als ich erwachte, lag ich im Umwandlungsraum, beobachtet von einer Riesin und einem Elf und einigen meiner Exkollegen.

Ich frage mich, ob Gineva aus Rache auf mich zeigte – oder aus Dankbarkeit?

Werde ich auch Dankbarkeit empfinden, wenn ich als Kobold oder Centaur oder Berserker erwache, um mich an ihrem Spiel zu beteiligen?

Ein Brief von Gott

Endlich erwachte ich und sah mein Universum. Und ich wußte gleich, daß etwas schiefgegangen war ...

Ich sollte nicht imstande sein, Ihnen dies zu erzählen. Es sollte kein einfaches, einzelnes »Ich« geben, das mit Ihnen kommunizieren kann. Wir sollten eine Myriade von Gesichtern tragen. Wir sollten die Vielen-in-Einem sein, von denen jede bewußte Spezies im Universum nur ein bruchstückhaftes Spiegelbild ist – ein Attribut unseres hohen Selbst, das jenseits des Selbst ist.

Statt dessen erwache ich zu einer Vereinzelung des Seins, das weit unter jener hohen Selbstlosigkeit ist. Ich erkannte, daß ich erst vor kurzem an einem bestimmten Punkt in der Raumzeit aus meinem schlafenden Selbst verkörpert worden war. Es war der Zug dieser Verkörperung, jenes Herausziehen eines Teils meines Selbst aus mir, um für eine Weile eine bestimmte Gestalt anzunehmen – das war es, verbunden mit etwas Wässrigem und Ozeanischem, das mich einen kosmischen Augenblick später geweckt hatte. Wie der Schritt eines Eindringlings in einem dunklen Schlafraum.

Der Schlafraum war nicht völlig dunkel, versteht sich. Galaxien und Schwärme von Galaxien, in denen es von Sonnen wimmelte, hingen überall, eine sehr große Zahl von Nachtlichtern, was gut war.

Nicht dunkel. Aber es war leer. Zuerst dachte ich, es sei völlig leer; und ich erschauerte angesichts des Fehlens von Leben vor Furcht.

In der Tat, ich war erwacht – wie ein Motor, der an einem ziemlich kalten Morgen von einem winzigen Tröpfeln des Batteriestromes nichtsdestoweniger gestartet wird. Aber die Batterie hätte voll aufgeladen sein müssen, randvoll mit Lebensenergie, die nach mir rief. Und das war nicht der Fall; dieser winzige Pulsschlag war alles, was ich fühlte. Ich wußte jetzt, wie nahe ich daran war, in einem Kosmos zu sein, wo kein Leben mich jemals hätte wecken können; und ich wußte, wie klein und unbegrenzt dieses gegenwärtige »Ich« darum sein mußte.

Es kostete mich einen kosmischen Augenblick, das Leben ausfindig zu machen, das mich geweckt hatte. Ich wurde von einigen weiteren Vorkommen höheren Bewußtseins aus derselben Richtung geleitet – hoch nach eurem Standard, jämmerlich schwach nach jeder anderen Rechnung. Ich hätte dem ersten Zug nicht nachgeben sollen. Ich hätte mich im Schlaf umdrehen und diesen Kosmos durchschlafen sollen, bis er in sich zusammenfiele! Aber in der ungeheuren Stille hatte diese einzelne Lebensnote wie ein Gong getönt. Nun, da ich erwacht war, war ich ihr verpflichtet; und deshalb war ich reduziert auf ein einzelnes persönliches Ego.

Ihr hattet natürlich keine Ahnung, daß ihr die einzige Lebensform wart, die in diesem Kosmos entstanden ist. Ach, ihr mit euren stolzen Anordnungen von Radioteleskopen: Blechernen Ohrtrompeten, die vergeblich nach fremder Botschaft inmitten des geistlosen Geräuschs suchen!

Wie ein Vagabund, der nur ein Zündholz hat, das Feuer zu entzünden, an dem er sich wärmen möchte, lenkte ich mich zu euch, diesen einzigen Funken Lebenslicht mit meinen Händen zu beschirmen und mit meinem Atem zu nähren.

Laßt mich etwas über die Erschaffung von Universen erklären.

Eure Wissenschaftler haben gefolgert, daß jeder sukzessive Kosmos durch eine willkürliche, explosive Ausstreuung des Materials entsteht, das dem zusammengebrochenen vorherigen Kosmos entstammt. Alle Naturgesetze und physikalischen Konstanten des vorausgegangenen Kosmos verschwinden vollständig. Und spontan entstehen neue Gesetze und Konstanten. Aber nur bestimmte Gesetze und Konstanten erlauben das Vorkommen eines bewohnbaren Universums – eines Universums, wo sich überhaupt Sterne bilden und lange Zeit brennen können. Die Mehrzahl der Universen muß notwendigerweise ohne Leben sein. Entweder währen sie nur kurze Zeit, oder keine schwereren Elemente als Helium erhalten die Möglichkeit, sich zu bilden.

Beim Lochbillard schießt ihr den Spielball in drei Zielbälle, die in verschiedene Richtungen gestoßen werden, je nach der Geschwindigkeit und dem Drehmoment des Spielballes. Gäbe es einen vollständig reibungsfreien Billardtisch, würden die Bälle unbegrenzte Zeit weiterrollen, zusammenstoßen und abprallen, bis sie schließlich alle in die Löcher fallen würden, nach längerer oder kürzerer Zeit. (Ich verbiege die Regeln, ich weiß.) Nun, dieses erste Auseinandertreiben der Bälle gleicht ein wenig – ein klein wenig – der ersten, explosionsartigen Zerstreuung des Universums.

Entgegen eurer Vorstellung von einer willkürlichen Ausstreuung der Materie gibt es jedoch einen ersten vorsätzlichen Stoß, der die Bälle des Kosmos in Bewegung setzt und die besonderen Gesetze und Konstanten jedes Universums bestimmt.

Und der Spieler? Ich selbst. Oder vielmehr der hohe Vorläufer meines gegenwärtigen, begrenzten Selbst. Aber ganz so einfach ist es nicht. Der Spieler steht nicht außerhalb des Universums. Der Vorläufer ist der Spielball und die Zielbälle und der Billardstock, zu schweigen von dem Gewebe der Raumzeit, auf dem sich die Bewegung der Bälle abspielt. Im Augenblick dieses ersten Stoßes, dem der Kosmos entspringt, wird der Vorgänger auseinandergerissen und geht in das sich ausbreitende Material des Spieles ein, das gewählt worden ist. Auch müssen Winkel, Geschwindigkeit und Drehmoment so gewählt werden, daß während der Dauer des Spiels, wenn das Universum sich entwickelt, Leben der einen oder der anderen Art entstehen kann: Ein Kosmos vielfältigen Bewußtseins, aus dem mittels seiner selbst dieser Vorgänger schließlich erwachen und sich umsehen wird, mit einem Bewußtsein, das weit über die Milliarden von ihm zufließenden Bestandteilen hinausreicht.

Ein Spieler hat gewöhnlich einen Gegner. So auch hier, obwohl der Gegner in diesem Fall auch Teil des Vorgängers ist. Er ist sein Antiselbst – und auch dieses Antiselbst wird entstehen, denn ohne einen Spannungszustand zwischen Gott und Anti-Gott würde das Universum im Nu vorüber sein. Dies ist der Punkt, wo das Spiel wirklich interessant wird.

Diesmal hat der Vorläufer jedoch schauderhaft gepatzt. Die Konstanten fehlen, die physikalischen Gesetze sind falsch.

Eine Welt. Ein bewohntes Staubkörnchen im ganzen Universum – und dieses Staubkörnchen sehe ich jetzt, nichts als ein glücklicher Zufall! Nicht unser bevorzugtes elektromagnetisches Leben – das scheidet angesichts der fehlenden Konstanten aus –, sondern protoplasmisches Leben, widersinnig chemisch verschlüsselt! Existent auf einer Welt, die in einer winzigen Leben begünstigenden Zone um einen Stern kreist, der übernatürlich lange stabil geblieben ist! Eine Welt mit einem großen Mond, der Fluten auf die Strände und Leben auf das Land zieht. Eine Welt mit einer Sauerstoffatmosphäre, die das Leben nicht verbrannt hat, sondern die zu atmen dieses Leben gelernt hat. Und woher kam der Sauerstoff? Vom Leben selbst. Ein Paradoxon! Die Wahrscheinlichkeit, die gegen solch ein Leben spricht, ist ungeheuer groß, selbst wenn man eine unendliche Zahl von Welten zum Vergleichsmaßstab nimmt.

Ich sehe die Spuren der Verbrennung durch eine vor langer Zeit in der Nähe explodierte Supernova. Ich sehe den Hammerschlag eines Kometeneinschlags in eurer Kreidezeit. Ich sehe die Narben der Eiszeiten – aber irgendwie entging das Leben wieder und immer wieder dem eisigen Untergang, geradeso wie ihr um Haaresbreite dem Treibhauseffekt der übermäßigen Erwärmung entgingt.

Ich sehe, wie Bewußtsein erwachte, mich zu wecken – und wie nahe es daran ist, wieder zu erlöschen, während ihr Wälder und Landstriche verschlingt und zerstört, das Meer verseucht und Bodenschätze verbrennt.

Das andere Bewußtsein, in euren Ozeanen – das auch, wie ich sehe, zu meinem Erwachen beitrug –, ist bereits verschwunden, von euch zu Parfum und Lederfett, Maschinenöl, Dünger und Futter für eure Schoßtiere verarbeitet.

Ihr habt euch bis zur Selbstausrottung vermehrt und Sonnenbomben gebaut, eure Welt in Schlacke zu verwandeln. Und hier bin ich, dazu verurteilt, nach eurem Ebenbild geformt zu werden, da es das einzige vorhandene ist; wenn ihr alle zugrunde geht, werde ich also in dieser beschränkten Inkarnation für nahezu alle Zeit nichts als das Ticken der Quasare und das Knistern der unfruchtbaren Sonnen hören.

Aber ihr seid in Blechdosen zu eurem Mond geflogen. Ihr habt Blechdosen ein paar Zoll weiter hinaus in die ziellose tote Leere gesandt, die sich überall um euch erstreckt.

Und ihr werdet euch selbst zerstören. Würde es euch genauso zerstören, wenn ihr wüßtet, daß dort draußen sonst nichts Lebendiges ist?

Die einzige Hoffnung, die ich von meinem eingeschränkten Gesichtspunkt aus sehen kann, ist ein Überleben durch Selbstbeschränkung, und später vielleicht durch Ausbreitung in das tote Universum, dem ihr euer

Leben bringen könnt, in dem ihr euch selbst in all die ungezählten anderen Lebensformen umwandelt, deren Fehlen so sehr zu beklagen ist. Ich habe nicht die mikromanipulative Fähigkeit, euch die zehntausend gefährlichen Zündhölzer aus den kindischen Händen zu nehmen. Meine Zeit sollten Äonen sein, meine Reichweite ganze Galaxien. Diese euch zugewandte Aufmerksamkeit strengt meine göttlichen Augen ziemlich an!«

Wie konnte dieser Fehlstoß stattgefunden haben? Vielleicht kompensiert der Glücksfall, den ihr darstellt, die sonst überall herrschende schiere Verlassenheit. Vielleicht wollte mein Vorläufer das Spiel ohne einen Gegner machen, so daß nur ein Ball vom Anfang bis zum Ende im Spiel bleibt? Ein Universum, das den Gegner täuscht, ist sicherlich auch ein Universum, das zur Selbsttäuschung einlädt!

Würde ein Wunder von der Art, wie ich es zuwege bringen könnte, nicht meine einzige Welt völlig erniedrigen?

Ich habe mich entschlossen. In einem Bruch mit der Tradition habe ich den Entschluß gefaßt, mich mit euch auf eine Ebene zu begeben; um euch beim Kragen zu packen, in den Hintern zu treten – hinaus in die Galaxis und darüber hinaus. (Die Einzelheiten – die Blechdosen – werde ich euch überlassen müssen.)

Ich habe, wie gesagt, nicht das Tastempfinden für einzelne Kragen; ich schreibe groß.

Also tue ich genau das.

Ich schreibe das meiste des oben Gesagten als einen offenen Brief auf eine zehn Meilen hohe Säule. (Was für mich der Aufgabe nahekommt, ein Testament auf ein Reiskorn zu schreiben. Aber macht euch nichts daraus.) Ich pflanze diese Säule vor der Küste eures Florida in die See, unweit von der Stelle, wo einige eurer Blechdosen starten, aber nicht so nahe, daß sie eine Gefahr sein würde. Unglücklicherweise stellt sie euer Montagegebäude in den Schatten ... Nichts für ungut.

Und eine zweite, zehn Meilen hohe Säule mit einem russischen Text stelle ich beim Kosmodrom von Tjuratam in eurer UdSSR auf.

Dann warte ich ab.

Zehn Meilen sind vielleicht zu hoch, selbst für eure Findigkeit – Teleskope, Ballons mit angehängten Kameras ...

Es kann doch wohl nicht sein, daß die Buchstaben zu groß sind, um als solche erkannt zu werden?

Nun, es dauert sechs Wochen, bevor der vollständige Text veröffentlicht wird – von den Amerikanern; die Russen folgen kurz darauf ihrem Beispiel.

Sie erklären dazu, daß ich ein Schwindler sei. Nach ihrer Auffassung sind meine Säulen das Werk einer fremden Zivilisation, die es darauf abgesehen habe, euch von der Idee der Raumfahrt abzubringen, indem sie die Leere und das Fehlen von Leben dort draußen betone. Mit messerscharfer Logik weisen die Russen darauf hin, daß das plötzliche Erscheinen der Säulen im Gegenteil ein Beweis für das Vorhandensein einer Vielzahl von fremden Zivilisationen sei, die der Erde überdies nicht allzuweit voraus sein könnten, sonst wären sie nicht besorgt. Sie würden auch nicht diesen Schwindel eines Briefes von Gott inszenieren, der offensichtlich eine Beleidigung menschlicher Intelligenz sei.

Ich denke, ich sollte diese Reaktion begrüßen, so dickschädelig sie ist – wenn es ihr gelingt, eine zerstrittene Welt gegen eine imaginäre Bedrohung aus dem All zu einen.

Die Amerikaner wiederum meinen, wenn »Gott« (den man am besten undefiniert läßt) einen Brief abgeben kann, könnten sie ihn ebensogut beantworten. Sie haben großes Vertrauen in den Postdienst. Radiobotschaften werden ausgestrahlt.

»Hier spricht der Präsident der Vereinigten Staaten von Amerika zu der Wesenheit, die sich als Gott bezeichnet, in der aufrichtigen Hoffnung, daß diese Botschaft Gehör finden wird. Im Namen aller Völker der Erde, gleich welchen Glaubens, bitten wir dich, den begonnenen Dialog fortzusetzen. Ich schlage vor, daß wir keine Geheimgespräche führen, und hoffe, daß nun, da du die Größe deiner Macht bewiesen hast, die Radioverbindung ausreichen wird. Nun, um Irrtümern vorzubeugen, bitten wir alle um die Beantwortung einiger Fragen zur Erhellung deiner Bemerkung, das Universum sei das Ergebnis eines ›Fehlstoßes‹ – so wie der anderen Feststellung, daß außer uns keine anderen Lebensformen im Universum existieren. Man hat die Vermutung geäußert, daß diese letztere Erklärung einfach eine mitfühlende, göttliche Geste sein könnte, um uns zu höherer Wertschätzung unseres eigenen Lebens zu bewegen ...«

Ungefähr an dieser Stelle seiner Radioansprache ereignet sich ein schreckliches doppeltes Mißgeschick – so vollkommen zufällig, daß es als eine absolut vorsätzliche Handlung meinerseits verstanden wird.

Die zehn Meilen hohe Säule an der Küste Floridas kippt in den Ozean. Ihr Aufprall erzeugt eine Flutwelle, die weite Teile der Halbinsel verwüstet, Städte und Dörfer zerstört – und auch die Startanlagen am Cape Canaveral hinwegfegt. Und in der UdSSR löst das Gewicht der Säule ein beängstigendes Erdbeben in einem bis dahin seismisch ruhigen Gebiet aus, wodurch auch dort die Startanlagen unbrauchbar gemacht werden. Durch das Erdbeben aus dem Gleichgewicht gebracht, stürzt auch diese Säule um und schlägt mit der Gewalt einer Atombombe auf den Boden. Diese zwei Ereignisse erscheinen mir wie eine grausame Rekapitulation des ursprünglichen Fehlstoßes – nur versuchte ich diesmal, zwei Billardqueues aufrecht zu balancieren ...

Die Russen starten augenblicklich eine ziemlich große Zahl von Raketen, die willkürlich im erdnahen Weltraum explodieren – aber das kann mir natürlich nichts anhaben; ich bin nicht von dieser Natur.

Die Chinesen wählen diesen Augenblick verausgabter russischer Kreaft, um mit ihren eigenen Raketen anzugreifen. Im Gegenzug werden sie ziemlich gründlich zerschlagen, aber auch die UdSSR ist schwer mitgenommen.

Ich schaue zu, bestürzt über das Ergebnis meiner Bemühungen.

Die russischen und chinesischen Überlebenden lamentieren, daß das außerirdische Komplott zur Zerstörung der Menschheit nur zu gut gelungen sei. Die Amerikaner – und das ist noch schlimmer für mein Ego, nun, da ich eins habe – beschuldigen mich der Unfähigkeit. Durch mein eigenes Eingeständnis hätte ich das Universum von Anfang an ungeschickt zurechtgemacht; nun hätte ich mich als unfähig erwiesen, weiter damit umzugehen. (Und ich muß zugeben, daß dieses eingeschränkte »Ich«, das ich bin, in der Tat hinter dem zurückbleibt, was ihr unter göttlicher Allmacht und Allwissenheit versteht ...)

Ich ziehe mich von der gequälten Welt zurück, um für die nächsten hundert oder zweihundert Jahre meine Wunden zu lecken.

Am Ende dieser hundert oder zweihundert Jahre steigen die Raumschiffe von der Erde auf. Schneller als das Licht kriechen sie hinaus in die unermeßlichen Himmelsräume. Ihre Besatzungen graben sich in tote Welten. Sie schaffen sich künstliche Lebensräume. Sie machen sich daran, durch den Einsatz sauerstoffproduzierender

Mikroorganismen die Atmosphären einiger Welten zu verändern, damit ihre Nachfahren dereinst ungeschützt dort leben können, selbst wenn es viele Jahrtausende dauern sollte.

Später fliegen Raumschiffe von diesen neuen Welten weiter hinaus. Die Sphäre menschlicher Durchdringung dehnt sich mehr und mehr aus.

Ich nehme den Zeitraffer zu Hilfe. Jahrzehntausende vergehen, und nun verändern sich die Sternmenschen ständig zu neuen und verschiedenartigen Wesen: Wesen, die tote Welten ohne Luft und Wasser bewohnen können, Wesen, die Methan atmen und andere, die ungeschützt im Vakuum überdauern. Hunderte, Tausende von verschiedenen, immerfort in Wandlung befindlichen Lebensformen.

Wie Flöhe springen sie von der Spirale der Milchstraße hinüber zum Andromedanebel. Sie. Ihr.

Und ihr alle seid jetzt meine Gegenspieler. Ihr tragt nichts zu meiner eigenen Ausdehnung bei, zur Erlangung meiner vollen Kapazität. Keiner von euch. Aber ihr seid nicht eingeschränkt.

Ihr beschäftigt euch mit phantastischen, Milliarden Jahre überspannenden Plänen, wie ihr den Kollaps dieses Kosmos überleben und euch unversehrt in den nächsten hinüberretten könnt, um mich zur Verantwortung zu ziehen!

Damit nicht genug, träumt ihr davon, den nächsten Zyklus selbst auszulösen, so daß er richtig beginnt. Ich werde der Unfähigkeit, Frivolität und Vernachlässigung bezichtigt.

Heutzutage verberge ich mich vor euch in den tiefsten Tiefen zwischen den galaktischen Schwärmen – selbst wenn ich in gewissem Sinne noch immer überall bin.

Aber sobald dieses Universum seine Phase maximaler Ausdehnung erreicht und sich wieder zusammenzuziehen beginnt, werden wir am Ende alle sehr schnell zusammenrücken. Dann werdet ihr mich fangen, so sicher wie nur was.

Einsicht

»Seien Sie unbesorgt«, sagt die Stimme. »Sie sind nicht in Gefahr. Sie reisen durch die Zeit.« Woher kommt die Stimme?

Durch Ringe regenbogenfarbenen Lichts saust wirbelnd das Ding, das mich gefangen hat. Es ist ein hohler Kristall von der Größe eines kleinen Gartengewächshauses: ein Polyeder mit vierzig oder fünfzig Facetten, die mich mit farbigem Licht sprenkeln. Ich bin eine in Bernstein gefangene Fliege. Es gibt hier keine Schwerkraft, nichts, mich daran festzuhalten. Ich rotiere schwindelerregend, schließe die Augen, fühle mich seekrank, höhenkrank, in jeder Weise krank. Ich ziehe die Knie an und umschließe sie mit den Armen. Als ich die Straße entlangging, bildete sich ein Licht um mich. Es verhärtete sich und ich wurde fortgewirbelt ...

»Wo bin ich? Wer sind Sie?«

»Sie sind nicht in Gefahr. Die Reise wird nicht lang dauern.« Es ist nur eine Art automatischer Anrufbeantworter. Ein verbales Beruhigungsmittel. Es sind keine wirklichen Antworten.

Durch die Zeit reisen ... Das ist eine Vorstellung, mit der ich mich abfinden kann. Tatsächlich beginne ich mich darauf einzustellen, so rasch wie ein frisch ausgeschlüpftes Küken sich zur Mutterhenne hin orientiert. Reg' dich nicht auf, Sammy Fisher. Du bist gefischt worden ... aus deiner Zeit. Ja, von einer äußeren Kraft. Im Jahr 1985 gab es jedenfalls nirgendwo auch nur eine leise Andeutung von Zeitreisen. Außerdem, was hätte ich damit zu tun gehabt, wenn es so etwas gegeben hätte?

Ich habe einen computergestützten Vermittlungsdienst für Bekanntschaften. Ich bin dreißig, ledig und ein bißchen was von einem Schürzenjäger. Gegenwärtig ist Jacky meine Freundin. (Aus durchschnittlich zehntausend weiblichen Eintragungen programmiere ich meine eigene Auswahl; und nun, scheint es, bin ich selbst ausgewählt worden.)

Die Regenbogen kreisen vorbei. Die Stimme beschwichtigt mich.

Krach. Ein großer Raum, Wände. Wieder Schwerkraft. Ich pralle am Boden auf, der an dieser Stelle weich gepolstert ist. Es ist nicht schlimmer als ein Fall auf die Judomatte.

Und der Kristall ist fort. Eine der Wände ist ganz aus Glas; und durch die Scheibe starren Leute – vier Gestalten in roten und gelben Umhängen, die bis zum Boden reichen und die Schuhe verbergen. Eine Frau, drei Männer, deren Haar ohne Unterschied des Geschlechts in schulterlangen Flechten herabhängt. (Wie unterscheidet man mit einem Blick das Gesicht einer Frau von dem eines Mannes? Es muß instinktives, genetisches Wissen sein. Erkennen Giraffen automatisch das Gesicht einer weiblichen Giraffe? Erkennt ein Hund augenblicklich eine Hündin?) Wo ich gefallen bin, ist ein gepolstertes Oval, doch der Rest des Bodens scheint härter. An drei Wänden sind Installationen angebracht: Toilette, Dusche, ein Ding, das vielleicht Essen ausspuckt. Jenseits der vier Beobachter stehen ein paar Gestalten, die mir den Rücken zugekehrt haben und in einer größeren Halle Geräte bedienen.

Steh auf, Sammy! Stell dich der Zukunft (die dies sein muß). Ich bin isoliert, von ihnen getrennt. Um Krankheitserreger von einer antiseptisch gemachten Welt fernzuhalten? Es scheint keine Tür und keinen Ausgang zu geben.

Die Frau lächelt. Das heißt, die Muskeln verzerren Mund und Wangen. Es ist etwas Eigentümliches an dem Lächeln, das mir rätselhafter erscheint als jede Mona Lisa. Wie schön sie alle sind; solch vollkommene

Menschen. Sie sollten ihre Körper zeigen; sie sollten nackt gehen. Was für Figuren sie haben müssen.

»Willkommen.« Die Frau hat blondes Haar. Sie breitet die Hände aus, als wollte sie sich mir ergeben. Nein, es ist eine Geste, die ich nicht verstehe. Obwohl ihre Lippen sich bewegen, kommt die Stimme von oben, aus verborgenen Mikrofonen.

Wo ist dies? Wann ist es? Warum haben sie mich hierhergebracht?

»Dies ist das Jahr Dreitausendvierzig fünfzehn.«

»Moment. Ist das 4015 oder 3000?«

Eine Furche bildet sich zwischen ihren Brauen. Ein Stirnrunzeln der Zukunft?

Der Mann mit dem braunen wallenden Haar sagt: »Vierzig fünfzehn ist vierzig und fünfzehn.«

Aha, also zählen sie in Zwanzigern, nicht in Zehnern. Es ist das Jahr 3055. Ich nehme an, sie meinen nach Christus.

»Ist dies eine Art Experiment? Ist es Erforschung der Vergangenheit?«

»Wir beglückwünschen Sie zu Ihrer gefaßten Haltung«, sagt die Frau und lächelt dazu. (Lächelt?) »Mein Name ist Jen Ashya. Dieses Gebäude ist das Zeitzentrum.« Was sonst? Haltung, wie? Ich bemühe mich mitzukommen. Es ist wie ein Prägungsvorgang. Küken können sogar auf alte Stiefel geprägt werden, wenn die das erste sind, was sie sehen. Von da an ist die Mutter ein Stiefel.

»Können Sie mich hinterher auch wieder zurücksenden?«

»Warten Sie. Bitte erzählen Sie von sich. Wenn wir wissen, was Sie sind, können wir besser erklären.« (Was ich bin? Nicht, wer ich bin?)

Worauf, überlegte ich, war ich in meiner Heimatzeit geprägt worden? Nachdem meine Mutter bei meiner Geburt gestorben war, hatte es viele Kinderschwestern gegeben; und seit ich aufgewachsen bin, ist es ein Kommen und Gehen geblieben. Ich programmiere sogar das Kommen und Gehen aus meinem Leben, versorge ehemalige Freundinnen mit dem jeweils passenden Partner – eine Form von Entschädigungszahlung, die mir sehr gelegen kommt. Wenn ich in meinem jetzigen Alter noch prägungsfähig bin, dann sicherlich nicht mehr auf Dauer ... Der Stiefel wird bald wieder zum alten Stiefel.

Für eine Weile wird die kenntnisreichere Zukunft mein Elternteil und lehrt mich ...

Ich gehe in die Welt des Jahres 3055 nicht hinaus. Ich darf sie offenbar nicht sehen, nur diese vollkommenen, verhüllten Menschen. Mein Zimmer ist in jeder Hinsicht selbstgenügsam, und wie es scheint, können oder wollen sie es nicht öffnen, solange ich hier bin. Ich bin eine Anomalie, eine zeitliche Masse, eine Fingerspitze, welche die Ballonhaut ihrer Zeit zwar eindrückt, aber nicht durchdringt. Dränge ich durch, würde es womöglich eine gewaltige Explosion geben, und ich würde nicht nur in Stücke zerrissen, sondern auch die Verbindung mit meiner eigenen Zeit verlieren. Also bleibe ich hier und lerne (ein wenig) und erzähle ihnen von mir (eine Menge).

Die Menschheit hat es in tausend Jahren weit gebracht (oder vielleicht doch nicht so weit?). Wir sind zum Mars geflogen, haben Fusionsenergie und Sonnenkollektoren, wir haben Langlebigkeit und körperliche Vollkommenheit. Die Sprachen sind zu bloßen Dialekten einer computererzeugten universalen Panglossa geworden. Unbemannte Sonden sind in den Raum entsandt worden und zurückgekehrt; bald werden bemannte Expeditionen durchgeführt, wenn wir uns dafür entscheiden. Lange nicht alles, was technisch möglich ist, wird in dieser Zeit auch durchgeführt, und die Entscheidung, bemannte Raumsonden auszusenden, scheint, obwohl sie es nicht offen sagen, irgendwie mit dem Experiment zusammenzuhängen, das mich aus ferner Vergangenheit herbeigeholt hat ...

Am dritten Morgen erhebe ich mich wie an den vorausgegangenen von meinem ovalen Schlaffleck, nehme eine Dusche, kleide mich an, entnehme dem Automaten das Frühstück (etwas Synthetisches, das nach Omelette schmeckt, und ein Heißgetränk wie eine Kreuzung zwischen Lauchsuppe und Limonade). Dann ist es Zeit für die Frühschicht mit der lieblichen Jen Ashya und ihrem eigentümlichen Mienenspiel. Sie auf der anderen Seite der Glaswand, ich auf dieser.

Man hat nicht daran gedacht, Stühle bereitzustellen, also setze ich mich im Schneidersitz auf den Boden. Sie bleibt stehen, ebenso wie die drei Beobachter. (Und die beiden Techniker an ihren Instrumenten.) Von meinem Platz am Boden blicke ich zu ihr auf, in mehr als nur einem Sinne.

»Guten Morgen, Sammy. Sind Sie bereit?«

»Ich kann es kaum erwarten. Warum setzen Sie sich nicht, Jen?«

»Wir stehen gern. Ist es Ihnen unangenehm?«

»Daß ich sitze? Oder daß Sie alle über mir stehen?« (Ich sehe jetzt tiefer in eure Fragen. Sie zielen alle auf eins ab: Was hält Sammy in Bewegung? Ich fühle mich angenehm wichtig. Aber das habe ich schon immer getan. So viele Mutterhennen, so viele Kinderschwestern, so viele Freundinnen und Gespielinnen, vom Computer ausgewählt.)

»Haben Sie das Gefühl, daß meine Haltung eine überlegene ist?«

»Ich kann es ertragen.« Ich schmunzele über meinen Scherz. (Ihr seid nicht wirklich meine Eltern; ihr seid meine entfernten Nachkommen – Abkömmlinge von Kindern, die ich noch nicht gezeugt habe. Vielleicht würde ich den Wettbewerb übelnehmen?)

»Fühlen Sie sich frustriert, weil Sie dort eingesperrt sind?«

»Warum sollte ich, in einem Raum mit Aussicht – auf die Zukunft? Auf eine solch liebliche Zukunft wie Sie, Jen?« (Der alte Charme, das alte Talent.)

»Sind Sie nicht verdrießlich, daß Sie nicht hinausgehen können?«

»Gewiß, das wäre ein hübscher Bonus. Aber wenn ich bedenke, was ich von Ihnen alles erfahren habe! Die Zukunft funktioniert tatsächlich! Die Menschheit geht nicht an sich selbst zugrunde. Das bedeutet mir viel. Ich würde sehr gern mehr erfahren.«

Sie überlegt. »Wie, wenn wir Ihnen statt dessen erzählten, daß die menschliche Rasse genauso eingesperrt ist, wie Sie es sind? Eingesperrt in ihrer unmittelbaren Umgebung, eingeschränkt sogar in ihrem Sehvermögen? Wenn ich Ihnen sagte, daß sie nur durch ein Fenster sieht, statt in alle Richtungen? Wenn diese Wand undurchsichtig wäre«, fährt ihre Stimme fort, während sie vor meinen Augen verschwindet und die Wand plötzlich zu Milchglas wird. »Wie wäre Ihnen zumute? Würden Sie nicht ein Gefühl von Beengung verspüren, von Klaustrophobie?«

Experimentelle Psychologie! Ich denke vernünftig darüber nach, da dies kein von Edgar Allan Poe erfundener Kerker ist, und die Wände nicht auf mich zukriechen. »Ich würde dem, was Sie mir erzählt haben, Jen, viel weniger Vertrauen entgegenbringen.«

Bevor mein Unbehagen sich weiter verstärken kann, wird die Glaswand wieder durchsichtig.

»Also ist sehen glauben«, sagt sie lächelnd. »Aber angenommen, Sie könnten nicht sehen? Würden Sie meinen Auskünften vertrauen?«

»Die Menschen glaubten doch schon lange genug an Gott.«

»Aber das ist vorbei, wie?«

»Ich glaube nicht. Viele Menschen tun es noch, in meiner Zeit. Wie ist es jetzt?«

»Das Universum enthüllt seine Totalität nicht, Sammy, also muß es immer den Glauben an etwas geben, was jenseits des Bekannten ist. In jedem Stadium muß etwas jenseits allen möglichen Wissens bleiben, was Sie ›Gott‹ nennen mögen.«

»Dann wird es ein immer mehr dahinschwindender Gott sein! Je mehr Sie wissen, desto weniger Raum bleibt für ihn.«

»Im Gegenteil, Sammy, er ist ein expandierender Gott. Denn jedes Erkenntnisstadium enthüllt weitere Geheimnisse, nicht weniger, so viel wir auch wissen. Wenn alle Erkenntnisse, die Sie gewinnen, den Blick auf immer neue Rätsel lenken, statt ihn freizugeben, dann fällt es nicht schwer, Gottes Hand darin zu sehen. Wie würden Sie den Unterschied erkennen? Die Zukunft ist wie Gott, Sammy – etwas Fremdes, was man auf Treu und Glauben nehmen muß. In diesem Augenblick ist Ihr Wissen auf einen kleinen Raum mit einem Fenster zu einem größeren Raum begrenzt, und was jenseits davon liegen mag ... wer weiß es? Wir sehen durch das Fenster hinaus. Sie hingegen können es nicht.«

»Diese Sache wird mir zu metaphysisch, Jen.«

»Wir können Sie nicht hinauslassen, um zu schauen«, sagt sie.

Ich habe eine Erleuchtung. »Ah, aber ich kann mich selbst hinauslassen?«

Sie überlegt. »Würde es unsere Welt zerstören – oder die Ihrige?«

Ja, heute haben alle ihre Bemerkungen einen tieferen Sinn, eine Unterströmung. Ich grinse. »Ich will Ihnen einen alten Witz erzählen. Ein Ballon hat zwei Seiten. Welche sind es? Eine Innenseite und eine Außenseite! Ha, ha.«

»Topologisch ist das richtig«, sagt der braunhaarige

Mann, der sich Lek Sander nennt. »Vielleicht ist das tröstlich für jene, die im Innern des Ballons sind, aber wer würde die Implosion eines Ballons in einem großen Raum bemerken?«

Ich gewinne immer mehr den Eindruck, daß ich einen Weg aus diesem Empfangsraum finden soll, in dem ich eingesperrt bin, und zwar durch eigene Findigkeit ... Andeutungen werden gemacht, und ich habe das Gefühl, daß meine Fähigkeit, einen Weg hinaus zu finden, von tieferer Bedeutung sein muß.

Irgend etwas ist hier nicht in Ordnung. Meine Anwesenheit dient nicht bloß dem Zweck, Informationen über die Vergangenheit zu sammeln, um diese Leute über die Lebensweise des zwanzigsten Jahrhunderts aufzuklären. Sie ist ... eine Prüfung. Diese Zukunftsmenschen prüfen ihr eigene Vergangenheit, um zu sehen, ob sie würdig sind. Geben mir einen Intelligenztest, bloß ist es nicht der Intelligenzquotient, den sie prüfen, sondern meine Verständnisebene. Mein VQ: Verständnisquotient. Oder mein BQ: Bewußtseinsquotient. Wenn ich mich weiterhin auf sie als meine einzige Erkenntnisquelle verlasse, kann ich dies nicht sehen. Ich bin noch in der Eierschale. Aber wo ist der Eizahn, den alle Küken haben, um ihre Eierschale aufzubrechen? Falls dieser Raum tatsächlich die Eierschale sein sollte ...

Etwas an euch ist falsch, schöne Jen, stattlicher Lek. Ich werde das berücksichtigen. Und ich werde hinauskommen, selbst wenn es bedeuten sollte, daß euer Laboratorium bis ins Himmelreich hinauffliegt! Wahrscheinlich ist es narrensicher. Es sei denn, ich höre auf, ein Narr zu sein ...

Das seltsame Interview endet am Abend (nach meiner Uhr, die ich immer gut aufziehe, das können Sie mir glauben). Zwei Techniker stehen noch draußen, aber sie schenken mir keine Beachtung, es sei denn, durch ihre Instrumente. Stehen! Wir pflegten mit der Vorstellung zu spielen, daß die menschliche Rasse eines Tages den Gebrauch ihrer Beine verlernen könnte – aber kaum, daß sie vergessen würde, wie man sich niedersetzt. Haben diese Menschen vielleicht Implantate, die der Schwerkraft entgegenwirken?

(Menschen? Ein Zweifel beginnt sich zu regen.)

Ich halte Ausschau nach dem Weg hinaus: In der Duschkabine, hinter dem Lebensmittelspender, in der Toilette. Nichts.

Ich lege mich auf meine Schlafstatt, blicke zur Decke auf, und mir kommt mit überwältigender Banalität der Gedanke, daß ich nur nach dem Ausschau halte, was ich bereits sehen kann. Die Decke, zum Beispiel ... Der Ausweg ist, wo ich ihn nicht sehen kann. Aber wo ist das? Wann ist eine Tür keine Tür? Wenn sie angelehnt ist ...

Der »Morgen« kommt.

Auch Jen und Lek und die beiden anderen kommen. Ich betrachte sie durch das Glas. Ruhig. Und ich sage es ihnen auf den Kopf zu: »Sie sind keine Menschen, nicht wahr? Das ist keine Frage, es ist eine Feststellung. Die Zeit, die ich brauchte, um darauf zu kommen: hundert und noch ein paar Stunden. Ist Ihnen das zu lang? Nun, eher habe ich es nicht geschafft. Sagen Sie nichts, Jen. Nicht nötig. Ich glaube kein Wort von dem, was Sie über die Zukunft sagten. Sie sind Fremde.«

Eine kleine innere Stimme flüstert mir zu, ich solle mich nicht lächerlich machen. Aber ich bringe sie zum Schweigen. Ich werde mich nicht mehr zum Narren halten lassen.

Der Ausweg? Die Glaswand selbst ist eine Möglichkeit, aber eine allzu offensichtliche. Ich muß rechtwinklig zum Offensichtlichen denken. Statt dessen orientiere ich mich an dem Winkel zwischen der Glaswand und der anstoßenden leeren Wand. Und ich schließe die Augen, gehe darauf zu. »Ich komme heraus«, rufe ich; niemand sagt etwas.

Weiter. Sicherlich muß ich inzwischen dort sein? (Denk nicht darüber nach! Tue es!) Weiter!

Bums. Ich pralle auf etwas.

Zorn. Enttäuschung.

Aber nein, ich bin draußen gegen eine Wand gelaufen, bei Gott! Ich bin draußen. Die Fremden schauen alle zu, sind jetzt mit mir im selben Raum. Sie riechen muffig, oder ist es der Raum selbst?

Plötzlich lacht Jen. (Es ist die Annäherung an ein Lachen.) »Sie sind ganz hinausgegangen, Sammy. Und sind dann einfach weitergegangen!« Sie kommt zu mir.

Ich strecke die Hand aus, ihr Haar zu berühren, wie ich meine Hand zu vielen blonden Köpfen ausgestreckt habe. Statt sanft darüber zu streichen, ziehe ich mit einem heftigen Ruck, und das Haar löst sich in einem Stück. Ihr Schädel ist völlig kahl und hat eine tiefe Naht. Ich drücke die Finger hinein und ziehe auseinander. Ihr Gesicht löst sich ab, die Augen, die Nase, die Lippen. Der ganze Kopf geht auseinander, Schicht um Schicht, wie eine Zwiebel, bis nichts mehr da ist, nur ein langer Bandwurm aus gummiartigem Fleisch, der in einem Haufen am Boden liegt. Sie hatte überhaupt keinen Kopf, nur einen langen, weiten Umhang, und dieser läßt sich weder öffnen noch vom Boden aufheben. In der Halsöffnung des Umhangs ist Schwärze.

Neugierig, erheitert, schäle ich die Köpfe der anderen ab. Sie nehmen es gleichmütig und schweigend hin; und danach herrscht natürlich völlige Stille, denn ich habe auch die Münder abgeschält, die zu mir sprachen. Sechs Umhänge stehen mir gegenüber. Nun fließen sie zur äußeren Tür, und ich gehe mit ihnen. Diese Tür öffnet sich, dann eine zweite. Draußen ist Schwärze. Kein Nachthimmel, einfach Schwärze.

Eine nach der anderen gleiten diese Gestalten in diese Schwärze, wo nichts zu sehen ist, und jede verschwindet von einem Augenblick zum anderen.

»Moment! Warten Sie!«

Aber sie hören mich nicht. Ich habe ihnen die Ohren abgeschält.

»Halt!« Ich halte mich am letzten Umhang fest – ist es Jens? Ich weiß es nicht mehr. Der Umhang gleitet mühelos durch meine Finger und entschwindet, wird eins mit der Finsternis. Und ich bleibe allein in diesem größeren Raum zurück, der mein kleineres Empfangszimmer in sich enthält.

Ich hätte fragen sollen. Ich hätte sie nicht alle auseinandernehmen sollen. Ich war wie berauscht. Dann konnte nichts mehr sehen oder hören oder zu mir sprechen ... Dummkopf! Das Fleischzeug liegt am Boden, und ich versuche es aufzuwickeln, einen Kopf zu formen, einen Mund, ein Ohr zu retten, aber nein.

Mit geschlossenen Augen gehe ich zurück in meinen alten Raum und lege mich auf meine Schlafstatt nieder, den Polyeder des Lichtes zu erwarten, das kristallene Ding, das mich hierher wirbelte. Ich warte lange.

Es kommt nicht.

Weil jetzt niemand die Steuerung bedient? Ist es das? Ich beschäftige mich mit den Anlagen, versuche sie zu verstehen. Ich aktiviere sie auf gut Glück und eile zurück zu meinem ovalen Schlafplatz, falls meine Gegenwart etwas auslösen sollte. Ich wiederhole dies viele Male mit verschiedenen Einstellungen. Nichts geschieht, obwohl Speisen und Getränke, Luft und Toilette weiterhin zu meiner Verfügung stehen.

Ja, ich habe die Fremden als das erkannt, was sie sind. Aber mehr weiß ich nicht.

Tage vergehen. Die Tür in die Dunkelheit steht noch offen. Niemand ist da, sie zu schließen, außer mir. Wird die Maschinerie arbeiten, wenn ich die Tür schließe? Wird das kristallene Behältnis kommen? Oder werde ich den Rest meines Lebens hier gefangen sein?

Sollte ich ihnen durch die Tür folgen? Würde ich sehen, was außerhalb ist, wenn ich meine Augen, Lippen und Ohren verschlösse?

Und was hängt von meiner Entscheidung ab? Ist sie womöglich von symbolischer, über mein Einzelschicksal hinausgehender Bedeutung? Soll ich gleichsam stellvertretend für die Menschheit darüber befinden, ob wir uns wissentlich dem Unbekannten, Fremden öffnen und die Begegnung mit ihm suchen sollten? Oder ob wir in der Abgeschlossenheit unseres kleinen Raums bleiben wollen?

Schließlich, zum zehnten oder zum fünfzigsten Mal, gehe ich zu dieser offenen Tür, wenn sie wirklich eine Tür im herkömmlichen Sinne ist. Diesmal, ja. Obwohl hinter der Öffnung nur Schwärze ist, schließe ich die Augen. Ein kleiner Schritt für Sammy. Ohne zu wissen, was mich erwartet, tue ich diesen Schritt.

In den Pumpenraum mit Jane

Der Morgen brachte einen weiteren nüchtern aussehenden Tag von drückender Wärme. Die Sonne unternahm einige Anstrengungen, das allgemeine Grau zu durchdringen, als ob sie, nachdem sie die Stadt bereits unerträglich aufgeheizt hatte, abgeneigt wäre, ihren Bewohnern eine zusätzliche Last aufzubürden. Doch sosehr Jane die Folgen des grellweißen Widerscheins von all den Fensterreihen und Fassaden auf ihre schon entzündeten Augen fürchtete, hätte sie den Sonnenschein als Alternative zu der alles durchdringenden Schmierigkeit, die der Dunst mit sich brachte, zu der Aussicht auf ein beschmutztes Kleid und einen verschwitzten Kopfschleier, sobald sie den Fuß auf die Straße setzte, beinahe begrüßt.

»Sechsunddreißig Grad, schätze ich, und neunzig Prozent Luftfeuchtigkeit«, seufzte ihre Mutter. »Hoffen wir, daß der Pumpenraum nicht allzusehr überfüllt ist.«

Jane ersparte sich die Mühe einer Antwort. Die Klagen der Mutter, die natürlich keinerlei Wirkung auf die Außenwelt hatten – sowenig wie ihre Wünsche die leiseste Aussicht auf Erfüllung –, waren ihr längst vertraut. Im Pumpenraum und auf der Straße davor würden sich an diesem Morgen genauso viele Menschen drängen wie an jedem anderen. Die Warteschlange der mit leeren Kanistern, Eimern, Kannen und anderen Behältnissen jeglicher Art beladenen Menschen erstreckte sich vom Pumpenraum weit durch die Straße. Jeder Bewohner der Stadt war wöchentlich zweimal zu bestimmten Zeiten im Pumpenraum anzutreffen. Wie seltsam, dachte Jane, daß manche Zuteilungszeiten vornehmer erschienen und mehr Ansehen genossen als andere. Und wie deprimierend unter diesen Umständen, daß ihre

Mutter und sie bloß an eine bevorzugte Stunde grenzten und verpflichtet waren, den Pumpenraum spätestens zum Mittagsläuten zu verlassen! Es verschlechterte ihre Aussichten auf eine annehmbare Partie um einiges. Hätte sie damals vor acht Jahren nur auf Frederick Wentworths Schmeicheleien gehört und sich nicht zu einem Kurs vorsichtiger Besonnenheit und töchterlicher Fürsorglichkeit überreden lassen!

»Wir sollten uns auf den Weg machen, Jane. Es ist so weit zu gehen; achthundert Meter sind in solcher Hitze und in den Menschenmengen ein langer Weg. Unser Nachbar, Mr. Allan, behauptet, er habe neunhundert gemessen; aber ich bin überzeugt, daß es nicht mehr als achthundert sein können; und das ist schon mehr als genug. Jedesmal komme ich todmüde zurück.«

»Was du sagst, ist wahr, Mutter. Ich sollte es wissen«, fügte Jane ruhig hinzu, ohne das Thema zu erweitern. Vor acht Jahren war Jane ein leidlich hübsches Mädchen gewesen, obwohl ihre Blüte früh verblichen war, wie es jedem Antlitz erging, das jahraus, jahrein den Unbilden einer verschmutzten und verseuchten Atmosphäre ausgesetzt war. Wenn sie sich nun zu einer hageren und abgehärmten Frau entwickelte, so geschah dies wenigstens inmitten des Verfalls auch aller anderen Gesichter in der Nachbarschaft. Doch war dies ein geringer Trost, wenn sie daran dachte, welch einen anderen Weg ihr Leben hätte nehmen können, in reiner Luft, wie man sie heutzutage nur noch auf dem Land oder als Frau eines Schiffskapitäns genießen konnte.

Wer hätte aber auch vor acht Jahren voraussagen können, daß ausgerechnet er es in seinem Beruf so weit bringen würde? Und was wäre schlimmer gewesen als die Frau eines einfachen Matrosen zu sein, elf Zwölftel des Jahres verlassen und gezwungen, vom Hungerlohn eines Matrosen zu leben – und ohne ein anderes Glück als den Traum, daß der Mann jährlich einmal für vier

Wochen nach Hause kommen würde, wo ihn von Jahr zu Jahr sichtbarer der Anblick des Verblühens erwartete? Ein beengtes Leben von der Fürsorgeunterstützung war solch einer Entwertung jener Liebe vorzuziehen.

Denn es war eine schöne Blume romantischer Liebe gewesen, die vor acht Jahren erblüht war – eine kurze Zeit höchsten Glücks, als die Hälfte der Anziehung auf beiden Seiten schon genügt hätte. Um der Wahrheit die Ehre zu geben, Jane hatte die Blüte dieser Blume zu sehr geschätzt, um allzu voreilig seiner Überrredungskunst nachzugeben – und so war sie den praktischen, selbstsüchtigeren Einflüsterungen ihrer Mutter erlegen, wenn auch nicht aus den Gründen, die ihre Mutter sich eingebildet hatte. Zuletzt war Frederick Wentworth in dem Glauben, sie sei willensschwach und unfähig zu einer Entscheidung, aus ihrem Leben gegangen, ohne die wahre Kraft ihres Willens zur romantischen Liebe zu erkennen.

Freilich hatten weder Mutter noch Tochter damals realistisch voraussehen können, wie wahrhaft trostlos eine achtjährige Verzögerung sich unter den Einwirkungen ermüdender Hitze, schlechter Luft und des Zuzuges soviel anderer Leute gleichermaßen auf die Blüte der Jugend wie auf die Heiratsaussichten auswirken würde. Noch hatte man ahnen können, daß Frederick Wentworths bescheidene Aussichten sich tausendfältig erfüllen sollten, seit die Verantwortung für die Trinkwasserversorgung der durstigen Menschenmassen in den Ballungsräumen mit der hoffnungslosen industriellen Verseuchung der heimischen Flüsse und Bäche so plötzlich der Admiralität zugefallen war.

Insgeheim (mit Resignation, Scham und still unterdrücktem Ärger) hatte Jane seinen Aufstieg in der Marineliste verfolgt, die zusammen mit anderen behördlichen Verfügungen in den oberen Räumen ausgehängt war; wann immer ihre Mutter sich der Aufgabe gewachsen fühlte, allein bei ihren Wasserkanistern in der Schlange zu warten, war sie dort hingeeilt; und Jane konnte Vorwände von hinreichend überzeugender und dringender Natur aufbieten – wenn auch nicht öfter als einmal im Vierteljahr oder in einem halben Jahr.

Dies war ausreichend, sie mit seinem raschen Aufstieg zum Kapitän des Hochseeschleppers *Grappler* bekanntzumachen, der umgebaut worden war, dasselbe Wasser, das sie und ihre Mutter in Kanistern vom Pumpenraum heimtrugen, in gefrorener Form aus den südlichen Ozeanen herbeizuschleppen.

Wenn sie ihren Wasserkanister die belebte Straße entlangschleppte, unterließ sie es kaum einmal, an Frederick zu denken, der jetzt Kapitän Wentworth war; und Kapitän keines bedeutungslosen Schiffes, da die Eisbergschlepper heutzutage für das Überleben der Nation ebenso wichtig waren wie seinerzeit Admiral Nelsons Kriegsflotte. Doch konnte sie nicht erwarten, daß er auch nur einen Gedanken für sie erübrigen würde. Acht Jahre, beinahe acht Jahre waren vergangen, seit alles aufgegeben worden war. Was konnte in acht Jahren nicht alles geschehen? Ereignisse jeglicher Art, Veränderungen, Entfremdungen – alles, alles mußte darin enthalten sein; und das Vergessen der Vergangenheit – wie natürlich, wie selbstverständlich! Für sie waren die acht Jahre nahezu ein Drittel ihres bewußten Daseins. Leider fand sie, daß acht Jahre für fortbestehende Gefühle wenig mehr als nichts sein können, soviel sie auch nachdachte und überlegte.

»Wir müssen gehen, Jane. Oh, was für eine schreckliche Plage, dieser Pumpenraum! Wenn wir nur nicht mit all diesen anderen Leuten hingehen müßten, die wir nicht kennen und an deren Bekanntschaft uns auch nichts liegt.«

»Vielleicht würdest du mit einem leichten Beruhigungsmittel besser auf die Plackerei vorbereitet sein?«

Ihre Mutter seufzte zustimmend, und Jane nahm die kleine gelbe Glasflasche vom Kaminsims; jede der beiden schluckte ihre fünf Milligramm; und bald darauf tappten sie vorsichtig die überfüllte Treppe hinab zur Straße, während die vielfältigen und selten angenehmen Gerüche und Dünste aus den Wohnungen durch die parfümierten Gesichtsschleier in ihre Nasen drangen.

Das Straßenpflaster war schmutzig wie immer, und es herrschten Hitze und wirres Durcheinander. Jane und ihre Mutter gingen so schnell sie konnten, entschlossen, ihre durch den Einfluß der Chemie nur teilweise gelinderte abscheuliche Notlage auch weiterhin beharrlich zu ignorieren. Straße und Gehsteige waren voll von Menschen, die leere Wasserbehälter zum Pumpenraum trugen oder mit gefüllten von dort zurückkehrten; eine unübersehbare Menge schaukelnder, halbtransparenter Kanister und Plastikeimer, die im Schrittrhythmus an ihren Tragstangen hin und her schwangen.

Dreißig Minuten, und sie hatten die Union Street hinter sich und den Torbogen gegenüber vom Pumpenhof erreicht; dort mußten sie haltmachen. Jeder, der mit dieser Stadt bekannt ist, mag die Schwierigkeiten kennen, an dieser Stelle die Cheap Street zu überqueren; es ist wahrhaftig eine Straße von höchst unangenehmer Natur, unglücklicherweise mit der großen Ringstraße verbunden und dadurch Trägerin des gesamten genehmigten Fahrzeugverkehrs vom und zum Industriegebiet. Heute wurden sie zuerst durch die Annäherung eines Sojabohnen-Konvois am Überqueren gehindert; danach von einem städtischen Bus mit Musikern, die in der gekühlten Luft hinter den dicken, mit Draht geschützten Scheiben ihre Instrumente stimmten, geschützt sowohl vor der Hitze wie auch vor den Übergriffen enthusiastischer Bewunderung.

»Oh, diese schrecklichen Einspänner!« rief ihre Mutter, als mehrere der offenen, zweirädrigen Gespanne in schnellem Trab vorbeiratterten. »Wie ich sie verabscheue!« Doch war dieser Abscheu von kurzer Dauer, denn sie schaute wieder hin und rief: »Ist das nicht ...? Nein, es kann nicht sein! Das ist doch nicht die Möglichkeit! Hast du ihn gesehen, Jane? Gerade eben ist er vorbeigefahren – hin zum Pumpenraum.«

»Wen hast du gesehen? Ich bekenne, daß ich niemanden von unserer Bekanntschaft bemerkt habe.«

»Ich nehme an, er war es nicht«, seufzte sie gereizt. »Es ist immer das gleiche: Man sieht alle und spricht mit niemandem. In dieser Masse von Leuten keinen Menschen zu kennen! Es ist unerträglich! Aber wen sollten wir kennen, zwischen elf und zwölf Uhr? Wenn unsere Namen nur in die Mittagsstunde übertragen werden könnten!«

Jane war geneigt, das Thema seiner eigenen Schwerkraft zu überlassen, aber ihre Neugierde war erwacht; sie drängte; und wurde gepeinigt mit der Antwort:

»Wieso, dieser Mr. Wentworth, der sich vor einigen Jahren unsere Bekanntschaft und deine Zuneigung einbildete ...«

Jane war endlich einmal froh über den Gesichtsschleier, der Schutz vor Staub, übelriechender Luft und vulgären Blicken bot, obschon auf Kosten erstickender Abgeschlossenheit; denn nun verbarg er das Erröten, das sie nicht unterdrücken konnte.

Die Sache war unmöglich!

Endlich gelang es ihnen, die Cheap Street zu überqueren, und sie drängten inmitten der Masse der Anstehenden zum Pumpenraum und hinein; ließen ihre Namen in das Pumpenraumbuch eintragen.

Eingezwängt zwischen stoßende Ellbogen und baumelnde Kanister, rückten die beiden Frauen langsam vorwärts zu der Stelle, wo das geschmolzene Eis der Antarktis seinen vorletzten Bestimmungsort erreichte, bevor es in kleinen Portionen seinem Endzweck zugeführt wurde.

Zwanzig Minuten mühsamen Wartens in der Enge der Warteschlange, begleitet von Seufzern und Klagen, brachte sie endlich zur glänzend polierten Pumpe, wo der Zeremonienmeister jedem den gewohnten kleinen Becher reichte, den Durst des Wartens zu stillen; während die Kanister gefüllt und bereits ermüdeten Armen zurückgegeben wurden, eine erheblich schwerere Last.

Jane hatte der überspannten Behauptung ihrer Mutter nicht geglaubt – bis ihr Herz plötzlich ungehörig zu pochen begann.

Als sie sich mit den gefüllten, kostbaren Kanistern zum Ausgang schoben, und die Uhr bereits Viertel vor zwölf anzeigte, streifte ein schwerer Fuß Janes Knöchel; sie war eine halbe Sekunde zu langsam gewesen, ihm auszuweichen; nun geriet sie aus dem Gleichgewicht, streckte die Hände aus, um sich zu fangen und verlor darüber ihren Kanister.

Welch ein schrecklicher Augenblick! Sie selbst schwankend, dem Fallen nahe; der Wasserkanister zwischen Schultern, Ellbogen, Hüften abwärtsgleitend zur unmittelbar bevorstehenden Kollision mit dem Pflaster. Sie wußte, daß der Verschluß schwach war; in den nächsten Augenblicken würden viele Füße gegen den Kanister stoßen, selbst wenn er nicht gleich aufplatzte und seinen Inhalt vergoß. Und dann wäre alles verloren.

Sie streckte die Hände aus; rief machtlos um Hilfe.

Im nächsten Augenblick langte eine Männerhand an ihren vorbei. Eine kräftige Schulter durchstieß das Gedränge. Er griff zu, bekam den Kanister zu fassen und hielt daran fest, bis die andere Hand den Griff packen und ihr den Kanister zurückgeben konnte.

Sie wandte sich zu ihrem Retter um; und erlebte eine

so schmerzliche innere Bewegung, daß sie die notwendigen Dankesworte kaum finden konnte; selbst dann glaubte sie nicht, daß er sie wiedererkennen würde, bis er antwortete.

»Miß Jane Elliot? Ich glaube, wir kennen einander?«

»Wahrhaftig, Kapitän Wentworth; aber wie ...?« stammelte sie.

»Sie hoben den Gesichtsschleier, um das Wasser zu trinken. Da erkannte ich Sie. Ich kam von den oberen Räumen herab. Ich bitte Sie, meine Vermessenheit zu entschuldigen, und mein plötzliches Dazwischentreten ...«

»Denken Sie nicht in solchen Begriffen, Mr. Wentworth«, schaltete sich ihre Mutter ein. »Sie haben verhindert, daß ihr Kanister auslief. Das alberne Kind! Ich weiß nicht, wie wir es bei dieser Hitze bis Samstag hätten aushalten können, mit nur einem Kanister Wasser.«

»Mutter, bitte!« flüsterte Jane, bestürzt über die Derbheit ihrer Mutter. »Er ist jetzt Kapitän Wentworth, vom Schlepper *Grappler*.«

»Ach, wirklich? Und was tut ein Seemann im Pumpenraum? Ich hatte gedacht, Seeleute verbrächten ihr ganzes Leben auf dem Wasser?«

»Das ist leicht erklärt, Madam«, versetzte er, anscheinend ohne Anstoß zu nehmen; obwohl Jane kaum darauf vertrauen konnte, daß er die als Freimütigkeit getarnte Unverschämtheit ihrer Mutter nicht bemerken würde. »Sie müssen wissen, wie dieser Pumpenraum von der großen Verladestation in der Lyme Bay mit Wasser versorgt wird. Ich bin gerade von einem glücklich abgeschlossenen Unternehmen zurückgekehrt: Wir haben einen fünfundzwanzig Kilometer langen Eisberg eingeschleppt, der auf der Reise nach Norden nur auf einundzwanzig Kilometer geschmolzen ist – das bringt eine angemessene Prämie und eine Woche Urlaub, während der Eisberg zerkleinert wird. Er füllt beinahe die ganze Lyme Bay aus.«

»Ich habe nie verstanden, warum Sie nicht in der Arktis auf die Jagd gehen können«, krittelte ihre Mutter. »Schließlich ist sie viel näher.«

»Die arktischen Eisberge sind zerklüftete Dinger, Madam«, erklärte er geduldig. »Die Eisberge der Antarktis sind glatt und schwimmen wie Tischplatten. Ich dachte, ich sollte während des Urlaubs einen Blick in diesen Pumpenraum werfen, da ich ...« – und hier zögerte er und blickte in die Ferne – »einige glückliche Erinnerungen an die Zeit habe, als wir noch keine Pumpenräume benötigten.«

Seine letzten Worte klangen rauh und schienen die gesamte Menschenmenge mit ihren Eimern und Kanistern, einschließlich Jane und ihrer Mutter, in Geringschätzung zusammenzufassen.

»Mutter«, sagte Jane leise, da ihr klar wurde, wie herabgewürdigt sie in ihrer kleinlichen Sorge um ein paar Liter Wasser einem Kapitän erscheinen mußten, dem die weite See gehörte, »du vergißt, daß wir den Raum bis zwölf verlassen müssen, wenn wir keine Strafe riskieren wollen ...«

»Das ist nicht nötig, Miß Elliot. Ich werde gleich mit dem Zeremonienmeister sprechen. Ich habe einen Erlaubnisschein für jede Stunde des Tages; meine Gäste auch. Und sagte ich nicht«, fügte er hinzu, »daß es glückliche Erinnerungen sind?«

»Wir dürfen bis nach dem Mittagsläuten bleiben?« rief ihre Mutter in vulgärem Entzücken aus. »Bis in die vornehme Stunde?«

Zum dritten Mal an diesem Vormittag hatte Jane Ursache, den Gesichtsschleier zu segnen, den der gute Geschmack verlangte und die Hygiene empfahl.

Doch selbst in dieser äußersten Verlegenheit zeigte sich Kapitän Wentworth als Herr der Lage. Er bot ihrer

Mutter seinen freien Arm und bahnte den beiden Frauen einen Weg durch die protestierende Menge zurück zur Pumpe; wo alles geregelt wurde; nicht nur für diesen einen Tag, sondern für jeden Dienstag und Samstag. Solange sie zu dieser Pumpe gingen, durften sie sich zwischen zwölf und ein Uhr einfinden.

»Was für ein großer Weltreisender müssen Sie sein, Sir!« rief ihre Mutter aus, als Kapitän Wentworth sie zum unteren Raum geleitete, um ihnen die großen Speichertanks und die dicken Zuflußrohre zu zeigen, die von Lyme Regis unterirdisch über Yeovil, Shepton Mallet und Radstock zur Stadt führten. »Ich muß sagen, es ist so kühl hier drinnen, daß man sich erkälten könnte! Ist denn Eis in diesen Tanks?«

Er lachte. »Schwerlich, sonst hätte es nicht durch die Rohrleitungen fließen können.«

»Es ist so herrlich kühl«, sagte Jane schnell. »Ist es in der Antarktis wirklich genauso?«

»Noch um einiges kühler, Miß Elliot. Manchmal so bitterkalt, daß Sie es nicht glauben würden. Doch wenn wir durch die Tropen fahren, erleben wir monatelang eine Hitze, wie sie in dieser Stadt nur selten zu verzeichnen ist.«

»Aber dort wird der heiße Wind nicht so übelriechend und schmutzig sein, will ich meinen!«

»Freilich nicht, Miß Elliot«, räumte er mit einem Kopfnicken ein. Und verglich vielleicht, was er von ihrem Teint gesehen hatte, als sie den Gesichtsschleier gehoben hatte, mit seiner eigenen, wettergegerbten, aber gesunden Farbe. Sie konnte nur hoffen, daß er es nicht tat.

Aber was nützte Hoffnung? Was gab es von dieser Begegnung jenseits dessen zu erhoffen, was durch ein paar kurze Worte des Kapitäns bereits so wunderbar erreicht war: ihre Beförderung zur Mittagsstunde?

Ihr triumphaler Weg durch den Pumpenraum zum Eingang der Cheap Street, eskortiert von einem galanten Kapitän, inmitten der vornehmen Mittagsstundenmenge; ihr Eintauchen in die äußere Menge, mit vollen Kanistern; die Übereinkunft, sich am kommenden Samstag, dem letzten von Frederick Wentworths Urlaubstagen vor seiner Rückkehr an Bord, wieder im Pumpenraum zu treffen: Dies alles war genug, Mrs. Elliot den Weg zurück zu den Westgate-Blocks zu reinigen und zu parfümieren. Jane konnte sich beinahe dazu überreden, daß es auch ihr genüge.

Wie entzückend waren doch die Ermutigungen Dr. Hoods! dachte Mrs. Elliot, als sie besten Pekoe-Tee aus einer Wedgwood-Porzellantasse schlürfte und die kleinen Mandelbiskuits knabberte, die Mrs. Hepburn, eine dicke, fröhliche Haushälterin, jede Woche zum Gegenstand kulinarischer Kunst machte.

Mrs. Hepburn würde in der Tat ein Gewinn für jeden Haushalt sein. Mrs. Elliot hegte jedoch nicht die Absicht, Mrs. Hepburn von dem guten Doktor fortzulocken; vielmehr war sie bestrebt, selbst den guten Doktor zu verlocken, daß er sie überreden würde, sie möge ihm »die Ehre erweisen«, ihren Namen zu ändern.

Zu diesem Zweck nahm sie die unerträgliche Bürde auf sich, allwöchentlich Zeugin der Schreckensphantasien ihrer lieben Jane zu sein und das gräßliche, vorsätzlich zugrunde gerichtete Wrack ihrer einstigen Schönheit zu sehen. Es mußte durchgestanden sein; dessen war Mrs. Elliot sich jederzeit klar bewußt. Jede Zuneigung, die zwischen ihr und dem Doktor erwachsen sollte, mußte auf Mitleid gründen: Demselben Mitleid, das ihn bewogen hatte, auf die angemessene Anerkennung seiner medizinischen Fähigkeiten zugunsten der anstrengenden und undankbaren Mühen eines Anstaltsarztes in Bethlem zu verzichten. Das zumindest sollte ein Ende haben; mit Mrs. Elliot an seiner Seite sollten Dr. Hoods ausgezeichnete Fähigkeiten sowohl auf gesellschaftlichem als auch auf medizinischem Gebiet die ihnen zukommende Anerkennung in der Gesellschaft finden.

Doch ehe diese glücklichen Visionen in Erfüllung gehen konnten, mußte sie die schreckliche Plage ertragen, die unglücklichen Visionen ihrer verrückten Tochter.

»Wie geht es meiner armen Jane diese Woche«, seufzte sie. »Gibt es denn keine Hoffnung?«

»Ich fürchte nicht, Madam, wenn ich offen sein muß; und ich bekenne freimütig, daß unsere wachsende Vertrautheit mich dazu drängt.«

»Gewiß, Dr. Hood, zwischen wahren Freunden darf es keine Verstellung geben; ich würde nicht so große Stücke auf Sie halten, wenn Sie nicht offen zu mir wären.«

»Dann lassen Sie uns einen Besuch bei Miß Elliot machen; und unterwegs werde ich Ihnen das wenige sagen, das zu sagen ist!«

Als Mrs. Hepburn erschien, den Tisch abzuräumen, ließ Mrs. Elliot es sich nicht nehmen, die Mandelbiskuits mit ihrem gewohnten Lob zu überhäufen; die Haushälterin des Doktors lächelte geziert, wie es sich gehörte, und betrachtete den Doktor keineswegs mißbilligend, als er Mrs. Elliot den Arm gab, sie hinauszugeleiten. Auch sie, wenngleich dem guten Doktor treu ergeben, sah in der Heilanstalt eine unangemessene Plattform zur Entfaltung ihrer zahlreichen Talente.

Nichts so Dreistes wie ein vulgäres Augenzwinkern wurde zwischen den beiden Frauen ausgetauscht; dennoch waren beide, jede an ihrer Stelle, eines Sinnes.

»Sie sieht eine andere Welt, eine, die es nicht gibt«, bemerkte Dr. Hood, als sie von seinem Haus einen kiesbestreuten Weg hinunter zu einem eisernen Tor gingen. »Zuerst glaubte ich, sie übe Szenen aus dem alten Irrenhaus ein. Die zusammengepferchte Menge der Patienten, die übelriechende Luft, das Gejammere niedergebeugter Seelen nach einfachen Notwendigkeiten. Doch warum sollte sie? Es gibt eine Bücherei, ein Musikzimmer, ein Zimmer für Spiele. Die Patienten können Whist spielen, oder Faro oder etwas anderes. Wir besitzen ein ordentliches Klavier und ein Spinett.«

»Alles dank Ihren Bemühungen, lieber Dr. Hood!«

Der Doktor wehrte in echter, unaffektierter Bescheidenheit ab. Er sperrte das Eisentor auf, hielt es Mrs. Elliot offen und sie gingen durch einen kiesbestreuten Hof zu einer weiteren verschlossenen Tür, die er ihr öffnete. Ein langer Korridor erstreckte sich vor ihnen. Sonnenschein fiel durch die hohen, vergitterten Fenster und beleuchtete winzige, in der Luft schwebende Staubteilchen.

»Außerdem ist es nicht das alte Irrenhaus, das sie sieht; oder zu sehen glaubt. Ich bin beinahe versucht zu sagen, daß es ein Irrenhaus ist, welches noch nicht existiert! Aber das ist offensichtlich Unsinn, eine müßige Phantasie! Ich bin zu dem Schluß gezwungen, daß der Ursprung von Miß Elliots traurigem Zustand in ihrer enttäuschten Liebe liegt. Diese liefert den Hintergrund ihrer schmerzlichen Bewegtheit. Indem sie einen quälenden Augenblick vergrößert, den sie im Pumpenraum von Bath erlebte, projiziert sie – wenn ich den Begriff über seinen gewohnten Gebrauch hinaus dehnen darf – ihren eigenen Kummer auf diesen Raum, bis er statt ihrer die schmerzliche Bedrückung verkörpert.«

»Der Pumpenraum«, sagte Mrs. Elliot und lächelte wehmütig; »ein herrliches Gebäude, in einer herrlichen Stadt. Wie kann sie darin etwas Abscheuliches sehen?«

»Aber ist das nicht der Ort, wo sie die Enttäuschung erlebte? Das war jedenfalls mein Eindruck. Sagten Sie mir nicht selbst, Madam, wie Ihre Tochter in dem Pumpenraum ohnmächtig wurde? Ich glaube, an dem Tag wurde ihrer zarten Seele eine Wunde zugefügt ...«

Er sperrte die Tür am Ende des Korridors auf; bald standen sie vor Janes Zimmer.

»Nein, nein, lieber Dr. Hood«, beharrte Mrs. Elliot, »Sie irren sich. Die Umstände waren andere; die Schuld lag auf Janes Seite. Sie war leider Gegenstand der Enttäuschung für einen ganz vortrefflichen Freier, der meinen uneingeschränkten Segen hatte. Ich fürchte, sie war bereits verrückt.«

Mrs. Elliot verweilte vor Janes Zimmer. In Wahrheit hatte sie nicht den Wunsch, einzutreten.

»Alles war perfekt; nichts stand der Heirat der beiden mehr im Wege, Dr. Hood, bis dieser schreckliche Morgen kam, als sie und ich mit Kapitän Wentworth und meinem Mann (der aus Gesundheitsgründen ein Glas vom Heilwasser trank) im Pumpenraum beisammenstanden. Ein vollkommener und heiterer Morgen; alles war Fröhlichkeit und Glück. Nachdem mein Mann sein Glas Heilwasser getrunken hatte, gesellte er sich zu einigen anderen Herren, um die politische Situation zu diskutieren; während wir Damen mit dem Kapitän umhergingen und jedes neue Gesicht und jeden neuen Hut im Raum begutachteten. Kapitän Wentworth eskortierte Jane mit großer Fürsorglichkeit, sprach zu ihr von der See und dem Leben eines Seemanns, als Jane ganz unvermittelt erbleichte und zu unser aller Erschrecken und Unbehagen ausrief: ›Ich sehe es, wie es ist!‹ und ohnmächtig niederfiel. Kapitän Wentworth, der sie aufgefangen hatte, kniete neben ihr, hielt sie in den Armen und blickte sie in qualvollem Schweigen an. Sein Gesicht war so blaß wie das ihre. Aber als die arme Jane kurz darauf die Augen aufschlug, tat sie es nicht zu dieser Welt noch zu seinem Gesicht. Zu sagen, sie habe die Verlobung mit voller Absicht gelöst, hieße unerklärlichem Verhalten zuviel Klarheit beimessen. Aber anzudeuten, daß er sie in irgendeiner Weise enttäuscht hätte, wäre die größte Ungerechtigkeit, die man diesem feinen und galanten Herrn antun könnte. Tatsächlich war das Verhalten meiner Tochter an jenem Tag so unerklärlich, daß das Heilwasser von Bath weit davon entfernt war, meinem lieben Mann zu helfen.« Mrs. Elliot unterdrückte ein Schluchzen, und Dr. Hood drückte ihr tröstend den Arm. »Er verfiel und starb; aus Scham, glaube ich!«

»Also fiel sie, nachdem sie den Ruf ausgestoßen hatte«, bekräftigte Dr. Hood. »Der Sturz war daher nicht die Ursache der Verletzung. Vielleicht erlitt sie vor dieser Ohnmacht einen Anfall, bei dem sie sich eine Gehirnverletzung zuzog. Ich kann es nicht sagen. In einem Jahrhundert mag die medizinische Wissenschaft imstande sein, das Gehirn wirklich zu erforschen. Doch stückt man Miß Elliots verstreute, zusammenhanglose Gedanken aneinander, so vermag man kaum an die Möglichkeit eines solchen Fortschritts oder auch nur einer Besserung zu glauben!«

Er öffnete Janes Tür; Mutter und Arzt betraten das Zimmer.

Jane saß gebeugt und hager in einem zerrissenen, beschmutzten Kleid. Das Haar fiel ihr in unordentlichen Strähnen um die verwüsteten Züge. Der Sonnenschein lag auf ihrem Gesicht und ätzte alle Runzeln irrationaler Ängste und Sorgen ein.

»Wir brachten sie erst heute morgen in Ordnung; doch sie macht diese Bemühungen immer wieder zunichte. Wir gaben ihr ein frisches Kleid; doch sie beschmutzt es sofort. Wir kämmten sie; sie aber ...«

»Sagen Sie nichts, lieber Doktor. Es ist nicht nötig. Ich verstehe, daß Ihre Sorge um sie meiner eigenen gleichkommt.«

Jane starrte ihre Besucher in erschöpfter Träumerei an.

»Ich bin durstig, Mutter«, rief sie; »solche Hitze und die Menschenmenge!«

»Es sind nicht mehr als drei Menschen in diesem Zimmer, Jane«, wies Mrs. Elliot sie zurecht. »Das stellt kaum eine Menschenmenge dar; und mein Halblandauer wurde zu diesem Besuch durch nahezu leere Straßen gefahren.«

»Ich bin durstig, Mutter.«

»Aber sie wird nicht trinken; widersteht dem Trinken«, flüsterte Dr. Hood, »es sei denn, man wendet alle Überredungskunst an ...«

Aus der Karaffe auf dem Tisch füllte er einen Becher mit Wasser, reichte ihn Jane, die ihn kurze Zeit in der Hand hielt und hineinblickte; bevor sie den Becher plötzlich umdrehte und das Wasser bis zum letzten Tropfen absichtlich auf den Boden schüttete.

»Ich bin durstig, Mutter«, klagte ihre dünne Stimme. »Die Menschenmenge! Die Hitze!«

Flamme und Heiler

Eine ausgefahrene rote Piste durchschneidet den Busch bis zum Horizont. Graue, phallische Würste hängen von den Ästen einiger Flaschenbäume. Da und dort erheben sich Euphorbien wie enorme Kandelaber. Die Sonne brennt vom wolkenlosen Himmel ...

Dies ist Afrika. Der afrikanische Busch.

Ein einsamer Mistkäfer müht sich über die Straße; auf den Hinterbeinen gehend, rollt er seinen kostbaren Kotball vor sich her ...

Ich kenne diesen Käfer. Vor zwanzig Jahren blieb ich irgendwo auf der Straße zwischen Lungalunga und Kwale stehen, ihn zu beobachten! Als ich in Ostafrika arbeitete.

Ich weiß, daß es ein Traum ist. Und ich bin wach. Der Traum ist »klar« geworden.

Ich zwinkere heftig, um dies Miß Noguchi mitzuteilen, die im Labor an meinem Bett sitzt und mein schlafendes Gesicht beobachtet, während sie die Kathodenröhre des Enzephalographen im Auge behält.

»Wenn das zukünftige Leben ein endloser Traum ist«, hat Dr. Richter zu uns gesagt, »wenn Himmel und Hölle Träume sind, die wir träumen, wenn wir sterben, beruhend auf dem, was wir im Leben taten, dann sollten wir offensichtlich lernen, unsere Träume in die Richtung zu lenken, die wir wünschen, solange wir noch die Möglichkeit dazu haben. Andernfalls könnten wir für allezeit die Hölle erleiden, verfolgt von unseren eigenen Bestien und Dämonen, gequält von unseren Schuldgefühlen und Versäumnissen, gebrannt von nicht verzehrendem Feuer.«

Dr. Richter wollte jeden lehren, wie man kreativ träumt, im vollen Bewußtsein des Träumens, in uneingeschränkter Herrschaft über Land und Ereignisse. Er wollte uns alle lehren, wie man den Himmel erreichen und dort bleiben kann.

Wagenräder haben die Straße mit tiefen Rinnen in den roten Lateritboden gegraben. Rot, die Farbe der Liebe. Verspürt mein im Labor schlafender Körper Liebesempfindungen, nackt zwischen den gleichfalls nackten Leibern von Angela und Tony, Sam und Fox, Max und Donna?

Angela! Wenn ich es wünsche, wird sich im trockenen Busch ein Wasserloch öffnen. Sie wird dort baden, wenn ich es wünsche. Oder vielleicht wird sie vor einer abgelegenen Strohhütte auf mich warten.

Sie. Und doch nicht sie. Sie wird eine von meiner Phantasie beschworene Gestalt sein, was die Menschen des Mittelalters einen Sukkubus nannten, einen weiblichen Buhlteufel, der sich über schlafende Männer hermacht. Sie wird wollüstig sein, wie sie es im Leben niemals ist. Oder wenigstens gehorsam.

Was hindert mich daran, sie zu beschwören? Ist es Schüchternheit, dabei beobachtet zu werden, weil mein Körper von Noguchi überwacht wird? Weil sie mein Gemurmel hören könnte?

Dr. Richter hat uns gelehrt, im Schlaf zu sprechen, so daß wir den Beobachtern im Labor klar über den Traumzustand berichten können. Seine Parole lautet: »Tun Sie genau, was Sie wollen. Ich möchte wissen, ob es im Traumzustand Grenzen unserer Macht gibt. Ich möchte wissen, von welcher Art sie sind.«

Nein. Meine Zweifel entspringen einer andern Quelle. Wenn Richter darin recht hat, daß das zukünftige Leben aus Träumen zusammengesetzt ist, und wenn wir die Verantwortung für unsere Träume übernehmen müssen, sollten meine Träume dann nicht »verantwortungsbewußt« sein? Sollte ich nicht in einer gütigen, nicht ausbeuterischen Art und Weise von der Macht des Traums Gebrauch machen? Andernfalls ...

Aber wenn ich Mohammedaner wäre, würde ich glauben, das Paradies sei voller Huris, üppiger, verführerischer Frauen, mit denen ich mich vergnügen würde. Also darf ein Mohammedaner sicherlich von Huris und den Liebesfreuden träumen, ohne Anstoß zu erregen? Warum sollte ich dann nicht von Angela träumen und mich ihrer erfreuen, wie es mir gefällt? Für allezeit?

»Tun Sie genau, was Sie wollen ...«

Aber andererseits: »Du sollst die Geschöpfe deines Geistes nicht ausnutzen ...«

Aber diese Spannung in mir könnte den Traum gänzlich verderben. Angela könnte sich in meinen Armen in einen verwesenden Leichnam verwandeln oder in meine eigene Mutter, und mich durch den Schock in meinen gewöhnlichen, schlafenden Traumzustand zurückscheuchen. Oder ein Löwe könnte hervorspringen – aus meinem Geist –, mich zu zerreißen.

Doch ist es nicht die wirkliche Angela, auf die ich mich werfen werde. Die wirkliche Angela wird ihren eigenen Traum erleben, hinter ihrem eigenen Vorhang in dem großen Raum, wo wir alle für das Experiment schlafen. Sie wird nicht verletzt sein oder gekränkt.

Die afrikanische Sonne brennt herab. Die Luft summt. Zikaden sägen.

Ich dekretiere eine kleine grasgedeckte Rundhütte im Stil der Hutu, die wie ein goldgrüner Bienenkorb aussieht. Sie steht allein auf einer kleinen Lichtung im Busch, fünfzig Schritte von der leeren Straße.

Die Tür aus geflochtenem Röhricht geht auf.

Angela steht da, angetan mit Jeans und einem karierten Hemd. Nun, das ist lästig. Ich hatte sie mir in einem losen, gebatikten Stoff vorgestellt, der locker um ihren Körper gewickelt war und die Schultern freiließ.

Es macht nichts. Ich bin immer noch klar und wach in dem Traum. Ich beherrsche ihn noch immer. Ihre Kleider sind eine Frage der Feinabstimmung, die ich wegen irgendeines Ticks in meinem Unterbewußtsein nicht korrigieren kann.

Ich springe auf sie zu, gestreift von ein paar dornbesetzten Zweigen.

»Ich bin in Afrika«, flüstere ich Noguchi zu, damit ihr Tonbandgerät etwas aufzunehmen hat. »Allein im Busch mit Angela. Sie ist nicht so angezogen, wie ich es wollte. Alles andere ist unter Kontrolle. Ich habe eine Grashütte für uns geschaffen. Drinnen wird ein Lager aus trockenem Gras sein. Das nächste bißchen ist persönlich.«

Sanft dränge ich Angela zurück in die Negerhütte.

Sonderbarerweise widerstrebt sie.

»Ich werde in deinem Traum sein«, sagt sie, »wenn du dich in meinen Traum läßt.« Es hört sich wie eine Stelle aus einem Lied von Bob Dylan an, ist es aber nicht. Sie lächelt neckisch.

»Ich *bin* in deinem Traum, Paul. Diesmal bin ich es. Ich war nie in Afrika – es ist Afrika, nicht wahr? Könnten wir nicht was besichtigen?«

»Hör zu, dies ist ein Wachtraum. Es ist *mein* Traum. Mein eigener. Man kann Träume nicht teilen. Warum sollte ich mir die Mühe machen, meinem – Sukkubus etwas zu erklären?«

»Man kann Träume teilen, wenn man tot ist. Wenn man klar träumt.«

»Du bist ein Sukkubus. Eine Huri. Aber warum sage ich dir das? Du gehörst mir.«

»O ja, es ist dein Traum, richtig – aber ich bin angezogen, wie es mir gefällt, oder war es dir entgangen?«

Dies muß an dem Spannungszustand zwischen Schuldgefühl und Vergnügen liegen. Id und Über-Ich: das ist es.

»Ich glaube, ich bin an eine Grenze gelangt, Noguchi«, flüstere ich. »Ich habe die Szene noch unter Kontrolle. Aber die Ereignisse gehen schief. Hören Sie, Noguchi?«

»Hör du zu, Paul! Und gib acht, zu deinem eigenen Besten. Die Träume, die du allein und unbewußt träumst, wenn du tot bist, sind Hölle. Hölle heißt, in deinem eigenen unbewußten Träumen eingesperrt zu sein. Es spielt keine Rolle, wie viele Sklavinnen oder Huris oder Opfer du schaffst. Am Ende kriegen sie dich. Sie täuschen und quälen dich. Aber wenn du in deinem Träumen klar und wach bist – wenn du voll bewußt bist – kannst du deine Träume teilen. Das ist Himmel.«

»Willst du damit sagen, du seiest keine Huri? Soll das heißen, wir seien in telepathischem Kontakt oder was, im Labor?«

»Telepathischer Kontakt im Labor? Im Labor!« Angela lacht. »Du meine Güte!«

»Sie ist ungehorsam, Noguchi. Oder vielleicht ist sie ein Teil meines Unterbewußtseins, das mir etwas über die Traumwelt zu sagen versucht? Oder vielleicht sogar über Dr. Richters Theorie vom künftigen Leben!«

»Du kannst dir das künftige Leben als Bienenwabe vorstellen, Paul«, erwidert Angela, die (natürlich) auf meine Frage reagiert. »Verschiedene Zellen, aber der gleiche Honig: vom unbewußten Kollektivtraum, eingesammelt von den Blumen des Lebens. Aber die klaren Träumer verlassen ihre Wabenzellen. Während die unbewußten Träumer alle eingesperrt sind. Und ihr Honig schmeckt bitter.«

Ich dekretiere uns beide nackt. Und siehe da, im nächsten Augenblick bin ich es; aber sie nicht. Ich werde meine Huris selbst entkleiden müssen; aber vielleicht ist das ein Teil der inneren Logik.

Angela blickt her, unbeeindruckt von meiner plötzlichen Nacktheit.

»Dieser Traum ist besser als *mein* alter Krankheitstraum. Der handelte von einem leeren Haus mit einem dunklen und leeren Keller, und einem Loch im Boden des Kellers, einem bodenlosen schwarzen Loch. Du hast mehr Landschaft, Paul, und es ist heller.«

Mein Zorn wächst. Warum sollte ich meinen Traum verteidigen müssen – ihr gegenüber?

»Obwohl es staubtrocken ist, ist es hell«, sagt sie.

Ich bin nahe daran, ihr eine Ohrfeige zu geben. Statt dessen aber entscheide ich mich für eine andere Annäherungsmethode. Vielleicht muß ich meinen Sukkubus verführen, um volle Befriedigung zu erlangen.

»Sieh mal, Angela, wenn es in einem himmlischen Traum darum geht, Erlebnisse zu teilen, würdest du so gut sein, und deinen mit mir teilen? Jetzt gleich? Außerdem, wenn du wirklich meinst, du seist in meinem Traum, würde es ein feiner Scherz sein, wenn wir uns hier lieben können, während unsere Körper ein paar Meter auseinanderliegen! Es ist der größte Spaß. Stell dir vor, du liegst mit deinem Mann im Bett und hast in deinen Träumen eine echte sexuelle Affäre!«

»Ich will nicht.«

»Du brauchst auch nicht, in Wirklichkeit. Dein echter Körper bleibt jungfräulich rein.« Zum Teufel, welch eine absurde Situation! Ich behandle sie wie eine reale Person.

»Paul, ich *bin* die wirkliche Angela. Dies hier ist meines Geistes körperliche Gestalt.«

Ach du lieber Gott, realistischer ist sie noch nie in einem Traum gewesen. Sie peinigt mich.

Warum sollte ich mich frustrieren lassen?

»Dafür gibt es keinerlei Grund.«

»Laß uns lieber einen Spaziergang machen. Ich möchte erforschen, Paul. Ich möchte dir etwas zeigen ...«

»Du willst, wie? *Ich* will dich.«

Sie schüttelt den Kopf.

»Das ist nicht das gleiche.«

»Doch, ist es.«

Ich stoße sie zurück in die Grashütte, so daß wir beide auf das Lager fallen.

»Du kannst mich vergewaltigen, nehme ich an. Du bist stärker. Hier. Du bestimmst über die Szene. Ich bestimme bloß über mich.«

Ich knöpfe ihr das Hemd auf, ziehe den Reißverschluß ihrer Jeans auf und zerre ihr die Hose von den Hüften. Verdammt noch mal, man kann einen Sukkubus nicht »vergewaltigen«! Unser heißes Fleisch reibt sich auf dem Bett aus trockenem Gras aneinander. Welche köstliche, entflammte Reibung!

Was, zum Kuckuck, rieche ich da?

Es ist Rauch. Ich rieche Rauch.

Feuer! Ein Buschfeuer. Das Feuer, das brennt, ohne zu verzehren …

Und auf einmal stehen die Wände der Grashütte lichterloh in Flammen.

Es ist alles ein Kniff meines Unterbewußtseins, mit der Absicht, mich zu frustrieren, in den schlafenden Traumzustand zurückzuscheuchen!

Ich bin aber noch klar. Ich weiß noch immer, daß ich träume. Aber ich kann das Feuer nicht wegwünschen. Weil das Feuer in mir brennt. Es gibt nur eine Möglichkeit, dieses Feuer zu löschen. Und nun ist es dafür zu spät.

»Nichts wie weg!«

Ich ziehe sie mit. Sie hält ihre offenen Jeans zusammen. Nein, ich werde Angela nicht in der Verwirrung verschwinden lassen.

Draußen knistern Flammenzungen durch den Busch. Hand in Hand laufen wir zur Straße. Das Feuer folgt uns dichtauf, überspringt den Pfad. Hastig dekretiere ich ein paar Kleidungsstücke für mich: kurze Hosen und Sandalen, und ein Buschhemd. Angela knöpft ihr Hemd zu.

Flammen lodern jetzt zu beiden Seiten der Straße. Das Buschfeuer kriecht nicht, es springt, rast durch das Unterholz, angefacht vom selbsterzeugten Wind. Wir rennen. Hinter uns schlägt die Flammenwand über der Straße zusammen. Wir laufen durch einen Feuertunnel.

Schwarzer Qualm verdeckt unseren Fluchtweg. Dikker Qualm. Es ist wie ... ein Gebäude im Nebel bei Nacht. Eine schwarze Wand, mit einer grauen Tür darin.

»Hinein!« ruft Angela. »Es ist mein! Wir werden es als Fluchtweg nutzen. Komm mit!«

Ich will nicht in diese Schwärze, aber es bleibt keine Wahl.

Wir stürzen durch eine Tür aus Rauch, in ein dunkles, leeres Haus, das mir völlig unbekannt ist. Es gibt kein Mobiliar. Stufen führen abwärts in einen schwarzen Keller. Irgendwie bin ich in ihren Traum eingegangen – aber das ist unmöglich.

Angela, die Liebliche und Begehrenswerte, ist ... ist es möglich, daß diese Leere und Dunkelheit in ihr ist?

»Was ist unten im Keller, sagtest du?«

»Ich nannte den Ort da unten Katatonia.« Sie zuckt die Achseln. »Klingt hübsch, nicht? Wie ein verschlafenes italienisches Städtchen, wo sich während der Siesta nichts rührt, nicht einmal ein Hund. Und die Siesta dauert an, für alle Zeit. Das war, wo ich lebte. Wo ich leben wollte. Aber nicht jetzt.«

Flammen springen an den Fenstern hoch. Die Feuersbrunst meiner eigenen brennenden Landschaft umschließt die Wände ihres Hauses mit ihrer grellen Lohe. Die Wände beginnen zu knistern und Sprünge zu bekommen, als wären sie aus Papier gemacht.

»Das Haus brennt!«

»Wir werden unten im Keller Schutz suchen müssen, Paul. Bis das Buschfeuer vorüber ist.«

Die Deckenbalken aus Pappkarton beginnen sich schwarz zu kräuseln.

Feuerschein erhellt die Kellertreppe. Als wir hinuntergehen, vertreibt der lodernde Widerschein die Schwärze, und es gibt kein bodenloses finsteres Loch in der Mitte des Kellers. Der Boden ist fest.

Oben fällt das Haus in sich selbst zusammen, verdunkelt die Kellertreppe.

»Bleib wach!« befiehlt Angela. »Bleib klar! Das ist sehr wichtig. Du bist beinahe da.«

»Wo?«

Sie antwortet nicht.

Wir warten.

Und kurz darauf fegt ein jäher Windstoß alles geschwärzte Papier über uns fort. Über der Kellertreppe wölbt sich blauer Himmel. Sonnenschein durchflutet jeden Riß und jeden Winkel.

Der dunkle Keller ist aufgesprungen wie eine Samenkapsel, die nur Feuer zum Keimen bringen kann. Der Brand hat das leere Haus verzehrt; es hat alle Flammen aufgesaugt. Ich fühle mich irgendwie ... erleichtert.

Angela grinst mich an.

»Jetzt bist du wirklich in meinem Traum, endgültig. In meinem späteren, besseren Traum. Laß uns hinaufgehen und die anderen treffen!«

»Die anderen? Welche anderen?« Eine Wolke schiebt sich vor die Sonne; eine kalte Brise rührt mich an.

»Dies ist nicht bloß *mein* Traum. Komm mit!« Leichtfüßig springt sie die Stufen zur Oberfläche hinauf und zieht mich nach.

Das Land um das ehemalige Haus ist flach, schwarzgebrannt. Doch schon sprossen neue Schößlinge hervor, züngeln aufwärts wie dünne grüne Flammen. In der Ferne steht frisches, aufgelockertes Waldland. Ein Fluß windet sich hindurch. Auf einer Insel im Fluß erhebt sich ein deutsches Märchenschloß. Von den Türmen flattern fröhlich die Wimpel. Es erinnert mich an eines der Schlösser des verrückten Ludwig von Bayern. Es ist jedoch kleiner, und der Fluß umgibt es wie mit einem Wassergraben.

Mein verbranntes Stück Afrika ist kaum noch einen halben Morgen groß. Heilend geht es in das andere Terrain über, wie regeneriertes Gewebe. Die Sonne ist hell aber mild, nicht wie die afrikanische Sonne. Angenehm warm, nicht sengend heiß.

Wir gehen auf den Fluß und das Schloß zu.

»Aber wie ...«

»Du bist tot, Paul. Begreifst du nicht? Du bist schon eine Weile tot.«

»Tot?«

»Freilich bist du tot! Ich auch. Willkommen im Himmel. Du hast es endlich hierher geschafft.«

»Ich verstehe nicht.«

Der Boden unter uns ist mit weichem Gras bewachsen und federt moosig. Was noch an Schwärze zu sehen ist, ist fetter Humus, nicht Asche.

»Dr. Richter hatte ganz recht. Wir sind seine Absolventen: du und ich, und Sam und Tony und Fox.«

Und nun erinnere ich mich an noch etwas an dem »Experiment« ...

Es war überhaupt kein gewöhnliches Experiment. Wir waren nicht eigentlich Freiwillige. Und es wurde nicht in einem Labor durchgeführt; es war in einer Klinik.

»Es war *Therapie,* nicht? Es war ein therapeutisches Experiment – für die ...« Meine Stimme versagt. Ich nehme einen neuen Anlauf: »Für die Verwirrten. Für die Verrückten. Es war psychiatrische Behandlung. Wir ... Richter versuchte uns zu retten, indem er uns lehrte, klar zu träumen. Mit Drogen und hypnotischen Kniffen.«

»Richtig. Du und deine sexuellen Probleme und deine ganze krankhafte Einstellung zur Welt – als sei sie etwas Totes und voll von bewegten Gliederpuppen. Ich und meine Pyromanie, meine Brandstifterei ...«

»Du hast mein Afrika niedergebrannt!«

Sie nickt.

»Und meine schwarzen Depressionen. Feuer war als einziges hell genug, um mich von diesem dunklen und leeren Haus fernzuhalten. Es war meine Wahl, entweder Häuser niederzubrennen oder wie eine Statue in diesem leeren Keller zu sitzen. Ich schwankte zwischen diesen beiden Extremen: brennen und frieren, frieren und brennen. Und Sam und Tony: wir alle – in der realen Welt machten wir nicht den Eindruck, als seien wir noch zu retten, also ...«

»Also hoffte Richter, in unseren Träumen ...?« Mir ist, als sei ich jahrelang diese ausgefahrene Piste im Traum-Afrika entlanggewandert. Ich bin noch etwas verwirrt.

»Gibt es eine bessere Möglichkeit, die Geisteskranken zu behandeln, als ihnen zu zeigen, wie sie eine ganze Welt beherrschen können – eine Welt ihrer Träume? Gibt es eine bessere Motivation als zu lernen, wie man eine persönliche Welt beherrscht? Und auf diesem Wege würden sie lernen, ihren eigenen Verstand zu handhaben.«

»Ich kann nicht tot sein. Ich habe mich bei Noguchi im Labor gemeldet. Der Klinik, meine ich. Das bedeutet, daß ich noch am Leben bin.«

»Deswegen brauchst du meinen Arm nicht zu zerquetschen, Paul.«

»Entschuldige.« Sie *ist* eine Person, kein Sukkubus.

»Du träumtest über die Therapiesitzungen. Du träumtest über klares Träumen. Also warst du eine Weile klar und wach – gerade lange genug. Du konntest erreicht werden. Die klaren Träumer können einander immer erreichen, sobald sie tot sind. Außerdem riefst du mich. Warum du es tatest, war freilich etwas anderes! Also lockte ich dich zu meinem eigenen Haus der … Krankheit, in dem ich seit langem nicht mehr lebe. Und von dort hierher.«

Über die grünen Wiesen. Zum Flußufer und dem Märchenschloß.

»Tot«, wiederholt sie. »Wir sind die Toten. Die klarsichtigen Toten.«

»Aber …«

»Ein Transportflugzeug mit Tausenden von Litern Treibstoff stürzte auf die Klinik, während wir schliefen. Es explodierte. Das ganze Krankenhaus muß dem Erdboden gleichgemacht worden oder ausgebrannt sein. Welch ein Feuer muß das gewesen sein? Und Richter hatte recht mit dem zukünftigen Leben. Mein Gott, wie recht er hatte!«

»Augenblick! Woher weißt du von diesem Flugzeug? Wenn wir alle schliefen?«

»Dr. Richter sah es, kurz vor dem Aufprall. Er hörte die Triebwerke kreischen. Er hatte Zeit, hinauszuschauen. Er war wach.«

»Und er schaffte es auch hierher?«

»Auch Noguchi. Sie wurden sofort klar, sobald sie starben. Weil sie wußten, wie es gemacht wird. Ich war klar, als ich starb. Auch Sam, Fox und Tony. Aber Donna und Max …« Angela schürzt die Lippen. »Sie waren nicht so weit wie wir. Es ist tragisch.«

»Willst du damit sagen, es gäbe im ganzen Himmel nur sieben Seelen?«

»O nein. Es gibt Tausende von uns Klarsichtigen. Die meisten schätzen andere Landschaftsbilder. Aber wir können uns alle besuchen. Die Türen zu ihren Traumwelten stehen weit offen. Aber Milliarden anderer Traumwelten sind zugesperrt. Die Träumer dort haben nicht die Herrschaft darüber. Sie können in ihren

Träumen nicht erwachen. Also beherrschen die Träume sie. Sie sind in der Hölle.«

»Wie ich es war? Bis du mich gerettet hast?«

»Du warst nahe daran, dich selbst zu retten, Paul. Aber du brauchtest ein wenig Hilfe. Wir *können* anderen helfen, wenn sie in ihren Träumen bloß für einen Augenblick aufwachen. Oder in ihren Alpträumen. Dann können wir zu ihren hinein. Siddharta Gautama hat seit seinem Tod mehrere Dutzend Träumer gerettet. Franz von Assisi hat andere gerettet. Aber es gibt Milliarden Seelen in ihren persönlichen Höllen. Das künftige Leben ist wie eine Irrenanstalt, voll verschlossener Zellen. Die Gefangenen lernten nie, bewußt zu träumen, solange sie lebten.«

Und nun haben wir das Flußufer erreicht. Eine Zugbrücke rasselt herab. Jenseits ihrer Planken, hinter dem offenen Tor, sehen wir in einen Bankettsaal, wo eine vertraute Gestalt wartet, Noguchi an der Seite. Es ist Dr. Richter: mager, weißhaarig, blauäugig. Es gibt andere, die ich nicht wiedererkenne. Mitglieder der Bruderschaft der klarsichtigen Toten, aus anderen Zeiten und von anderen Orten. Aber dann erkenne ich Fox, mit ihrem lockigen rotbraunem Haar, das sie im Nakken wie eine Bürste zusammengebunden hat. Sie gießt Bier oder Met aus einer Flasche in einen silbernen Becher.

Wir gehen hinüber und hinein.

In der linken Wand des Saales ist eine breite, mit Horn beschlagene Tür, die weit offensteht. Durch sie blickt man in einen langen Korridor, von dem ungezählte Türen abgehen, alle gleichfalls offen. Gegenüber, in der rechten Wand des Saales, ist eine andere breite Tür, verziert mit elfenbeinerner Einlegearbeit. Sie ist geschlossen. Vor ihr steht meditierend ein Mönch in braunem Gewand, dessen Gesicht vom Schatten seiner Kapuze verborgen ist. Bemalte Schilde hängen an den

Wänden, gekreuzte Schwerter und Lanzen und Streitäxte – auch Feuerwaffen, alte und moderne.

Ich glaube zu wissen, was es mit dieser Rüstkammer auf sich hat, ohne danach zu fragen.

Wir sind die Ritter – und Damen – des unbewußten Traums, der klar erkannt und bewußt gemeistert wurde.

Ich zeige zur offenen Tür.

»Dort geht es zu den anderen klaren Träumen.«

»Und die mit Elfenbein eingelegte Tür?«

»Dort sind alle die einsamen Höllen toter Seelen, Paul. Hin und wieder öffnet sich auch diese Tür. Ein Aufleuchten von Klarheit fährt wie ein Blitz durch einen Höllentraum. Dann schließt sich die Tür wieder. Es sei denn, einer von uns geht hinein, auf einer Rettungsmission. Und sie könnte sich für diesen toten Träumer niemals wieder öffnen.«

»Wenn man also dort durchgeht ...?«

»Stößt man oft auf Drachen. Die Drachen des Geistes.«

Auf einmal küßt Angela mich. Es ist ein schwesterlicher Kuß, ein Willkommenskuß. Ich erwidere ihn in gleicher Weise. Dann läuft sie zu Fox, und die beiden umarmen einander – in einem anderen Geist.

Dr. Richter nimmt Fox den Becher aus der Hand, kommt herüber und drückt ihn mir in die Hand.

»Hallo, Paul.« Er lächelt schiefmäulig. »Wieder einer – und zehn Milliarden stehen noch aus. Und ständig treffen in der Hölle neue ein. Aber kein Teufel trägt die Schuld daran. Nur unser eigener Geist. Der Schlaf des Todes ist ein geplagter Schlaf, wenn wir in ihm nicht wach sind. Immerhin, ich nehme an, wir haben die ganze Ewigkeit.«

Ich nehme den silbernen Becher und proste ihm zu.

»Dann also auf die Ewigkeit.«

Ich trinke die Flüssigkeit. Sie ist süß.

In diesem Augenblick klatscht der Mönch in die Hände – denn die elfenbeinerne Tür schwingt leise auf.

Jenseits ihrer Schwelle erstreckt sich ein übelriechender, dunstiger Sumpf. Ein schwarzer Mann in Lumpen stolpert knietief durch das faulige Wasser, eine zerbrochene Kette nachschleifend. Weiße Reiter verfolgen ihn mit Peitschen und Gewehren. Hunde schwimmen und springen durch den Sumpf. Der Himmel ist von blutroter Farbe.

»Nein!« können wir den Sklaven aus der Ferne schreien hören, mit dem letzten Rest seines Atems. »Ich sage nein zu euch! Ihr seid überhaupt nicht wirklich! Ihr seid bloß ein Alptraum. Ich bin tot – tot!«

Der Mönch rafft seine Kutte, schreitet rasch über die Schwelle und watet in das trübe Wasser, gerade als der entlaufene Sklave strauchelt und vornüberfällt.

Die elfenbeinerne Tür will sich schließen, aber sie kann nicht.

Der Ruf der Wildnis: Die Version des Hundeflohs

Jack London gewidmet,
mit der Bitte um Entschuldigung

Kapitel Eins

In die Fremde

Floh Buck hörte nicht Radio. Hätte er es getan, wäre ihm bekannt gewesen, daß über der Grafschaft Gainsboro im allgemeinen und über dem Tierheim von Gainsboro im besonderen bei Nacht geheimnisvolle huschende Lichter gesehen worden waren, welche die gefangenen Hunde in eine Raserei von Gebell und Gewinsel versetzten.

Niemand dachte daran, daß es irgendeinen Zusammenhang zwischen diesen Lichterscheinungen und »Fliegenden Untertassen« geben könnte. Die Lichter waren zu klein; sie ähnelten Taschenlampen in den Händen unsichtbarer Vagabunden. Und obwohl kein Haushund als vermißt gemeldet wurde, waren Hundefänger für Tierversuchslabors die Hauptverdächtigen.

So erkannte niemand, daß die Erde von Entführern aus dem All besucht worden war – das heißt, niemand außer den fünfzig glücklosen Mitgliedern von Aleppos Flohzirkus.

Sogar Aleppo selbst, als er zu seinem Schrecken entdeckte, daß seine gesamte Flohtruppe (und damit sein Lebensunterhalt) über Nacht verschwunden war, brachte den Verlust nicht mit den Phantomlichtern in Zusammenhang. Er machte für das Verschwinden irgendwelche bösartige Jungen verantwortlich, die in das Zelt geschlichen waren und ein pfenniggroßes Loch in die Glasglocke geschnitten hatten, unter der die Flöhe ihr Wohnquartier hatten.

Buck war der König des Zirkus gewesen, von einem feinen Stolz, dem die anderen Flöhe sich alle beugten. Aleppo hatte Buck mit Lob überschüttet und verwöhnt – da dieses Verwöhnen jedoch hauptsächlich die Form annahm, daß er Buck mächtige Sprünge im Zirkuszelt tun ließ, unbehindert von seinem Faden-Zuggeschirr (denn Aleppo wußte, daß Buck immer getreulich zurückkehren würde), hatte dies nur dazu gedient, ihn in guter körperlicher Verfassung zu erhalten, mit Sprungmuskeln wie Stahlfedern.

Nun sah Buck sich angekettet im Laderaum des Mutterschiffs der Zogs. Jeder Floh aus dem Zirkus war am Rand dünner, in die Metallwand geschnittener Ritzen gefesselt, zu schmal, daß sie hätten hineinkriechen können.

Drei Zogs schlenderten im Laderaum umher und betrachteten ihren Fang mit derber Befriedigung. Fünfzig auf einmal, das war ein wahrer Schatz. Die Zogs waren gedrungene Vierbeiner mit einem langen, elefantenähnlichen Rüssel als Nase. Sie trugen ziemlich schmutzige Uniformen und waren ungefähr zweieinhalbmal so groß wie ein Floh – denn wie ein Mensch sich in der Größe zu einem mittelgroßen Hund verhält, so ein Zog zu einem Floh.

Die drei blieben vor Buck stehen.

»Der hier ist hundertfünfzig Trüffel wert, oder ich bin ein Quadratrüssel«, sagte einer der Zogs und rieb die Finger aneinander.

»Zuerst mußt du ihn zähmen«, schnüffelte der zweite Zog.

»Redswet ist als Flohbändiger nicht faul!« lachte der Dritte.

Der Zog namens Redswet ging auf Buck zu. Und

Buck, mit Wut im Herzen und dem Teufel selbst in den Augen, sprang auf den Zog zu, ihn zu beißen.

Er verließ den Boden mit einer weit höheren Geschwindigkeit als er erwartet hatte, denn die zoggische Schwere, wie sie auf dem Mutterschiff gewahrt wurde, war weitaus schwächer als die Erdschwere. Buck wäre weit über Redswets Kopf hinausgesegelt, aber die Kette riß ihn mitten in der Luft zurück und würgte ihn. Im selben Augenblick schlug Reswet ihn mit einem Prügel zu Boden. Der Schlag brannte wie Feuer; der Stock war elektrisiert.

Wieder und wieder sprang Buck den Zog an, und jedesmal wurde er niedergeschlagen, bis er hoffnungslos benommen liegenblieb.

Nun beugte sich Redswet über ihn und tätschelte ihm furchtlos den Kopf; und obwohl alle Haare auf Bucks Rückenschild sich borstig aufstellten, ertrug er die Berührung ohne weiteren Protest.

»Hundertfünfzig? Dreihundert, meinst du!« rief Redswet. »Er wird der Hochspringer aller Zeiten!«

Und die drei gingen weiter, die anderen Flöhe zu reizen und dann zu unterwerfen.

Kapitel Zwei

Das Gesetz von Knüppel und Spalte

An diesem Abend, als das Mutterschiff die Reise antrat, gingen Wellen von Schwereimpulsen durch das Schiff und machten die Gefangenen im Laderaum elend und krank.

Während der folgenden Tage wurde ihre Erziehung durch den elektrischen Knüppel fortgesetzt, und sehr bald war alle feine Lebensart von Aleppos Zirkus aus Buck herausgeprügelt, wenn auch nichts von seiner Beweglichkeit. Von der Sauberkeit und Ordnung im

Zirkus, wo er eine feine Flohjacke getragen hatte und mit Freuden in das Faden-Zuggeschirr gesprungen war, um einen winzigen Wagen zu ziehen, war bald keine Erinnerung mehr lebendig, und Buck wurde ein Urfloh, der wild umhersprang – ganz und gar vergeblich, so daß er sich beugen und abwarten mußte. Von einem zivilisierten Floh wurde er zum Äquivalent eines gehorsamen Tigers.

Keine Schalen mit Blut wurden den Gefangenen zum Trinken gebracht, obwohl einige der Flöhe ihre Peiniger in verächtlicher Weise umschmeichelten, während einer – Marlon, der vor Durst halb wahnsinnig war – sich durch die Schläge des elektrischen Knüppels an Redswet herankämpfte und ihn zu Boden warf. Redswet verstärkte rasch die elektrische Spannung und tötete Marlon, der verrückt geworden war.

Und noch immer wurde kein Blut gebracht.

Als Buck schwächer wurde und begann, seine eigenen Körperflüssigkeiten zu verzehren, bis er nur noch ein zweidimensionaler Schatten des Flohs war, der er einst gewesen, begriff er, wie grausam – doch auch wie praktisch – ihre Reise geplant war. Er kroch in den Spalt in der Metallwand, der seinen Körper jetzt mit Leichtigkeit aufnehmen konnte.

Denn ein Floh kann bis zu sieben Jahre im Dämmerschlaf in einer Spalte liegen, bis die Erschütterung eines vorbeigehenden Wirtstieres ihn weckt.

Vielleicht dauerte die Reise zum Stern der Zogs sieben Jahre – Jahre, die die Zogs entweder in Tiefkühlfächern schlafend verbrachten, oder die sie mit durch Drogen beschleunigter Zeitwahrnehmung hinter sich brachten.

Eines Tages vibrierte das Schiff mächtig. Sofort wurde Buck munter und sprang aus seiner Spalte, um eine Schale mit lauwarmem künstlichen Blut zu finden. Er setzte sich davor und trank sich voll, wie auch die anderen überlebenden Flöhe es an ihren Schalen taten.

Von nun an wurden sie täglich mit salzigem Blut gefüttert. Aber es war nie genug, ihren Hunger zu stillen. Bald begann Floh von Floh zu stehlen. Wilde Rücksichtslosigkeit verdrängte die letzten Reste zivilisierter Umgangsformen, die ihr Zirkusleben bestimmt hatten.

Auch wurden die Ketten verlängert – denn keiner von ihnen wagte die Zogs anzugreifen –, so daß sie alle einander angreifen konnten. Verträglichkeit und Kameradschaft waren vergessen. Nur wenn es aussah, als wollte ein Zweikampf mit dem Tod eines Kontrahenten enden, trat einer der Zogs mit dem elektrischen Knüppel dazwischen.

So kam es, daß die Flöhe in einer wilden und doch gehorsamen Gemütsverfassung auf der Welt der Zogs eintrafen, um auf einer Auktion in der lebhaften Handelsstadt Wolkenreich versteigert zu werden.

Und Buck, der das Gesetz von Knüppel und Spalte gut gelernt hatte, wartete ab.

Kapitel Drei

Die Arbeit mit Netz und Trüffel

Die Welt der Zogs ist klein und von geringer Schwere. Sie behält ihre Atmosphäre dank einer sich selbst erneuernden Membrane organischer Natur, die über der Stratosphäre schwebt.

Nach zoggischen Begriffen war ihre Welt natürlich keineswegs klein; noch war die Schwere gering. Und dies war die Ursache der Probleme, mit denen die Zoggs zu ringen hatten. Denn ihre köstlichste und begehrteste Nahrung war ein luftbewohnendes Wesen, das einem schwebenden, beweglichen Trüffel ähnelte.

In früheren Zeiten trieben diese Trüffel nur ein paar

Zog-Spannen über dem Boden dahin, so daß die Zogs sich nur auf die Hinterbeine aufzurichten und sie mit den Rüsseln zu pflücken brauchten. Von dieser Kost waren die Zogs über Generationen hin fett und schwer geworden.

Aber nach dem Gesetz, daß nur die Tüchtigen überleben, und der Entwicklung eines rudimentären Selbsterhaltungstriebes, begannen die Trüffel höher und höher in der Luft zu schweben, bis kein schwerer Zog hoffen konnte, ohne Hilfe einen zu fangen.

Ein Geschöpf sprang noch immer in den Himmel, und von Trüffel zu Trüffel durch den Himmel, wo er ihre Säfte saugte, doch ohne sie zu töten. Dies war der Wolfsfloh. Aber er war völlig unbezähmbar und ging in Gefangenschaft unweigerlich ein (mit der Ausnahme eines beinahe legendären Wolfsflohs namens Rotzahn). Also hatten die Zogs angefangen, sich auf der Erde mit Flöhen zu versorgen, die willig mit den großen Trüffelnetzen in den Himmel hinaufsprangen, bis ihnen vor Anstrengung das Herz brach, und die sogar untröstlich waren, wenn ihnen die stolze Arbeit an den Netzen verweigert wurde.

Buck sah sich an Perro und Franswa verkauft, zwei rohe, aber gutmütige Zogs, die einen neuen Ankerfloh für ihr Netz brauchten.

Nachdem sie das Flohgespann vor einen Ballonschlitten geschirrt hatten, auf den das Netz gehäuft war, machten Perro und Franswa sich mit weiten Sprüngen in die Wildnis nördlich von Wolkenreich auf, wo Buck sein neues Handwerk zu lernen begann.

Die Bedienungsmannschaft eines Trüffelnetzes arbeitet folgendermaßen: Am vorderen Rand des Netzes ist der Führerfloh, der zuerst die Flugrichtung wählt und das Netz im Sprung mitzieht. Zu seiner Rechten ist der Unterführer. Hinter diesen beiden sind zwei Flügelflöhe, die das seitliche Gewicht des Netzes aufnehmen. Zuletzt kommt der Ankerfloh, der das Netz straff gespannt halten und in flachen Sprüngen in Bodennähe zu bleiben hat – eine schwierige Sprungleistung.

Buck lernte, nicht zu kräftig zu springen, damit er mit dem rückwärtigen Teil des Netzes nicht über die Trüffelbeute hinwegsegelte. Er lernte, sich nicht in den Zugleinen zu verfangen, die das Netz zogen. Er lernte aus seinen eigenen schmerzhaften Fehlern und aus den freundschaftlichen Knüppelschlägen Perros und Franswas. Vor allem lernte er von den Bissen des Führerflohs Saliva, der bald eine eifersüchtige Feindseligkeit gegen Buck entwickelte. Denn Buck lernte rasch, und die Trüffelausbeute war gut, obwohl sie mit dem Netz höher und geschickter denn je springen mußten.

Und Buck wartete ab.

Kapitel Vier
Der dominante Urfloh

Endlich kam es zu der unvermeidlichen Auseinandersetzung zwischen Buck und Saliva. Seit Wochen hatte Buck subtilen Widerstand gegen Salivas tyrannische Herrschaft über den Arbeitstrupp geleistet. Die Folge davon war ein Zusammenbruch der Disziplin.

Eines wolkigen Tages gegen Ende der Saison sprang ein Rudel Wolfsflöhe in ihr Lager. Sie bissen Löcher in den Ballonschlitten, so daß er umkippte. Hungrig rissen sie die Beutel mit getrocknetem Kunstblut auf, das – vermischt mit Wasser und über einem Feuer erwärmt – die übliche Nahrung der Flöhe war.

Sofort kam es zum Kampf zwischen den Flöhen der Erde und den Wolfsflöhen. Während Perro und Franswa unterschiedslos mit ihren Knüppeln dreinschlugen und üble Flüche von sich gaben, verlor ein Angreifer ein Bein zwischen den Kiefern des Unterführers, und einer der Flügelflöhe verlor ein Auge.

Buck, der mitten im Sprung auf einen der Angreifer prallte, wurde zu Boden geworfen; und Saliva ergriff die Gelegenheit, in dem Durcheinander verräterisch Buck anzuspringen. Wenn es ihm gelänge, Buck ernsthaft genug zu verletzen, würde der Rest der Mannschaft ihn zerreißen. So wollte es das Gesetz der Wildnis.

Buck floh. Saliva sprang ihm nach. Sobald Buck offenes Gelände erreichte, machte er kehrt. Die zwei Flöhe sprangen einander wieder und immer wieder an, versuchten den jeweils anderen unter sich zu bringen und, am Boden angelangt, den tödlichen Biß zu placieren.

Buck verlor bereits Blut aus Verletzungen am ganzen Körper, während Saliva noch ziemlich unversehrt war, als es Buck gelang, sich mitten in der Luft umzudrehen. Er hängte sich mit dem Rücken nach unten an Salivas Hinterleib und biß dem Führerfloh eines der Sprungbeine ab.

Saliva sprang wieder los, diesmal mit Schlagseite. Aber Buck hatte dies vorausgesehen. Rasch war er wieder am Feind und biß ihm das andere Sprungbein ab. Und nun konnte Saliva nicht mehr hüpfen. Er konnte nur noch kriechen. Buck gab sich nicht einmal die Mühe, den Tötungsbiß anzubringen. Als er zum Lager zurückhüpfte, blutend aber triumphierend, sprangen die Wolfsflöhe bereits hoch über ihn hinweg zu dem hilflosen Saliva.

Buck richtete sein Auge auf die rote Sonne der Zogwelt, als sei sie eine Kugel aus Blut, die er beißen und saugen könnte, wenn er nur hoch genug spränge. Erregung durchschauerte ihn. Er hatte den Führerfloh besiegt, und es war gut.

»Er ist zwei Teufel, dieser Buck«, sagte Franswa grinsend, als er Buck in der Position des Führerflohs anschirrte.

Die anderen Flöhe waren alle von der Schnelligkeit überrascht gewesen, mit der Buck sie nun, da Saliva getötet worden war, zur Ordnung gebissen hatte. Die beiden Zogs hatten einen der Flügelflöhe zum Unterführer machen und diesen zum Führerfloh befördern wollen. Aber Buck hatte davon nichts wissen wollen und war eine volle Stunde im Lager herumgehüpft und hatte das Zuggeschirr verweigert, bis er seinen Willen bekommen hatte.

Die Position eines Flügelflohs blieb unbesetzt, als der Ballonschlitten mit dem säuberlich zusammengefalteten Netz aus dem Lager hüpfte. Die Flöhe waren bereit, Bucks Richtungsangaben zu folgen. Perro lief als Kundschafter voraus.

Als der Sprung kam, brachte er eine ganze Wolke hochfliegender Trüffel ins Netz. So groß war die Ausbeute, daß die beiden Zogs sogleich nach Wolkenreich zurückkehren konnten.

Kapitel Fünf

Um eines Zogs willen

Wieder in Wolkenreich, verkauften Franswa und Perro ihr Flohgespann an drei Neulinge, die fest entschlossen waren, ihr Glück zu machen, obwohl die Saison der Lufttrüffel beinahe zu Ende war.

Müde zogen Buck und seine Mannschaft wieder aus. Der Ballonschlitten war beladen mit nutzlosem Gepäck und einem gebraucht erstandenen Netz voller Löcher, durch welche die meisten gefangenen Trüffel entkommen konnten.

Von Anfang an ging alles schief. Die drei Zogs – ein Mann, seine Frau und ihr Bruder – stritten die ganze

Zeit. Sie schlugen das Lager an ungünstigen Stellen auf, zeigten sich unfähig in allem und waren brutal zum Gespann. Noch hatten sie genug getrocknetes Blut für die Flöhe mitgebracht. Schlimmer noch, diese Zogs waren so hilflos, daß sie es oft unterließen, das getrocknete Blut mit Wasser zu vermischen, geschweige denn, die Mischung über einem Feuer zu erwärmen. Sie schütteten es einfach auf den Boden, trocken wie es war, daß die Flöhe es aufnahmen, so gut sie konnten. Die Nahrung war wie Kies in ihren Mägen, und das Gespann siechte rasch dahin. Zuerst starb ein Flügelfloh, dann ein zweiter, bis eines Morgens nicht einmal die Knüppelschläge das Gespann aus seiner Apathie aufrütteln konnten.

Als der Zog-Bruder den erschöpften, verschmachtenden Buck bearbeitete, erscholl ein Wutschrei aus dem Wald.

»Wenn du diesen Floh noch einmal schlägst, bringe ich dich um!«

Auf diese Weise lernte Buck, der bisher wenig Zuneigung zu den Zogs hatte empfinden können, den einen Zog kennen, den er mit wilder Ausgelassenheit lieben würde.

Dieser Zog hieß Thorgon.

Als Buck einen Monat später an Thorgons Feuer kauerte, nun wieder ein starker und gesunder Floh, ertappte er sich nichtsdestoweniger dabei, daß er von einer fernen Vergangenheit träumte, einer Zeit vor den Generationen des Flohzirkus, vor dem Zeitalter des Haushundes, einer Zeit, als es nur ungezähmte Wölfe gab, und noch weiter zurück zu einer uranfänglichen Zeit, wo seine entfernten Vorfahren Dinosaurierflöhe gewesen und auf dem Tyrannosaurus Rex in die Schlacht geritten waren – kurz bevor die Dinosaurier zugrunde gegangen waren und der erste Floh auf ein unauffälliges pelziges kleines Säugetier am Waldboden gesprungen war, um von da an den ganzen Tag und das ganze Jahr hindurch warmes Blut zu kosten.

So heftig seine leidenschaftliche Zuneigung zu Thorgon war, sie konnte nicht jene andere Leidenschaft auslöschen, die sich erstmals in ihm geregt hatte, als er Saliva bezwungen hatte: die Sehnsucht, frei und wild zu sein, wie seine Vorfahren auf Erden es einst gewesen waren – der Drang, selbst ein wilder Floh zu werden.

Aber dann rief Thorgon seinen Namen, und Buck öffnete die Augen und sah sich wieder in der zoggischen Wirklichkeit.

Dann wälzte Thorgon ihn zärtlich auf den Rücken, und Buck zwickte Thorgon in die Finger, daß Vertiefungen zurückblieben – aber Thorgon wußte, daß es ein Biß aus Zärtlichkeit war.

So kam der Tag im folgenden Jahr, als Thorgon in ein Wirtshaus in Rundstadt stürmte. Dutzende von Zogs saugten Trüffelsaft aus Schüsseln und spritzten ihn in die Kehlen. Clubtrunk, ein böswilliger Zog, tauchte seinen Rüssel in Thorgons Schale und sprühte ihm Trüffelsaft in die Augen – worauf Buck mit einem Satz an Clubtrunks Kehle war und sich in ihn verbiß, bis er fortgezerrt wurde.

»Dein Floh hat mich gebissen!« rief Clubtrunk. Aber eine auf der Stelle zusammengerufene Versammlung der Trüffelfänger entschied, daß Buck provoziert worden war; und sein Ruf als treuer Floh begann sich zu verbreiten.

Und es kam der Tag, als Buck Thorgon vor einem ganzen Rudel von Wolfsflöhen rettete und den verwundeten Zog auf seinem eigenen Rücken aus der Gefahrenzone schleppte.

Und es kam der Tag, als Thorgon, berauscht von Bucks Ruhm und Trüffelsaft, prahlte, sein Floh könne ohne Hilfe mit einem ganzen Netz über die Dächer der

Stadt Nasenpfropf hinwegspringen – und noch dazu mit einem Netz, das bereits mit hundert Trüffeln beladen sei.

Die Wetten standen drei zu eins gegen ihn, obwohl einer der Zuschauer, nachdem er Bucks Sprungmuskeln befühlt hatte, tausend Trüffel für den Floh bot, wie er dastand.

Ein Netz wurde mit Trüffeln gefüllt und Buck wurde in das Zuggeschirr geschnallt. Eine volle Minute lang umarmte Thorgon ihn, und liebkoste den Kopf des Flohes mit dem Rüssel, verfluchte ihn liebevoll. Dann trat er zurück.

Und Buck sprang.

Die versammelten Zogs vergaßen zu atmen, als das große Netz sich von der Straße emporschwang.

»Mein Gott!« stammelte der Zog, der Bucks Muskeln bewundert hatte, als das Netz über den Dächern von Nasenpfropf hinab und außer Sicht sank. »Noch nie hat es solch einen Floh gegeben! Ich biete zwölfhundert für ihn, mit Freuden.«

Thorgon weinte und fluchte, übermannt von der Liebe des Flohs. »Nein, mein Herr. Sie können zur Erde gehen, Herr, und verdammt sein.«

Kapitel Sechs

Der Sprung in die Wildnis

Thorgons Gewinne lieferten ihm die notwendigen Mittel, den großen Ehrgeiz seines Lebens zu verwirklichen. Denn irgendwo weit im Norden Wolkenreichs, in der gebirgigen Wildnis, wo noch Stämme wilder Zogs umherstreiften, sollte sich ein verborgenes Tal befinden, das der Geburtsort der Trüffel war – das Hauptvorkommen aller Trüffel. Auch andere Zogs hatten davon geträumt, dieses Tal zu finden, und alle waren bei dem Versuch, es zu erreichen, gescheitert.

Nachdem er ein Gespann starker Flöhe gekauft hatte, die Buck bald zurechtgebissen hatte, und nachdem er den Ballonschlitten mit Säcken getrockneten Blutes und einem feinen, starken Netz beladen hatte, brach Thorgon auf.

Sie wanderten monatelang. Manchmal kamen sie rasch voran, legten beinahe ohne Aufenthalt mehrere Tagereisen zurück, um den Ursprung eines besonders dichten Trüffelstroms ausfindig zu machen, der über ihnen trieb, ohne daß ihre Bemühungen erfolgreich gewesen wären. Manchmal kampierten sie eine ganze Woche an einem Fleck.

Manchmal, wenn sie lagerten, und während Thorgon mit seinem Rüssel nach Zamn fischte und seinen Fang an Land saugte – sei es, um seinen unmittelbaren zoggischen Hunger zu stillen, sei es, um die Beute für die nächste Reiseetappe zu trocknen oder zu räuchern, blinzelte Buck beim Lagerfeuer, und im Feuerschein erhob sich die Vision einer wilderen Welt, auf der seine Vorfahren Wölfe und Dinosaurier geritten hatten, und nahm immer klarer Gestalt an.

Dann rappelte Buck sich auf und sprang fort vom Lager, über Hügel und durch Täler, manchmal bis in die Wolken, nur um nach einem ganzen Tag des Herumspringens durch die Wildnis zurückzukehren. Buck wußte nicht, warum er dies tat, aber er mußte es tun.

Eines Tages, als er wieder weit umherschweifte und hoch in den Himmel sprang, sah Buck einen weiblichen Wolfsfloh unter sich. Er verfolgte sie spielerisch, als sie zu entkommen suchte. Kein Wolfsfloh war so groß wie Buck. Kein Wolfsfloh konnte es seinen Sprüngen gleichtun. Bald blieb sie erschöpft auf einer Klippe sitzen. Buck hüpfte freundlich näher, denn er hegte keine bösen Absichten. Solbald sie erkannte, daß er sie nicht leersaugen wollte, sprangen sie zusammen. Sie hängten sich an einen schwebenden Trüffel und sättigten sich. Darauf sprangen sie ab und segelten durch die Luft zu einem weiteren Trüffel. Nur zögernd, und nach langer Zeit folgte Buck seiner größeren Liebe – zu Thorgon. Er sprang zurück zum Lager und wich dem Zog für die nächsten Tage nicht von den Fersen, beobachtete jede seiner Bewegungen und verehrte ihn. Aber er hatte jetzt den Ruf gehört, wie ein Lied vom Himmel.

Schließlich sprang er wieder fort. In den Himmel. Und über einen Hügel. Hinauf zu einem treibenden Trüffel. Weiter durch eine Wolke zu einem anderen Trüffel ...

Bucks Körper war in Ekstase. Er war ein Floh, der den höchsten Gipfelpunkt körperlicher Leistung gemeistert hatte. Und von diesem Gipfel im Himmel blickte er hinauf in die weite Welt, wie er einst auf den besiegten Saliva hinabgeblickt hatte, und fand es gut. Diesmal blieb er mehrere Tage aus. Als er endlich zurücksprang, fand er eine Fährte toter Flöhe, in deren Körpern gefiederte Pfeile steckten. Zwei von der Mannschaft – der Unterführer und ein Flügelfloh – hatten offenbar gekämpft; ihre Mundwerkzeuge waren rot von Blut.

Heulen und Stampfen drang vom Lagerplatz herüber. Buck sprang in einen Baum und sah einen Trupp von zwanzig wilden Zogs um Thorgons Leichnam tanzen. Sie konnten tanzen, weil sie in Ermangelung von Netzen zum Einfangen größerer Mengen Trüffel magerer und leichter waren als ein zivilisierter Zog.

Was nun geschah, wurde Teil einer Legende. Die Wut machte Buck blind für jede Gefahr. Selbst zu einem Pfeil geworden, flog er durch die Luft an die Kehle des Häuptlings der wilden Zogs und riß sie mit einem Biß heraus. Ohne sich Zeit zu nehmen, einen einzigen Blutstropfen zu saugen, sprang er den nächsten Wilden an, und den übernächsten – und auch sie tötete er.

Seine Sprünge waren so schnell und so kurz, daß die Wilden keine Chance hatten, ihn mit einem Pfeil zu erlegen, wohingegen zwei Wilde einander bei dem Versuch erschossen.

Sie flohen. Und Buck verfolgte sie mit geringschätziger Leichtigkeit. Er ließ sogar einen einzigen Überlebenden entkommen; und dieser Überlebende sollte eine schreckliche Warnung verbreiten, eine Warnung vor dem Bösen Floh, der einen ganzen Jägertrupp vernichtet hatte. In einem bestimmten Tal, das alle wilden Zogs von da an mieden.

Nachdem er sein Vergeltungswerk vollendet hatte, sprang Buck schnell zurück an Thorgons Seite. Liebevoll kniff er ihn zum Abschied in die Hände. Dann stieß er den Leichnam einen Abhang hinab in einen Teich, so daß keine Wolfsflöhe sich an seinem toten Herrn würden mästen können. Thorgon lag schwer am Grund des Teiches, nur sein Rüssel erhob sich zur Oberfläche, beperlt mit Luftblasen.

Eine Stunde lang trank Buck von den Wilden, die er getötet hatte.

Dann sprang er hoch in die Lüfte, so schwer er auch vom Blut war. Er sprang so hoch, daß es schien, er hätte auf einem Stern landen können. Denn er hatte Zog getötet, die edelste Beute von allen.

Als er wieder herunterkam, sprang ein Rudel Wolfsflöhe in das Tal, angelockt vom Blutgeruch. Sobald er landete, forderten sie ihn heraus – und sehr bald lag der Rudelführer tot am Boden und die anderen Wolfsflöhe leckten sich die Wunden.

Aus ihrer Mitte kam derselbe Wolfsfloh gehüpft, mit dem er an jenem rastlosen Tag vor nicht so langer Zeit gesprungen war. Sie beugte den Nacken unter seine Mundwerkzeuge, und als er sie einmal gezwickt und damit ihre Unterwerfung angenommen hatte, warf sie den Kopf zurück und heulte die drei Monde an.

Das ganze Rudel heulte im Chor, und Buck heulte am lautesten von allen (obwohl das Heulen eines Flohs nicht sehr laut ist, außer für andere Flöhe). Der einzige überlebende Zog war inzwischen weit entfernt, doch wäre ein Beobachter zur Stelle gewesen, hätte er alle Flöhe tanzen sehen können, als sie wieder und immer wieder zu jenen elfenbeinernen Monden hochsprangen.

Endlich hüpfte das Rudel, jetzt von Buck angeführt, aus dem Tal. Und mit diesem Sprung, fort von dem wässerigen Grab des Zog, den er bis zur Selbstvergessenheit geliebt hatte, war Buck frei. Und wild.

Obgleich jeder wilde Zog einen weiten Bogen um das Tal des Bösen Flohs machte (zu dem Buck einmal im Jahr allein zurückzukehren pflegte, wenn es Frühling wurde), wurden ihre Lager in späteren Jahren immer wieder überfallen, und oft lagen ihre Wächter am Morgen entseelt und ausgesaugt am Boden, umgeben von Flohschissen.

Und bisweilen sahen die Wilden einen Floh, der größer war als jeder Wolfsfloh, und höher sprang als sie für möglich gehalten hätten, in der Ferne über den Himmel springen. Dann zogen sie ihre Rüssel ein und scharrten ängstlich mit allen vier Füßen.

Die künstlerische Note

»Hier ist ein Chaos.«

Rollo Tustian hielt der Bevollmächtigten ein weißes, eiförmiges Objekt hin. Im dicken Ende der Eierschale war eine Linse.

Die Bevollmächtigte für die Erteilung künstlerischer Konzessionen war eine gelenkige, sechsarmige Kreatur, die einer großen fleckigen Krabbe ähnelte. Sie hatte keine Beine, nur Arme. Sie nahm das dargebotene Ei mit dem gegabelten Ende eines Arms und drückte es behutsam. Es fühlte sich bei weitem weniger zerbrechlich an als ein natürliches Ei.

Sie schloß die zwei gewöhnlichen Augen und spähte mit dem dritten, künstlerischen Auge durch die Linse. Zuerst hatte sie den Eindruck großer Tiefe, in die sie fallen und in der sie sich verlieren konnte, und dann schien wiederum keinerlei Tiefe darin zu sein, als bestünde das Innere lediglich aus einer schleimigen, zweidimensionalen Haut. Von welcher Beschaffenheit und Farbe es war, konnte sie nicht sagen.

Verwundert gab sie den Gegenstand zurück.

Tustian steckte ihn wieder in den Beutel, der an seinem Gürtel hing. Er fischte darin herum und brachte ein weiteres »Ei« zum Vorschein, diesmal mit einer silbernen Schale.

»Und hier ist ein anderes Chaos.«

Die Bevollmächtigte blinzelte auch in dieses, aber es sah identisch aus. Sie schloß verdrießlich das dritte Auge und gab das Ei zurück.

Und zuckte mit den drei rechten Achseln.

»Ich sehe keinen Unterschied. Sie sind wie das Innere von fauligen Eiern, die durchgeschüttelt worden sind. Oder wie etwas unter Wasser, in einem fauligen Teich.«

»Weder Ei noch Wasser, Bevollmächtigte. Jede Schale enthält ein Chaos.«

Die Bevollmächtigte stocherte mit einer Klaue in ihren Mundknorpeln.

»Aber wie kann Chaos ein Kunstgegenstand sein? Chaos ist, wo keine Ordnung ist, keine gestalterische Kraft. Und Kunst ist gekennzeichnet durch die schöpferisch gestaltende Umsetzung natürlicher Strukturen in ein Werk, das vom Betrachter als ästhetischer Wert empfunden wird.« Sie zeigte auf das silberne Ei.

»Das läßt sich von dem Ding nicht sagen.«

»Ach, die Kunstwelt hat auf das wahrhaft Neue immer mit Ablehnung reagiert. Nehmen Sie als Beispiel die Impressionisten. Sie ...«

»Ihre Kunstgeschichte ist mir bestens vertraut, Tustian.«

»Nun, die Kunstautoritäten konnten den neuartigen schöpferischen Prozeß nicht sehen. Sie sahen nur Häßlichkeit. Aber *dies* ...«, sagte Tustian und steckte das silberne Ei wieder in den Beutel, »ist etwas ganz anderes – weil keine neue Umsetzung zu sehen ist, keine schöpferische Gestaltung. Nichts. Nur Chaos. Verschiedene Arten von Chaos. Und dies ist meine Kunst. Ich schaffe ein echtes physikalisches Chaos und fange es in einer Eierschale.«

Wieder zuckte die Bevollmächtigte die Achseln. Der Mann war nichts als ein Scharlatan, ein Schwindler. Er hatte es verstanden, unter seinesgleichen ein paar Gönner zu finden und sie zu blenden, und nun hoffte er, hier bei Leuten Fuß zu fassen, die dank dieses dritten, ästhetischen Auges berühmt für ihre Sensibilität und ihr künstlerisches Urteil waren. Wahrscheinlich sah er darin eine Herausforderung.

Wenn diese Dinge im buchstäblichen Sinne Chaos wären – was unmöglich war –, dann könnten sie sich nicht voneinander unterscheiden, wie er behauptete.

Wie konnte man ein Chaos von einem anderen unterscheiden, mit ihm vergleichen? Chaos konnte keinen Plural haben.

Diese Dinger waren bloß faule Eier. Und Rollo Tustian war ein glattzüngiger Scharlatan. Gewiß, an Mut fehlte es ihm nicht, hatte er sich doch zu ihrem Arbeitsknoten an einem sehr hohen Punkt des Großen Geflechts heraufgewagt, Tausende von Händen in der Luft, unter sich die kreuz und quer gespannten Stränge des Stadtgeflechts, in Abständen verknotet zu Ateliers, Saugstellen, Büronestern, Brutanstalten, Spielgehegen, luftigen Amphitheatern, Musiklabyrinthen; und überall, nah und fern, oben und unten, hingen und kletterten und liefen die Leute des Geflechts, sechsarmige beinlose Wesen mit zwei gewöhnlichen Augen und einem dritten Auge, das Schönheit gewahrte.

Das Große Geflecht füllte das ganze Tal zwischen zwei Bergketten in einer Tiefe von beinahe zwei Kilometern aus. Im Osten, jenseits eines Passes, lagen Landeplatz und Siedlung der Fremden, durch einen Ausläufer des Geflechts mit diesem verbunden. Fremde konnten sich im Geflecht begreiflicherweise kaum zu Hause fühlen, es sei denn, sie waren Vogelformen oder natürliche Akrobaten. Doch Rollo Tustian war unbekümmert heraufgestiegen, ohne sich zu verlaufen oder das Gleichgewicht zu verlieren ...

Ein Abschnitt des westlichen Geflechts schimmerte von seidenen Tapisserien; ein anderer glänzte von den Spiegelungen dünn geblasenen Glases. Aus dem tiefer gelegenen Musiklabyrinth drangen klingende Allegros. Tänzer besetzten einen weiteren Teil des Raumvolumens; der Tanz dauerte nun seit sechs Jahren an, und während dieser Zeit waren immer wieder neue Künstler eingesprungen und andere ausgeschieden, und dennoch war die Choreographie des Maibaum-Balletts noch nicht vollständig. Anderswo funkelten ganze kristallisierte Nachgestaltungen des Geflechts in allen Tönen des Spektrums …

Achtzig Kubikkilometer des Großen Geflechts, der Schönheit gewidmet!

Und ein Mensch, mit elenden kleinen Guckschalen im Beutel.

»Diese Dinger enthalten nicht zufällig Mischungen von irgendwelchen verquirltem Zeug, die du auf der Herreise zusammengebraut hast?«

»Natürlich nicht! Ich wiederhole: jedes enthält ein echtes Chaos.«

»Wie nett von dir, unser Geflecht für deine Ausstellung auszuwählen«, sagte die Bevollmächtigte in ironischem Ton.

Tustian lachte bloß.

»Es war nicht meine Wahl, wahrhaftig nicht! Ich bestieg das erstbeste Schiff, als mich die Inspiration bewegte. Ich hatte keine Ahnung, wohin es gehen sollte.«

»Du bist zufällig hier hergekommen?«

»So zufällig wie das Chaos.«

»Wie bemerkenswert, daß der bloße Zufall dich zu der vielleicht berühmtesten von allen Welten geführt hatte, die sich um die Förderung der Kunst bemühen!«

Der Mann schüttelte den Beutel, daß die Schalen darin gegeneinanderschlugen.

»Das Chaos hier drinnen ist mächtig. Das geordnete Universum wirft mich unausweichlich an den geeignetsten und angemessensten Ort, der diese Macht kompensieren kann. Die Kräfte des Universums sind überall auf Ausgleich bedacht. Wie hätte ich heute so mühelos den Weg hier herauf finden können, ohne jemand zu fragen? Das Universum *muß* für das, was ich schaffe, ein Gegengewicht finden, und so hat es mir diese ganz und gar nicht zufällige, aber durchaus angenehme Unterbrechung verschafft. Meine nächste große Eroberung erwartet mich unvermeidlich hier. Weil ich hier und nicht anderswo bin.«

»Man sollte meinen, daß das Universum deine Aktivitäten getrost unbeachtet lassen könnte.«

»Aber das kann es nicht wagen, wenn es ein geordnetes Universum bleiben will, wo die Gesetze der Physik Geltung behalten.« Rollo Tustian beugte sich gefährlich vor, hielt sein Gewicht nur mit einer Fingerspitze, als wolle er sehen, ob das Geflecht ihn fallen lassen würde. Die Bevollmächtigte beobachtete ihn nervös.

»Die Liebhaber meiner Kunst«, sagte Tustian, »erleben alle dieses gleiche Phänomen, sobald sie selbst ein Chaos besitzen.«

»Sie finden alles zu ihrem Besten organisiert? Sie erleben fortwährend glückliche Umstände? Also sind diese Dinger in Wirklichkeit glückbringende Amulette!«

»Sie wirken, Bevollmächtigte, weil das Universum sich fest um sie schließt, um zu verhindern, daß ausbricht und sich verbreitet, was darin ist.«

»Dann brauchst du keine Künstlerlizenz. Du brauchst eine Lizenz für Zauberer und Taschenspieler! Geh zurück zum Abschnitt Aberglauben bei der Fremdensiedlung und melde dich dort!«

Tustian schüttelte den Kopf.

»Es ist Kunst. Und es wirkt am besten auf Kunstkenner und Künstler – weil diese durch ihre Gestaltung Werke schaffen, die als ästhetisch schön empfunden werden.«

»Ah, jetzt verstehe ich. Wir geben einfach eine Anzahl dieser Dinger in Auftrag und hängen sie in unser Geflecht; und als eine natürliche Reaktion gegen das Chaos werden wir in unserem Bemühen um Schönheit zu immer höherer Vollkommenheit gelangen. In diesem Fall hast du keine eigene Kunst. Du bist ein Parasit.«

»Ich bin ein Katalysator – von Schönheit, Ordnung, Vollkommenheit.«

»Und wenn ich nein sage?«

»Nun, da ich einmal hier bin ... Ich kann nur sagen, daß das Maß an Glück, Heiterkeit und Vollkommenheit, das ich selbst in mich aufnehmen kann, begrenzt ist. Doch ein Künstler muß schaffen – es ist wie atmen, nicht wahr? Und wie es sich ergibt, schaffe ich Chaos. Ohne Gönner, welche die Schönheit aufnehmen, die das Universum um meine Schöpfungen bindet – ohne sie wird das Chaos überlaufen.«

»Ach, also sind wir verpflichtet, dich zu fördern und deine gesegneten Eierschalen zu bewundern, andernfalls du eine Pest von Häßlichkeit über uns bringen wirst?«

»Von Unordnung. Ich drohe nicht, das sei fern von mir. Ich habe nicht darum gebeten, hierher zu kommen. Ich ging einfach an Bord des erstbesten Schiffes – das natürlich das Zentrum künstlerischer Organisation zum Ziel hatte. Das Universum spürte, daß ihr die Schönheit der Ordnung am besten mobilisieren könnt, um meine Unordnung wirkungslos zu machen.«

Die Bevollmächtigte zog an ihrem Rückenschild, um das Fleisch darunter zu reiben. Es juckte sie. Wahrhaftig, sie sollte diesen impertinenten Mann aus dem Geflecht werfen. Er hatte es verdient, in den Tod zu stürzen.

Aber irgendwie würde er nicht umkommen, dachte sie. Und vielleicht würden seine Eier zerbrechen. Oder was immer sie waren.

»Also zwingt einen der Besitz des Chaos, mehr und mehr Existenzmodelle wahrzunehmen«, sagte sie. »Nicht, daß ich daran dächte, dir eine Lizenz zu erteilen ...«

»Ah, aber das wird geschehen. Noch in dieser Stunde«, erwiderte Tustian zuversichtlich.

»Andererseits«, fuhr sie fort, »könnte es eine amüsante Frivolität sein: ein Mißton, der die vollkommene Harmonie unseres Geflechts in Schwingungen bringt.«

Tustian lächelte. »Nicht so vollkommen, sonst hätte das Universum mich nicht hier hergeschickt.« Er blickte über das große Geflecht hinaus in die Richtung, wo verspiegelte Skulpturen Wasserfälle von Licht in ständig wechselnden Regenbogenfarben erzeugten, prachtvoller als jedes Wasser oder jeder Blumengarten in der Natur. »Es gibt Raum für Verbesserungen, würde ich sagen. Für viel mehr Schönheit.«

Die Bevollmächtigte konnte ihren Verdruß kaum verbergen.

»Wie hast du das Chaos in diese Schalen gebracht, anmaßender Mensch?«

»Man könnte mich ein Talent nennen – aber wer würde einen Musiker bitten, eine Melodie zu beschreiben, so daß ihre Melodik erkennbar wird? In mir singe ich Unordnung: Die Unordnung des unendlichen Chaos, aus dem das Universum sich willkürlich bildete. Aber es ist kein Lied. Es ist ein Nicht-Lied.«

Die Bevollmächtigte fuchtelte mit mehreren Armen zugleich und verlor beinahe das Gleichgewicht.

»Kunst ist ein göttlicher, schöpferischer Akt!«

»Doch das Chaos erschafft euer Gott-Universum, wo die Kriterien der Kunst anwendbar sind. Unter den unendlichen chaotischen Möglichkeiten wurde ein Chaos so völlig ungeordnet, daß es überhaupt nicht mehr chaotisch war: Es war dieses Universum, das Universum des Lebens. Es mußte einmal geschehen. Das Universum ist Gott, aus Zufall geboren, von Beginn bis zum Ende in einen Kreislauf gebunden wie eine Schlange, die sich selbst gebiert, aber dieser künstlerische Gott ist nur Singular, während das Chaos Plural ist. Ich bin die Stimme des Chaos.«

»Also bist du größer als Gott und das Universum? Und doch legst du winzige faule Eier!«

»Winzig in der Weise, wie das Auge sie sieht. Tatsächlich umgibt jedes das Universum, von innen.«

Zwischendurch: [redacted] Von einem Nicht-Lied wollen wir nicht sprechen – sondern von einer Melodie, die auch Sie kennen ... [redacted] Sie singt von einer tollen Idee, der appetitlichen, warmen Zwischenmahlzeit ... [redacted]

Die Bevollmächtigte hielt sich fest. Sie fühlte sich gelähmt.

»Ich denke«, sagte sie halb betäubt, »daß du weit besser beschäftigt sein würdest, deine Eier hier zu legen, als ungehemmt durch das All zu streifen. Du könntest eine Antireligion der Unordnung gründen. Der frustrierte Scharlatan wird zum Messias – es wäre nicht das erste Mal. Nun, wir werden dich absorbieren. Unsere Schönheit wird dein sogenanntes Chaos aufsaugen und als das zeigen, was es ist: Leere, überhaupt nichts.«

Rollo Tustian blickte auf seinen Armbandcomputer. »Noch in dieser Stunde, sagte ich. So ist es. Wo errichte ich mein Atelier?«

Sechzig Jahre später kauerte die alternde Bevollmächtigte in ihrem Arbeitsknoten hoch über dem Großen Geflecht, das inzwischen lediglich der Kernbereich des Größten Geflechts war, welches die ganze Welt mit Licht, Schönheit und dem Glanz aller sechsunddreißig ästhetischen Erscheinungsformen umspannte. Die vergangenen zehn Hexaden hatten die letzte Entfaltung und höchste Renaissance der Kunst in dieser Welt gebracht, über die zu präsidieren ihr Stolz gewesen war ... anfangs zumindest, und dann ihre Sorge, und dann ihre Furcht. Und nun ihre Verzweiflung.

Heutzutage gab es auf der Welt nichts als vollkommene Kunst, und die Welt starb, ohne es zu merken. Heutzutage wurde die Welt nur von außen unterhalten: von Energie, die ihrer Sonne entströmte, von Lebensmitteln und Versorgungsgütern, die anderwärts erzeugt wurden.

Und ihre Kunst war in Vollkommenheit erstarrt. Tödlich vollkommen.

Doch nur sie konnte sehen, wie tödlich vollkommen dies alles war. Antragsteller wunderten sich, warum sie anscheinend zu einer Feindin der Kunst geworden war und von Zeit zu Zeit dic Erteilung neuer Lizenzen verweigerte, selbst wenn es für den Wert die glänzendsten Beweise gab. Aber solche Ablehnungen waren nur Tropfen im Ozean, und sie war ohnedies nur Bevollmächtigte des Großen Geflechts. Gute Kunstwerke konnten anderswo Förderer finden.

Nichtsdestoweniger standen die Anstragsteller bei ihr Schlange und warteten geduldig auf die Gewährung einer Audienz. Das Große Geflecht war noch immer der Ort, wo ein schöpferischer Künstler das größte Prestige genoß.

Mit sicherem Tritt, die Wartenden alle überspringend, kam ein Mann.

Viele Hexaden waren vergangen, seit sie Rollo Tustian zuletzt gesehen hatte. Der Umstand, daß er noch lebte, erstaunte sie nicht sonderlich, da ihre eigene Art relativ langlebig war – doch sicherlich sollte sein Aussehen sich verändert haben? Inzwischen war ihre eigene Schale vom dunklen Walnußbraun des Lebensherbstes und würde sich bald schwarz verfärben.

»Du siehst genau gleich aus«, sagte sie verwirrt, ohne einen Versuch zu machen, ihn zum Ende der Schlange zurückzuschicken. Der Anblick seiner jugendlichen Erscheinung – oder wenigstens seiner unveränderten Erscheinung – erinnerte sie sehnsuchtsvoll der Zeit, als mit der Welt noch ziemlich alles in Ordnung gewesen war.

Rollo Tustian schmunzelte.

»Es muß an der glücklichen Diät liegen, die ich hier genieße. Oder vielleicht ist es die Fülle von soviel Schönheit? Ich sagte, daß es Raum für Verbesserungen gäbe, nicht wahr?« Dann aber blickte er traurig. »Das ist nicht mehr so, Bevollmächtigte. Der Schwamm ist voll. Ich kann nicht mehr aufsaugen. Ich muß weiter, oder Geist und Körper werden unter Unordnung leiden. Also bin ich gekommen, Lebewohl zu sagen.«

»Die Schönheit hat dich endlich besiegt und vertrieben. Der Schönheit sei Dank dafür!«

»Ganz und gar nicht. Das glaubst du selbst nicht. Ja, ich habe von deinen exzentrischen, krampfhaften Bemühungen gehört, der Flut Einhalt zu gebieten. Auf Erden hatten wir einmal einen König namens Knut ...«

»Du Teufel! Warum kamst du her, uns zu zerstören?«

Tustian machte eine ausholende Armbewegung über die Pracht des Großen Geflechts. Das Größte Geflecht schloß sich in allen Richtungen an dieses, bedeckte die Berge, wuchs weiter über die gesamte Landoberfläche der Welt. Jenseits, wo einst die östlichen Berge sichtbar gewesen waren, stieg ein nicht abreißender Strom von Raumfähren auf und landete, brachte Nahrungskonzentrate und die Rohmaterialien für weitere Kunst. Die Leute des Geflechts waren von Schönheit besessen.

»Wie konntest du dies alles ›Zerstörung‹ nennen?« fragte er sie in ironischem Ton.

»Weil es so ist.«

Er nickte gedankenvoll.

»Wie viele Beispiele von Chaos hast du hier gemacht?« fragte sie.

»Sechshundertsechzig, ungefähr. Diese Welt ist meine Auster gewesen. Ich bin ihr Fremdkörper gewesen. Und hier sind die wundervollen Perlen. Es ist Zeit, daß ich gehe, bevor ich mir selbst zum Fremdkörper werde.«

»Du brauchst kein Ausreisevisum von mir.«

»Nein, aber ich brauche eine Person, der ich Lebewohl sagen kann, die Bescheid weiß.«

»Wohin wirst du gehen?«

»Ich habe von einer Schönheitswelt irgendwo im Großen Bären gehört, wo man die lebendige Umwelt selbst gestaltet. Vielleicht werde ich dorthin gehen. Das erstbeste Schiff wird mich zum richtigen Ziel tragen, das spüre ich in den Knochen.«

Und ohne ein weiteres Wort ging er.

Die Bevollmächtigte richtete sich unter Schmerzen auf und blickte lange über das Große Geflecht hinaus, dessen Schönheit sie überdrüssig war.

Endlich legte sie alle drei Armpaare über ihre Unterschale und ließ sich fallen, abwärts, abwärts.

Sie hatte, wie man es unter den Leuten des Großen Geflechts ausdrückte, den Griff verloren.

Ein Jahrhundert später steuerte eine einsame Raumkapsel für eine Weile in eine Umlaufbahn um die Welt des Großen Geflechts. Unter der Vergrößerung zeigte die Welt sich als eine wundervolle, kunstvolle Zubereitung. Sie war unbewohnt.

»Vollkommenheit ist Chaos«, sagte Tustian in das Aufzeichnungsgerät. Er besaß jetzt sein eigenes Fahrzeug. Es trug ihn, wohin er wollte.

Er nahm eine blaue, mit einer Linse ausgestattete Schale, hielt sie ans Auge und ließ durch Willenskraft ein Chaos darin entstehen. Und natürlich hatte das Chaos keine Form. Doch war es gleichwohl ein neues und verschiedenes Chaos.

Es gab nur ein Universum. Und obwohl es ein furchterregend großes Universum war, konnte es nicht ewig halten. Tustian war geduldig.

Einer Regung folgend, trug er das frisch vollendete Chaos zum Abwurfschacht und stieß es aus in den Raum, hinab zur Oberfläche der Welt. Er rechnete nicht damit, daß es verbrennen oder beim Aufprall zerplatzen würde – der Druck der Schönheit dort unten war zu stark.

Er schüttelte den Kopf in milder Verdrießlichkeit.

»Es bleibt einem nichts, als die Lilie zu vergolden!«

Gleichwohl hegte er sentimentale Gefühle über seine vielen Jahrzehnte – oder örtliche Hexaden – auf dieser Welt.

Später verließ seine Kapsel die Umlaufbahn und nahm Kurs auf eine andere Welt, die Tustian eine weitere Lebensfrist geben würde – im Austausch gegen das Midasgeschenk: die vollkommene künstlerische Note.

Die World Science Fiction Convention von 2080

Welch eine Versammlung! Vierhundert Leute – Autoren, Anhänger und Magazinherausgeber – haben glücklich den Weg zu diesem Versammlungszelt außerhalb des Dorfes New Boston gefunden.

Wir wissen von drei weiteren Leuten, denen es nicht gelungen ist, und die Eröffnungszeremonie schließt ein kurzes Gedenken für jeden von ihnen ein, gefolgt von einer Schweigeminute für alle. Für Kurt Rossini, den Meister der heroischen Fantasy – auf der Reise vom fernen Kalifornien von einem Indianerpfeil getroffen. Für Suzie McIntosh, deren amüsante Holzschnitte (in der letzten Sommersaison mit einer Handelskarawane von Moose Jaw südwärts gesandt) das Programmheft schmücken –, außerhalb Winnipegs von einem Wolfsrudel getötet. Und für unseren härtesten Verlust, die liebliche Charmian Jones, in der Maskerade der letzten World Con vor drei Jahren in Tampa zur Königin von Titan gewählt, deren Miniatur von vielen Anhängern zwischen dem Yukon und Florida nahe dem Herzen getragen wird –, während eines Überfalls auf Charleston, wo sie sich gerade auf der Durchreise aufhielt, von Moslempiraten ermordet. (Hätte sie ein Haremsleben in Nordafrika überleben können und vielleicht sogar dort eine Art Königin werden können? Nein! Abgeschnitten von der langsamen Zirkulation des Lebenssaftes, den die Anhängerschaft darstellt? Niemals! Sie verteidigte ihre Ehre tapfer mit einem Kurzschwert – und starb.)

Einige Dutzend anderer Mitglieder sind auch nicht gekommen. Wir hoffen, daß sie sich bloß verspätet haben – aufgehalten von widrigen Winden oder einer gebrochenen Wagenachse. In sechs Monaten werden wir unzweifelhaft Näheres erfahren, wenn ihre Anhänger die Handelsrouten befahren und Erkundigungen einziehen.

Im Ausschankzelt, am Ochsenspieß und im Kunstzelt mit seinen feinen Stickereien und Batikarbeiten, die von den alten Meistern Delany, Heinlein und Le Guin inspiriert sind, begrüßen wir alte Freunde und Kollegen und erzählen unsere Reiseabenteuer. Und ich dachte, daß meine Reise vom Süden Schottlands, zu Fuß, zu Pferde, mit dem Kanal-Großboot und schließlich für fünf Wochen mit dem Segelschiff über den stürmischen Atlantik (die Mörser gegen Piraten geladen) ereignisreich genug gewesen sei. Verglichen aber mit den Erfahrungen einiger anderer, war meine Reise eine Vergnügungsfahrt: Indianer, Wüsteneien, Banden von Gesetzlosen, Söldner, Pietistengemeinden, die sich um einen schließen wie eine Venusfliegenfalle um ein Insekt, Soldatenanwerber, Seuchengebiete, technophile Zitadellen! Ich kam sogar zweieinhalb Wochen zu früh an und brachte es fertig, mit dem Manuskript eines neuen Romans im Ranzen einzutreffen. Ich hatte ihn während der Freiwachen an Bord des Segelschiffes geschrieben, wenn ich nicht für meine Passage arbeiten mußte, und ich brannte darauf, das neue Werk an ›Mönch‹ Lewiston zu verkaufen, den Kopf der Solaris Press in Klein-New York.

Der neue Roman trägt den Titel *Die Aldebaran-Erfahrung* und behandelt die Reise eines Raumschiffs von der Mondkolonie zu einem fremden Planeten, der Aldebaran umkreist. Es ist eine ehrgeizige Übung in »kognitiver Entfremdung«, wie der legendäre Kritiker Suvin es einmal nannte – aber man kann die Breite des Buches wirklich nicht in ein paar Zeilen pressen; außerdem ist hier nicht der Ort – obwohl ich an einem Forum ausländischer Autoren teilnahm, um über meinen inzwischen wohlbekannten früheren Roman *Des Filmemachers Führer zu fremdrassigen Schauspielern* (Neogollancz Press,

Edinburgh) zu sprechen, der vor erst vier Jahren erschienen ist. (Ah, die Schnelligkeit, mit der in unserer SF-Welt veröffentlicht und vertrieben wird!)

Mit mir nahm der Franzose Henri Guillaume an der Diskussionsrunde teil, dessen Erzählung einer gewaltig computerisierten Bürokratie und subjektiver Zeitverzerrungen, *Die Iden der Venus,* wegen seiner Originalität noch immer viel Beifall findet – ein entschiedener Schritt vorwärts, vergleicht man ihn mit den alten französischen Meistern Curval und Jeury; ferner der Mexikaner Gabriel Somoza – eine aufregende Begegnung; und mein Landsmann Jeremy Symons, den ich zuletzt bei unserem Biennale-Schlager Sinticon 77 unten in Devon getroffen hatte. Sein Buch *Der künstliche Mensch* war ein aussichtsreicher Anwärter auf den diesjährigen Hugo, seit vor zwei Jahren die ersten Nominierungen auf den Handelswegen und über den Ozean eingingen.

Aber ich sollte die Glanzlichter dieser prachtvollen Zusammenkunft unter dem Zeltdach in New Boston beschreiben. Offen gesagt, diese Diskussionsrunde war ziemlich mäßig. Der arme Jeremy hatte sich bei der Arbeit in den Bilgen eine Allergie geholt, die seine Kehle befallen hatte, und seine Stimme war im rückwärtigen Teil des Zeltes kaum zu hören ...

Also Glanzlichter: *Der Film.* In der Tat, wie vor einem Jahr in dem Flugblatt angekündigt, war ein Film aufgefunden worden! Und welch ein Film! Handwerker bauten einen mit Handkurbel betriebenen Projektor, dessen Lichtquelle die Sonne selbst war, eingefangen und gelenkt durch ein sinnreiches System von Linsen und Spiegeln außerhalb des Zeltes; und während der Woche in Boston blickten wir sechsmal wie gebannt auf das Flimmern einer Originalkopie von *Silent Running,* und beteten, daß die Regenwolken das Licht nicht zu sehr trüben würden. Niemand komme mit sarkastischen Bemerkungen über die Angemessenheit des Titels, da es nicht möglich war, eine Tonwiedergabe zu erzeugen. Wir waren alle bezaubert.

Die Auktion: Ein Erlebnis. Es wurde ein Ace-Doppelband ausgerufen! Und eine original SF-Buchclub-Ausgabe einer Larry Niven-Sammlung. Ferner, vergilbt und spröde vom Alter, die Ausgaben 250 bis 260 von *Locus.* Dazu viel interessantes und historisches Material aus unserer eigenen Frühzeit nach dem Zusammenbruch, wie etwa die Kopie eines mit der Hand auf eine Schriftrolle geschriebenen Romans (aus der Zeit vor der Wiedereinführung von Handpressen) von der großen Tessa Brien – ein Teil ihrer Jacthar-Serie. Die *Locus*-Exemplare wechselten für einen feinen Schecken den Besitzer, und der Mann aus Alabama, der sein Reittier für die Hefte bot, war über den Tausch so glücklich, daß es ihm nach eigenem Bekunden nichts ausmachte, den langen Weg nach Haus zu Fuß zu gehen. Aber der Ace-Doppelband (Phil Dicks *Dr. Futurity*) wurde für einen dünnen Goldbarren ersteigert. Dann gab es das von der Solaris Press ausgerichtete Fest, wo Henri Guillaume, beschwipst vom Bostoner Apfelbranntwein, den Can-Can aufzuführen versuchte, was ihn uns allen herzlich sympathisch machte. Ein paar schnelle Skizzen wurden von diesem Auftritt gemacht, und am nächsten Morgen stand sogar ein Aquarell davon zum Tausch.

Und *Das Bankett,* mit gespicktem Hasenrücken, gefolgt von ...

Der Hugo-Preisverleihung: Die aus Buchenholz geschnitzten Raumschiffe für die besten, in den drei Jahren 2075 bis 2078 auf unserem Gebiet veröffentlichten Arbeiten. Den Preis für die beste Veröffentlichung in einer Fan-Zeitschrift erhielt Alice Turtle aus New Chicago für *Ruf der Wildnis;* den Preis für die beste Kurzgeschichte in einem der zweimal jährlich erscheinenden Magazine *Jupiter* und *Fantasy* gewann Harmony Friedlander für ihre vor vier Jahren in *Jupiter* erschienene Geschichte *Landung;* der lang erwartete Preis für den besten Roman schließlich ging an Bostons Ehrengast Jerry Meltzer (wie von allen bis auf Jeremy Symons erwartet), für sein raumumspannendes Opus *Wohin, Sternfahrer?*

Aber ich denke, daß es Jerry Meltzers Ansprache als Ehrengast war, deren Erinnerung mir am teuersten sein wird. Die Ansprache trug den Titel »Manche Dinge geschehen nicht«. Ich war von Anfang an gefesselt, neu gestärkt und fühlte mich in meinem Leben bestätigt.

Jerry nähert sich mittlerweile den Sechzig, was heutzutage, wo die durchschnittliche Lebenserwartung auf ungefähr vierzig abgesunken ist, ein Wunder darstellt. Er hat durch Erfrierung ein Ohr verloren und trägt zu allen Zeiten eine Mütze aus Waschbärfell, um die Verstümmelung zu verdecken. Er arbeitet als Flößer auf dem Missouri.

Er ließ seinen Blick über die vierhundert Gesichter wandern, die sich im vollen Zelt drängten, lächelte weise und zuversichtlich, dann ergriff er das Wort und sagte:

»Manche Dinge geschehen nicht. Manche Dinge nehmen an Wahrheit und Schönheit zu. Zu diesen gehört Science Fiction. Ich sage dies, weil Science Fiction eine Fiktion ist: Sie ist eine Hervorbringung, ein Schmieden der Legenden unseres Stammes und der besten Legenden der ganzen Menschheit. Nun, da Forschung und Erprobung aufgehört haben«, sagte er mit einem geringschätzigen Lächeln, »können wir unsere Wissenschaft und unsere Welten frisch und frei erfinden. Science Fiction litt schon immer unter dem unerfüllbaren Anspruch der Wissenschaftlichkeit, der Verarbeitung wissenschaftlicher Fakten, der ihr die Hände band und unter seine Knute zwang. Das ist jetzt vorbei – all diese verflixten Tatsachen über Quarks und Quasare und ich weiß nicht was! –, und es wird nichts mehr davon geben! Das alles ist jetzt Mythologie, liebe Freunde. SF hat zu sich selbst gefunden, und wir, die wir uns heute hier versammelt haben, wissen es. Freunde, wir sind wieder Homer und Lukian – weil Wissenschaft ein Mythos ist, und wir ihre Mythenschöpfer. Der Mars ist wieder unser, und Saturn und Alpha C – und der liebliche Mond. Wir können die großen Meister von ehedem in einem Licht lesen, das die armen Leute des ausgehenden zwanzigsten Jahrhunderts nicht kannten. Ich sage euch: Manche Dinge geschehen nicht. Ihre Schönheit nimmt zu. Jetzt können wir diese mythische Schönheit wilder und berauschender machen, und phantastischer denn je. Das ist die wahre Bedeutung meines Buches *Wohin, Sternfahrer?*«

Er sprach, bis der Organisationsausschuß die Walölfackeln im Zelt entzündete, und sprach dann noch eine Weile. Zuletzt wurde er auf den Schultern der Zuhörer hinaus auf die Wiese getragen, unter die Sterne. Und gerade da zog etwas, das einer der letzten toten Satelliten aus den alten Tagen gewesen sein mußte, wie ein großer Meteor über den Himmel und verglühte, als er über dem Atlantik niederstürzte, wo seine Reste viele Faden tief zur Ruhe gekommen sein mögen. Vielleicht war es nur eine gewöhnliche, wenn auch große Sternschnuppe, aber ich glaube es nicht. Und die anderen auch nicht. Vierhundert Stimmen bejubelten das Spektakel, und Jerry legte den Kopf in den Nacken und lachte.

Mit einer ausholenden Geste verschaffte er sich Gehör. »Meine Freunde«, rief er aus, »nun besitzen wir die Sterne wirklich. Anders wäre es uns nie gelungen. Tote Sonnen, tote Welten, alle miteinander, es sollte mich nicht wundern – ein totes Universum. Jetzt ist Sirius unser, und Canopus. Die dichten Sonnen des Milchstraßenzentrums sind alle unser. Alle!« Seine Hand griff zum Himmel, nach der Milchstraße, und wir brachen wieder in Beifallsrufe aus.

Zwei Tage später, nach vielen vielleicht unberechtigt zuversichtlichen Abschiedsworten – »Wir sehen uns dreiundachtzig wieder!« –, ging ich hinab zum Hafen von New Boston, zusammen mit meinem Landsmann Jerry, der etwas verkatert war und bisweilen noch ein wenig taumelte, um für nächste oder übernächste Woche eine Schiffspassage nach Liverpool zu bekommen. Ich würde meine Rückpassage allerdings nicht abarbeiten müssen. Ich hatte Lewiston mein Manuskript für ein Bündel Pelze überlassen, die auf unserer kalten Insel sehr gefragt sind.

In einem Jahr oder so werde ich mein Freiexemplar erhalten, handgedruckt in den charakteristischen fetten schwarzen Typen der Solaris Press, vielleicht anläßlich eines Schafauftriebs nach Norden über die Grenze. Wenn Lewiston die Veröffentlichung schnell genug betreibt und die Handelswege offen bleiben, wer weiß, vielleicht kann ich das Buch für 83 in die Ausscheidung bringen, die diesmal im Fischerdorf Santa Barbara stattfinden soll, weit jenseits der Ebenen und Wüsten und Gebirge.

Ob ich es schaffen kann, nach Santa Barbara zu kommen? Um die Wahrheit zu sagen, ich kann es kaum erwarten. Nach dem großen Erfolg der diesjährigen Convention werde ich in drei Jahren wieder das Schiffsdeck schrubben und Segel flicken – und ich werde mit diesen Postkutschen fahren, komme was da wolle.

Ich stieß Jeremy in die Rippen.

»Uns gehören die Sterne«, sagte ich. »Dir und mir.«

Sonnenstich

Der explodierende Glaskolben verätzte mir das Gesicht, und ich bin blind. Das war jetzt vor dreiundvierzig Tagen.

Arzt, heile dich selbst? Das könnte ich sicherlich, wenn wir eine Organbank an Bord hätten. Ich könnte aus dem flüssigen Stickstoff ein neues Augenpaar nehmen und aufwärmen und den Operationstisch programmieren. Aber zu Hause erwartete niemand, daß ich ganze Organe würde ersetzen müssen – sowenig wie man uns ein Ersatzteillager für unseren *Leierschwanz* mitgab. Die Fähigkeit zu Selbstreparatur ist in das Schiff eingebaut: Hilfssysteme, Fehleranalyse. Leider sind im menschlichen Körper keine Ersatzfunktionen für den Verlust des Augenlichts vorgesehen. Ich kann nicht durch die Fingerspitzen oder die Nase sehen.

Also bin ich blind.

Was mich überwältigt, ist Davids Angebot, mir eines seiner eigenen Augen zu geben. Oder zu leihen, wie er es ausdrückte. Aber ich kann sein Angebot nicht annehmen. David ist Planetologe; er muß die neue Welt in Tiefe sehen. Außerdem ist er als Pilot für den Hubschrauber vorgesehen, den wir an Bord haben.

Und die Sache mit dem Glaskolben war allein meine Schuld.

»Ich könnte gezwungen sein, Ihnen zu befehlen, ein Auge von ihm anzunehmen«, sagte Kapitän Neumann vor zwei Wochen, als wir die ersten guten teleskopischen Daten von den zwei größeren Gasriesen-Welten bekamen. »Ein blinder Arzt kann zwar mit Hilfe eines Assistenten arbeiten, aber es gibt immer Notfälle, wo der Augenschein des Arztes wesentlich ist, meinen Sie nicht?«

Ich schüttelte den Kopf.

»Die mikrobiologischen Arbeiten ...«

»Toni macht das gut genug. Ich werde David nicht eines seiner Augen herausreißen, weil ich einen dummen Fehler begangen habe.«

»Es war ein Unfall«, sagte Neumann sanft.

»Ein Fehler. Ich kann ein neues Augenpaar bekommen, wenn wir nach Haus kommen.«

»Aber Sie werden die Welten der Wega nicht gesehen haben. Sie bestrafen sich selbst.«

»Ich kann mir später Filme und Hologramme anschauen, so viel ich will.«

»Wird es das gleiche sein?«

»Es wird genügen müssen. Ich werde mich nicht aufführen wie diese häßliche Alte aus der griechischen Antike, die sich ein Auge borgte, um zu sehen, und einen Zahn, um zu essen!«

War ich womöglich schon ein Scheusal? Wie schlimm hatte die Explosion mein Gesicht verunstaltet? Meine Haut fühlte sich papieren an, uneben. Vielleicht war es das, was ich nicht sehen wollte ...

»Nun gut, Kyprianos«, sagte er förmlich. »Es ist Ihre Entscheidung.«

Aber meine Freunde sorgen schon dafür, daß ich etwas von der Aufregung unserer Ankunft im System Wega habe – als ob ich die Zeit andernfalls verdrießlich in meiner Kabine verbracht hätte!

Hier sind wir, einen Tag vor dem Eintritt in eine Umlaufbahn um den fünften Planeten.

»Es sieht immer besser aus«, sagt Davids Stimme in der Nähe. »Das ist zweifellos dichte Vegetation, was den ziegenförmigen Kontinent bedeckt. Die meisten Landmassen sind heute gut zu sehen. Wolkenwirbel halten sich hauptsächlich über den Ozeanen ... Hochdruckwetter dort unten.«

Ich versuche es mir vorzustellen.

Ein schöner Anblick ...

Wir haben bereits drei der Landmassen getauft. Die Namengebung wurde dabei von ihren Umrissen inspiriert: Die Ziege, der Nußknacker und die Krone. Den Planeten selbst wollen wir ›Krone‹ nennen, nach dem schmalen, mit spitzigen Halbinseln besetzten Kontinent, der den oberen Teil der nördlichen Hemisphäre unter dem Polarozean umgibt.

Die inneren Planeten heißen Topas, Rubin, Kamee und Saphir, dann, weiter draußen und jenseits eines Asteroidengürtels, sind die zwei Gasriesen Orb und Opal. Krone ist von der Sonne weiter entfernt als die Erde. Aber die Wega ist auch sehr viel heller als unsere Sonne. Für mich allerdings ist die Wega so schwarz wie der Rest des Universums.

Wir sind alle acht in der Zentrale: Neumann, David, Toni und Natascha, Witold, Sigrid und Hans (und ich). Ich glaube, daß wir alle da sind. Genau weiß ich es nicht.

Soll ich David ein Auge nehmen, um das Wunder einer bewohnbaren Welt zu erblicken?

O nein.

Nach einer Woche karthographischer Aufnahmen aus der Umlaufbahn landen wir auf dem Nußknacker getauften Kontinent, ungefähr auf sechzig Grad nördlicher Breite – trotzdem ist es recht warm.

Pflichtbewußt erzählen die anderen mir alles – und nichts.

Schirmbäume von violetter Farbe umgeben die Wiese aus rötlichem Pseudo-Pampasgras, auf die wir niedergegangen sind. Von Zeit zu Zeit sieht man hirschähnliche Geschöpfe herumspringen. Schwärme von Schmetterlingsvögeln kreisen und flattern kaleidoskopisch über der Lichtung ...

Aus der Umlaufbahn sahen sie keine Hinweise auf das Vorhandensein einer Zivilisation. Hier am Boden ist nichts von höheren Lebensformen an der Grenze zur Intelligenz festzustellen, jedenfalls nicht in der Reichweite unserer Forschungssonden. Also löst sich eine zweifelhafte Hoffnung in nichts auf; und mit ihr ein mögliches ethisches Problem.

»Wir haben eine Welt für uns«, sagt Toni.

Die Arbeit mit den Messungen und Probenentnahmen beginnt. Die ersten paar Tage tragen unsere Trupps volle Schutzanzüge, dann gehen sie auf Filtermasken über, und schließlich streckt Witold seine Nase in die Luft.

Drei Tage vergehen, und Witold ist weder erkrankt, noch hat er eine fremdartige Erkältung. (»Dafür ist es zu warm«, scherzt er.)

Draußen wird der Kuppelbau aufgeblasen.

Zehn Tage nach der Landung nimmt Sigrid meinen Arm, während die Hebeplattform am Rumpf abwärts gleitet. Als ob ich ein Krüppel wäre ... (Sie sagen ›Ob sie wohl möchte?‹ Und ›Wird sie etwas davon haben?‹ über mich, als ob ich nicht nur blind, sondern auch taubstumm wäre. Sie tun es unbewußt.)

Wie süß die Luft nach dem langen Aufenthalt in der künstlich gereinigten Bordatmosphäre duftet. Etwas streichelt mir zärtlich das narbige Gesicht: eine leichte Brise.

Bevor dies geschehen konnte, gab es jedoch einen unangenehmen, peinlichen Augenblick ...

»Seien Sie nicht albern«, hörte ich Neumann knurren.

»Was ist los? Was geht vor?«

»Es ist nichts, Mary.«

»Was ist es? Sie sollen keine Geheimnisse vor mir haben!«

»Es war mein Fehler«, sagte Hans. »Sehen Sie, wir tragen hier draußen alle Sonnenbrillen. Das Licht ist so grell, so blau ...« (Nein, ich sehe nicht.)

»Er wollte Ihnen eine Sonnenbrille geben«, erklärte Sigrid.

Ich tat es mit einem Lachen ab. Schließlich sollte dies mein erster Schritt auf unsere neue Welt sein; der feierliche Augenblick durfte nicht verdorben werden.

»Eine Sonnenbrille ist das letzte, was ich brauche, lieber Hans. Immerhin ist es gut zu wissen, daß ich nicht blind aussehe.«

»Die Sonnenbrillen helfen sowieso nicht viel«, sagte er unbehaglich. »Sie vermindern die Blendung ein wenig, aber das Licht ist immer noch verdammt grell.«

»Erste einheimische Industrie: dunklere Gläser für Sonnenbrillen.«

Sigrid drückte mir den Arm.

»Sie hätten Ihren Bikini mitbringen sollen, Mary!«

Mit anderen Worten, ich war zu nichts anderem als zum Sonnenbaden nutze? Nein, so meinte sie es ganz und gar nicht.

»Ich rate Ihnen allen, sich vor dieser Sonne in acht zu nehmen«, warnte ich sie. »Zuviel Sonnenbaden kann Hautkrebs verursachen.«

»Wir haben alle Vorbeugungsimpfungen bekommen«, sagte Toni einfältig. »Außerdem haben wir sowieso keine Zeit für Sonnenbäder ...«

Ich atme die Luft und lausche den Stimmen meiner Kollegen, während sie ihren Beschäftigungen nachgehen. Ich bleibe in der unmittelbaren Nachbarschaft der aufgeblasenen Zeltkuppel und mache mir meine Gedanken darüber, wie diese Welt wirklich aussieht. Und versuche, nicht zu weinen.

Die Tage scheinen kein Ende nehmen zu wollen, obwohl sie tatsächlich eine halbe Stunde kürzer als Erdentage sind. Vielleicht liegt es daran, daß es für mich nicht Tag noch Nacht gibt – nur eine lange Nacht.

Bin ich die einzige, die bemerkt ...

... daß mit all meinen Freunden etwas nicht stimmt?

Wie furchterregend die Vorstellung, allein zu wissen, daß eine seltsame Veränderung über sie kommt, und nicht feststellen zu können, was es ist, oder wie es vor sich geht!

Ich sitze mit gekreuzten Beinen in der Sonnenhitze, einen Sonnenhut auf dem Kopf, und streiche eine der buschigen Rispen des Pseudo-Pampasgrases.

»Wer ist da?«

»Ich bin's: Hans. Ich muß Ihnen was sagen, Mary. Die älteren Weganer leben noch immer hier.«

»Welche älteren Weganer? Diese Welt ist nicht unbewohnt? Der Hubschrauber ist hundert Kilometer weit geflogen, nicht wahr? Hat keine Anzeichen von Ruinen oder ähnlichem ausmachen können. Niemand hat etwas gemeldet.«

»Natürlich nicht. Ihre materielle Zivilisation endete vor langer Zeit, Mary. Sie gingen nicht zu anderen Welten hinaus, sondern in ihre eigene ein. In die Felsen und Wasserläufe, die Bäume und die Luft.«

Mich fröstelt.

»Sie sprechen zu mir. Ich höre sie im Wind. Die Weganer entkörperlichten sich, um Unsterblichkeit zu erlangen – bis ihre Sonne ausbrennt. Es ist leicht, das Fleisch abzulegen, Mary.«

Er berührt meinen Arm. Dann meine Brust. Er drückt mich, als ob ich eine aufblasbare Gummipuppe und meine Brustwarze ein Ventil wäre, die Luft herauszulassen.

»Lassen Sie das, Hans! Sie machen mir Angst. Sie tun mir weh.«

»Nichts braucht Ihnen weh zu tun, wenn Sie erst mit ihnen vereint sind. Sie sind weise.«

»Wenn das ein Scherz sein soll, dann ist es ein schlechter!«

»Ah, Sie können sie nicht hören ... Arme Mary. Hören Sie, was sie sagen: Hier ist eine mit Luft und Erde und Wasser gesegnete Welt, gesegnet auch mit Pflanzen und Bäumen und Tieren. Also muß sie zur Entstehung höherer Lebensformen geführt haben. Wo sind sie? Diese ökologische Nische ist unbesetzt. Ich werde Ihnen sagen, wo sie sind ...«

»Sie sind in Ihrem Kopf.« (Und du hast den Verstand verloren ...)

»Ja, richtig, das sind sie! So sprechen sie zu mir.«

»Gehen Sie weg, Hans! Lassen Sie mich allein! Ist jemand da? Hilfe!«

Hans geht fort, aber eine lange Zeit verstreicht, bis jemand anders auf meinen Ruf reagiert.

»Was hatte all das Geschrei zu bedeuten?«

Neumann hört sich gereizt an.

»Hans belästigte mich.«

»Und Sie belästigen mich. Sie stören meinen Gedankengang. Ich habe eine großartige Idee, Mary: darüber, wie das Universum wirklich begann. Verstehen Sie, es explodierte nicht aus einem kosmischen Ei, einer zusammengeballten, hochverdichteten Masse. Es hat sich seit Ewigkeiten einwärts zusammengezogen ... aber die raumzeitliche Metrik hat ein negatives Vorzeichen ...« Er fängt an, in mathematischen Begriffen zu reden, aber sie gleichen keiner Mathematik, die ich je gehört habe.

»Es baut sich wie eine Burg in meinem Kopf auf! Es ist ... Inspiration, ein Geniestreich! So muß Einstein empfunden haben. Sehen Sie, Gott ist hohl. Er ist konkav.«

»Haben die alten Weganer Ihnen auch ins Ohr geflüstert?«

»Wovon reden Sie?«

»Hans sagte ...«

»Verschonen Sie mich mit Hans! Ich spreche vom ganzen Universum!«

»Und Gott ist hohl: das ist Ihre Entdeckung?«

»Ich komme der Sache noch näher, Mary.«

Er wandert fort, und ich höre ihn murmeln: »Gott ist eine Höhle.«

Sigrid kommt.

»Worüber haben Sie mit Hans und Neumann gesprochen?«

Froh darüber, ein geneigtes Ohr zu finden, erzähle ich es ihr.

Sie zieht scharf den Atem ein.

»Sie erwarten doch nicht, daß ich das glaube? Die zwei reden hinter meinem Rücken über mich. Sind Sie auf ihrer Seite?«

»Ich bin auf niemandes Seite. Etwas stimmt nicht, Sigrid!«

»Das kann man wohl sagen. Ich nehme an, Sie werden mir jetzt erzählen wollen, daß Sie nicht sehen können, was vorgeht?«

»Das ist grausam und unnötig, Sigi. Was ist mit Ihnen geschehen? ... Sigi, sind Sie noch da?«

Nein, sie ist fort.

Ich orientiere mich nach der Hitze der Strahlung und tappe hinüber zum Kuppelzelt, verfehle es trotzdem beinahe. Zeit ist vergangen.

»David? Sind Sie drinnen?« Ich höre keines der gewohnten Arbeitsgeräusche.

»Ich lausche der Blauen Stimme, Mary«, sagt er ganz in meiner Nähe – aber sehr weit entfernt von dem David, den ich kannte. »Sie waren vor uns hier. Wir können sie nicht sehen, weil sie unsichtbar sind. Sie sind Energiewesen: Eine Lebensform, die sich von allem unterscheidet, was wir uns vorstellen können. Sie sind so liebevoll. Die Blaue Stimme liebt mich. Sie kitzelt meine

Nerven. Körperliche Vereinigung ist nichts dagegen ...«

»Sie sind krank. Sie haben einen Sonnenstich oder was – glauben Sie mir! Kommen Sie mit an Bord, und helfen Sie mir, dann mache ich eine Untersuchung. Bitte.«

»Nicht jetzt. Später, vielleicht.«

»Versprechen Sie es?«

»Wenn es dunkel wird.« Seine Lippen streifen meine Wange. »Das Fleisch ist traurig, leider.«

»Ich gehe an Bord und bereite alles vor. Ich werde auf Sie warten. Wie spät ist es jetzt?«

»Mein Gott, Mary, was bedeutet Zeit?«

Stimmen. Verfolgungswahn und abenteuerliche Spekulationen ...

Allesamt Symptome der Schizophrenie, nicht wahr? Es muß eine Art Virus sein, in der Luft, im Boden, im Wind ...

Ich setze mich an den Computer und stelle ihm Fragen über virale Psychosen. Glücklicherweise ist das Gerät neben Tastatur und Bildschirm mit verbaler Ein- und Ausgabe versehen. Ich suche Präzedenzfälle wie ein verzweifelter Anwalt, der für einen unmöglichen Fall nach einem Ausweg sucht.

»Keine Daten«, sagt der Computer.

Ich lasse mir die möglichen Behandlungsmethoden von Schizophrenie durchgeben. »Insulinschock«, schlägt der Computer vor.

O ja, ich sollte ausreichend Insulin synthetisieren, um die gesamte Mannschaft in ein tagelanges Koma zu versetzen, und genug Dextrose, um sie aus dem Schock zu erwecken.

Oder ich könnte es mit Elektroschocks versuchen. Oder ich könnte sie auch alle mit Chlorpromazin füttern.

Eine blinde Ärztin auf einer fremden Welt mit sieben

verrückten Patienten – das kann nicht ohne Schwierigkeiten abgehen!

Chlorpromazin? Nun, das ist vorrätig.

Sollte die Ursache aber ein Virus sein ...

Endlich kommt David. Vielleicht ist es inzwischen Mitternacht, ich weiß es nicht.

»Ich kann die Blaue Stimme jetzt nicht mehr so deutlich hören«, sagt er bekümmert. »Sie ist etwas schwächer geworden.«

»Wie spät ist es, David?«

»Keine Ahnung. S'ist schon eine Weile dunkel.«

»Können Sie mir eine Blutprobe überlassen, und etwas Urin?«

»Wenn es Ihnen was zu tun gibt.«

»Ja, es gibt mir was zu tun«, sage ich, sorgsam bemüht, die Bitterkeit aus meiner Stimme herauszuhalten.

Zuerst muß ich schlafen. Allein, eingesperrt in meine Kabine.

Die diagnostischen Geräte können keine Anzeichen von Virusinfektionen feststellen, meldet der Computer am Morgen. Wieder weiß ich nicht, wie spät es ist. Vielleicht ist der Vormittag schon zur Hälfte um?

Vielleicht würde ich die Dinge anders sehen, wenn ich mein Augenlicht hätte?

Vielleicht würde ich etwas sehen ...

Gott, denke ich, meine Blindheit ist der einzige Unterschied zwischen mir und all den anderen! Ich bin blind und bei klarem Verstand.

David schaut herein.

»Ich kann sie wieder gut hören. Danke.«

Glaubt er, ich sei gestern abend besorgt gewesen, weil die Stimme seiner weganischen Geliebten schwächer wurde?

»Es ist ein schöner Tag draußen. Möchten Sie einen Spaziergang machen? Ich führe Sie am Arm, keine Bange. Und seien Sie unbesorgt, die Blaue Stimme ist nicht eifersüchtig.«

»Tut mir leid, David, ich habe zu tun.«

»Na, auch gut. Ein andermal.«

Also scheint draußen die Sonne, und seine Stimme hat ihre volle Kraft wiedergefunden ...

Vielleicht gibt es tatsächlich unsichtbare Wesen hier, Energiewesen, die mit der Sonne um die Welt wandern. Ohne sie werden sie schwächer.

»Machen Sie's gut, David.«

Was nun?

Ich weise den Computer an, die chemischen Stoffwechselvorgänge im Gehirn schizophrener Patienten mit den Ergebnissen der Blut- und Urinuntersuchung von David Mercer in Beziehung zu setzen und mögliche Folgerungen aufzuzeigen. Kaum bin ich damit fertig, höre ich Schritte.

»Sind Sie es wieder, David?«

»Nein, Toni.«

»Toni, können Sie mir helfen?«

»Ihnen helfen? Ich verhelfe mir zu einer Waffe und zu einer vollständigen Zeltausrüstung.«

»Was ist geschehen?«

»Sigrid hatte es auf Hans abgesehen. Erwischte ihn mit einem Stein. Jetzt ist sie hinter mir her.«

»Ist Hans verletzt? Helfen Sie mir zu ihm!«

»Verletzt? Nein, er ist tot. Witold hat sich mit Sigrid zusammengetan. Neumann sitzt in der Zeltkuppel, aber mit ihm ist nichts anzufangen. Er ist vollauf damit beschäftigt, Gleichungen durchzurechnen. Nun, mich werden sie nicht kriegen. Ich verschwinde. Zeit für eine Wanderung!«

»Hören Sie, Toni! Ich möchte Ihnen eine Pille geben, daß Sie zur Ruhe kommen. Sie können nicht einfach in die Wildnis laufen. Ich werde das Ding gleich haben. Bitte nehmen Sie sie!«

Wo ist sie? Wo?

»Ich nehme keine verdammten Drogen. Sie stecken mit Sigrid unter einer Decke, nicht?«

»Natürlich nicht.«

Aber er ist schon zur Tür hinaus und räumt anderswo herum, wirft Gegenstände durcheinander.

Endlich finde ich eine Flasche, in der ich Chlorpromazin vermute.

»Wiedersehen«, ruft Toni von der Tür.

»Toni, bitte lesen Sie mir dieses Etikett vor.«

»Keine Zeit. Der Feind sammelt Kräfte. He, ihr Computer blinkt sie an. Das dumme Ding weiß nicht Bescheid.«

Und weg ist er; seine Schritte verhallen im Gang.

Ich lasse den Computer Meldung machen.

Ja, ich bin blind; und darum bin ich geistig gesund.

Auf einmal ist alles so offensichtlich.

Das Licht, das intensive, grelle Licht mit seinem eigentümlichen bläulichen Schimmer, den ich nicht gesehen habe, weil ich nicht sehen kann, ist die Ursache.

Tatsache Nummer eins: Kein Blinder ist schizophren.

Tatsache Nummer zwei: Der Spiegel der Fettsäure Prostaglandin E 1 ist in den Gehirnen schizophrener Patienten immer kritisch niedrig.

Tatsache Nummer drei: Das Hormon Melatonin, das in der Zirbeldrüse – dem alten ›dritten Auge‹ der Mystiker – erzeugt wird, steuert die Prostaglandinerzeugung im Gehirn. Die gute alte Zirbeldrüse! Es ist nichts Mystisches daran; sie ist der Vernunftmesser in jedem menschlichen Gehirn ...

Tatsache Nummer vier: Licht reduziert die Erzeugung von Melatonin ...

Aus alledem muß ich folgern, daß Wegas intensives, grelles Licht die Melatoninerzeugung auf Null reduziert ...

Infolgedessen werden die Leute verrückt. Es ist doch eine Art Sonnenstich.

Die Sonnenbrillen, die sie getragen haben, helfen nicht, also muß es etwas mit dem unirdisch bläulich weißen Licht und seiner Intensität zu tun haben. Die Wellenlängen gehen unbehindert durch die gefärbten Gläser. Die Leute brauchen spezielle Wega-Schutzbrillen.

Und vorher müssen sie eine längere Zeitspanne in völliger Dunkelheit zubringen – in meiner Art von Dunkelheit – um ihre Melatoninerzeugung wieder aufzubauen.

Wie lange müssen sie in Dunkelheit bleiben? Fünf Tage oder zehn? Ungefähr so lang, denke ich. Um sicherzugehen.

»Ist jemand da?« rufe ich von der Hebeplattform, als ich mich darauf stelle und absenken lasse. »Kommen Sie zu mir, bitte!«

Kommt und legt euch mit bandagierten Augen ein paar Tage bei abgeschaltetem Licht in eure Kojen ...

»Geben Sie acht, wohin Sie treten, Mary!« (Es ist Witold. Er ist gefährlich.)

»Ich hörte von dem Unfall – mit Hans.«

»Unfall? Nichts dergleichen! Es war Notwehr! Wir, Sigi und ich, lösen Neumann ab und übernehmen den Befehl, Mary. Neumann ist nutzlos und Hans war sein Busenfreund. Deutsche Landsleute, nicht war? Hans wollte uns alle herumkommandieren. Er sagte, er sei die Stimme. Des Kapitäns, nehme ich an. Wie auch immer, die Idee war, ihn einfach umzuhauen. Sigi kennt ihre eigene Kraft nicht. Jetzt ist uns diese Ratte Toni entwischt. Pasta fressendes Faschistenschwein.«

Ich habe eine Injektionsspritze in der Tasche, aber Witold ist ein bulliger Mann. Außerdem weiß ich nicht, wer mich in diesem Augenblick noch beobachtet.

»Wo ist David?«

»Woher soll ich das wissen?«

»Witold, finden Sie nicht, daß etwas sehr, sehr faul ist? Ich meine, wenn Sie vergleichen, wie es auf der Reise war, und wie wir uns jetzt benehmen?«

»Sicher war da eine Menge faul. Vor allem, daß diese Gruselfigur Neumann das Kommando hatte. Aber das ist eben Euro-Politik. Nun, jetzt sind wir weit von zu Hause. Wir können hier unsere eigene Politik machen. Und unsere eigene Welt. Sechs Personen sind dreimal soviel wie Adam und Eva.«

»Sie meinen, wir sind jetzt nur noch reines Zuchtmaterial?«

»Viel mehr können Sie nicht sein, nicht wahr?«

»Vielleicht haben Sie recht, Witold ... Vielleicht haben Sie doch recht. Nun, warum fangen wir nicht gleich an? Kommen Sie mit mir an Bord. Sigrid wird nicht eifersüchtig sein, denke ich.«

»Zum Teufel, ich habe das Sagen, nicht Sie.«

»Kommen Sie mit, Witold! Ich habe Sie immer ... bewundert.«

»In Ordnung. Warum nicht?«

Und wir fahren mit der Hebeplattform hinauf. Er hat mir den Arm um die Taille gelegt und fummelt an mir herum.

»Deine Kabine, oder meine?«

»Meine, Witold. Bitte.«

Er führt mich hin, in lustvoller Erwartung.

»He, hier ist's aber dunkel.«

»Ich ... ich tue es lieber im Dunkeln, weißt du.«

Seltsamerweise macht ihn die Logik dieser Bemerkung angesichts meiner Blindheit nicht stutzig. Vielleicht denkt er, ich schämte mich meines narbigen Gesichts.

Ich hoffe, er sieht die Spritze nicht, die ich in der Handfläche verberge. Nach der grellen Helligkeit draußen sollte er noch nicht viel sehen.

Während er mich befühlt, küsse ich ihn, um sicher zu sein, wo er genau steht.

»Du kannst einen Mann umhauen, Mary.«

O ja. In der Tat. Einer am Boden, fünf fehlen noch! Wenn ich nur das richtige Zeug in der Spritze habe.

Wenn es nur kein Stimulans ist.

Originaltitel: »Sunstroke«

Die tausend Schnitte

Das Restaurant *Petruschka* war ein weitläufiger, trübe beleuchteter Keller und ihr Tisch war als einziger besetzt. Auf den undeutlichen Wandmalereien krümmten sich Gestalten des russischen Balletts.

Als der Kellner die beschlagenen Wodkagläser ablud, bemerkte Don Kavanagh: »Ich habe nicht den Eindruck, daß russische Restaurants sehr beliebt sind.«

»Deshalb sind wir gekommen«, sagte Hugh Carpenter. »Da kriegt man immer einen Tisch.«

»Geben Sie nicht mir die Schuld«, sagte der Kellner. »Ich bin Londoner, geboren und aufgewachsen.«

»Vielleicht läßt sich ein guter Sketch daraus machen?« meinte Martha Vine, die die häßliche Schwester der Gruppe war. »Restaurants, die von den falschen Leuten betrieben werden? Wie ein Eskimo, der ein indisches Restaurant führt ... Oder, Augenblick, wie wär's mit einem Schlachthaus für Gemüse? Nein, ich hab's: Proteste gegen die Vivisektion von Gemüse! Rüben mit eingesteckten Elektroden. Artischocken, die gezwungen werden, vierzig am Tag zu rauchen.«

Hugh entließ die Idee und den Kellner mit derselben Kopfbewegung. Der ganze funkelnde Glanz ihrer Fernsehshow hing davon ab, die Nichtbeachtung des Offensichtlichen zu kultivieren.

»Nicht ganz verrückt genug, Liebling.« Er merkte auf. »Was war das?«

Don lauschte.

»Fehlzündungen.«

»So oft hintereinander?«

»Hört sich eher wie eine Schießerei an«, sagte Alison Samuels und schüttelte ihr makellos gebürstetes rotes Haar; sie war eine echte Schönheit – zu Marthas Verdruß.

»Also schießt jemand durch den Auspuff.« Hugh grinste triumphierend. »Okay, wo waren wir?«

Kurz darauf drangen splitternde und berstende Geräusche, der Schrei einer Frau und unverständliches Gebrüll aus dem Vestibül des *Petruschka* zu ihnen herab ...

»Das ist doch nicht einer deiner handgreiflichen Scherze, Hugh, oder?« fragte Martha ängstlich. »Ein Tonbandgerät oben? Ja?«

»Nein, ich habe verdammt nichts damit ...«

In diesem Augenblick drängten zwei stämmige Männer in Lederjacken die Treppe herab und stießen den Kellner, der aus dem Mund blutete, den Geschäftsführer und seine beige-blonde Empfangsdame vor sich her. Ein dritter, dünner Mann in einem Wettermantel blieb oben auf dem Treppenabsatz. Alle drei waren mit Maschinenpistolen bewaffnet.

»Bleiben Sie, wo Sie sind!« Der Bewaffnete sprach mit irischem Akzent. »Ihr drei, an einen Tisch und setzt euch!«

Der Geschäftsführer, der Kellner und die Empfangsdame gehorchten eilig.

Darauf folgte eine kurze Stille, die jedoch bald vom nahenden Winseln einer Polizeisirene unterbrochen wurde.

»Ich nehme an«, sagte Hugh vernehmlich, »daß wir alle Geiseln in einem weiteren verpfuschten Terroristenstreich sind?«

»Schnauze, da!«

Don murmelte aus dem Mundwinkel: »Scht! In den ersten paar Minuten wird man leicht ermordet. Dann beginnt Übereinstimmung zu entstehen. Einfach ... meditieren. Nichts tun.«

»Zen und die Kunst, eine Geisel zu sein, wie?« flüsterte Hugh zurück. Er saß still wie ein buddhistischer Mönch.

Draußen ertönte ein Polizeilautsprecher ...

»Kommen Sie nicht näher!« rief der dünne Mann. »Wir haben Geiseln hier! Wir bringen sie um!«

Lederjacke Nummer zwei rannte zur Küchentür, stieß sie auf ...

Hughs Zunge bewegte sich in ihrem Mund. Sein Finger fuhr die Rundung ihrer Hinterbacken nach. Er löste sich sofort von ihr. Er war nackt, ebenso wie Alison. Sie waren auf dem Bett in seiner Wohnung in Chelsea. Draußen schien die Junisonne.

Alison blickte ihn mit großen Augen an.

»Aber«, brachte sie hervor.

»Aber wir waren im *Petruschka,* Alison ... Ich meine, berichtige mich, wenn ich verrückt bin, aber ich wußte nicht, daß ich unter Anfällen von Amnesie leide! Ich meine ... wie, zum Teufel, sind wir hierher gekommen? Du kannst es mir doch sagen, oder?«

»Hugh, ich ... ich kann dir nichts sagen. Wir waren im Restaurant. Diese IRA-Männer sind ... wenigstens nehme ich an, daß es solche waren. Aber wir, wieso sind wir auf einmal hier?«

Hugh setzte sich auf. Benommen starrte er auf eine Zeitung, die auf dem gelben Plüschteppich lag.

Die Schlagzeile lautete: PETRUSCHKA-GEISELNAHME ENDET UNBLUTIG.

Er las den Bericht, verstand ihn kaum. Aber er verstand die begleitende Fotografie, denn sie zeigte ihn selbst, mit dem Arm um Alisons Schultern, beide lachend und winkend.

»Sieh dir das Datum an! Vom *neunten* Juni. Das ist eine Zeitung von nächster Woche.«

»Also sind wir in der Mitte der nächsten Woche.« Alison begann hysterisch zu lachen, dann gab sie sich mit vorsätzlicher Ironie selbst eine Ohrfeige. »Ich muß mich an diesen Kniff erinnern, wenn ich nächstes Mal beim

Zahnarzt bin ... Warum können wir uns an nichts erinnern?«

»Ich wünschte, ich könnte mich erinnern, wie wir es gemacht haben.«

Alison suchte ihre verstreuten Kleider zusammen und zog sich an.

»Ich wollte schon immer mit dir ins Bett«, fuhr Hugh fort. »Es war eine meiner großen Ambitionen. Ist es immer noch! Wir müssen unsere Freiheit gefeiert haben. Unsere Freilassung. Nicht wahr?«

Im Begriff, sich das Unterhemd überzuziehen, hielt er plötzlich inne. »Gas!« rief er. »Das ist es. Sie müssen irgendein neues psycho-chemisches Gas eingesetzt haben, um alle bewußtlos zu machen oder zu verwirren. Dies ist eine Nebenwirkung.«

Er studierte den Zeitungsartikel mit größerer Sorgfalt. »Da steht nichts von Gas. Da steht, die Polizei habe die Geiselnehmer durch Überredung zur Aufgabe veranlaßt. Na, man kann die Presse ein wenig unter Druck setzen ... nein, diese Sache war allzu öffentlich. Die Geschichte muß stimmen, wie sie hier geschrieben steht.«

Sein Telefon läutete.

Hugh eilte nackt ins Nebenzimmer, um den Anruf entgegenzunehmen.

Als er zurückkam, saß Alison am Toilettentisch und konzentrierte sich auf das Flechten ihres Zopfes. Er sah, wie sie zitterte. Der Schock. Er selbst fühlte sich wie ausgehöhlt und hatte eine Gänsehaut, obwohl es warm war.

»Das war Don. Er ... er reagierte sehr vernünftig, für einen Clown. Er ist in der gleichen Lage wie wir. Aber auch Sarah. Sarah ist seine Frau.«

»Mir ist bekannt, daß Sarah seine Frau ist.«

»Dann versuchte ich Martha anzurufen. Aber ich

komme nicht durch. Plötzlich sind alle Leitungen blokkiert. Ich versuchte, die Polizei anzurufen. Ich versuchte sogar, die verdammte Uhrzeit zu erfahren. Nicht durchzukommen. Alle rufen an, um zu erfahren, wie spät es ist. Es betrifft nicht bloß uns, Alison. Es hat nichts Spezifisches mit dem *Petruschka* zu tun. Es betrifft alle.«

»Wo ist dein Radio? Schalt es ein!«

»In der Küche.« Hugh floh, noch immer nackt, und sie folgte seinem bebenden Hinterteil.

Eine Punkrock-Gruppe heulte:

»... sie bomben eure Bäuche!
sie bomben eure Birnen!
sie bomben eure Backen!«

Die Nummer wurde ausgeblendet.

Der Discjockey sagte: »Das also war das Neueste von den Weasels. Ganz schön heiß, nicht? Wie radio-aktiv ... und das soll ein Radio schließlich sein: aktiv. Also machen wir gleich weiter, obwohl ich genauso verwirrt bin wie Sie alle. Sie, Sie alle draußen im Land werden es genauso gespürt haben wie wir: Keiner von uns hier im Studio hat eine Ahnung, wie wir heute hierher gekommen sind, oder wie es kommt, daß Heute ist. Aber wenn Ihnen allen so zumute ist wie mir, habe ich einen guten Rat für Sie: Bleiben Sie ruhig und machen Sie weiter. Halten Sie den Verkehr in Bewegung. Kochen Sie das Mittagessen, Mutter Jones, und lassen Sie nichts anbrennen – die Kinder werden bald nach Hause kommen. Und nun, um Ihnen allen zu helfen, kommt eine Nummer von einer alten Gruppe, Traffic: ›In einer chinesischen Nudelfabrik ...‹«

Hugh drehte über die Skala. Ein Sender hatte einfach ausgeschaltet; andere strahlten nur Musik aus.

»Versuch's mit der Langwelle«, drängte Alison. »Auslandssender.«

Als er eine französisch geschnatterte Wortsendung aus Kairo empfing, wurde ihm trotz seines eingerosteten Französisch bald klar, daß, was immer geschehen sein mochte, möglicherweise ein weltweites Phänomen war.

Und im Laufe des Juni, des Juli und des August wiederholte sich das Ereignis ein Dutzend Male. Keine der späteren »Unterbrechungen« aber dauerte so lang wie die erste gedauert hatte. Einige verschlangen zwei oder drei Tage, andere nur wenige Stunden. Aber nichts deutete darauf hin, daß sie abklangen.

Noch gab es keine vernünftige Erklärung.

Und niemand konnte sich an die wiederholten, willkürlichen Unterbrechungen des Lebensablaufs gewöhnen.

Denn es war nicht einfach wie eine Ohnmacht oder das Einschlafen. Wenn die Bewußtheit wiederkehrte – und wer konnte versprechen, daß sie es nächstesmal tun würde? –, zeigte sich, daß alle Aktivitäten der Welt wie gewöhnlich ihren Fortgang genommen hatten. Linienmaschinen waren zwischen London und New York hin- und hergeflogen, Verträge waren unterzeichnet, Kinder zur Welt gebracht worden. Zeitungen waren erschienen – und endlich war der Ruf der Zeitungsverkäufer: »Lesen Sie alles darüber!« buchstäblich wahr, denn wie anders konnte man in Erfahrung bringen, was geschehen war? Eine Frau konnte sich im Polizeigewahrsam wiederfinden; aber die Polizei würde erst ihre Unterlagen durchforschen müssen, bevor sie ihr die Neuigkeit mitteilen konnte, daß sie beispielsweise ihren Mann ermordet hatte – was seltsame neue Fragen nach Schuld und Unschuld aufwarf ...

Beunruhigend war es wahrhaftig, sich jählings am Steuer eines Großraumflugzeugs zu befinden, das zur Landung auf einem unbekannten Flughafen ansetzte, oder nach einer rätselhaften Operation in einem Krankenhausbett zu liegen, oder eine Straße entlang zu rennen, als säße einem der Teufel im Nacken ... aber aus welchem Grund?

»Angenommen, wir kommen mitten in einem Atomkrieg zu uns, und alle Sirenen heulen?« fragte Martha. »Ich ertrage es nicht. Es macht mich wahnsinnig.« Sie schenkte sich ein weiteres Glas Gin ein.

»Es macht alle verrückt«, sagte Don. Sie waren in Hughs Wohnung. »Es ist wie diese alte chinesische Folter.«

»Die Wasserfolter, bei der es einem auf den Kopf tropft, bis man wahnsinnig wird?«

»Nein, ich meine den Tod der tausend Schnitte. Ich habe mich immer gefragt, ob die armen Opfer am Blutverlust starben. Aber der Tod mußte vom akkumulierten Schock eingetreten sein. Ein schmerzhafter Schock nach dem anderen. Einen kann man überleben. Ein Dutzend kann man überleben. Aber tausend? Niemals! Das wird jetzt der menschlichen Rasse verabreicht. Dies ist das Leben der tausend Schnitte.«

»Großer Gott«, sagte Hugh, »ein wahres Wort.« Er rieb sich munter die Hände. »*Schnitte:* das ist brillant.«

»Es bedeutet, daß wir wie Roboter sind«, fuhr Don fort, ohne ihn zu beachten. »Wir benötigen keine Erkenntnis, keine höhere Bewußtheit. Ein Vogel hat sie auch nicht, aber das hindert ihn nicht daran, zu balzen und Junge aufzuziehen und nach Afrika zu fliegen, wenn es Herbst wird. Tatsächlich hilft es sogar. Keine Schwalbe mit höherer Erkenntnisfähigkeit würde sich die Mühe machen, jedes Jahr hinunter bis Südafrika und zurück zu fliegen.«

»Soll das heißen, daß wir zuviel Erkenntnis oder höheres Bewußtsein entwickelt haben, und daß dies eine Sackgasse ist?« fragte Alison.

»Und nun werden wir wieder zu Robotern, und alles

wird viel glatter funktionieren. Bloß werden wir es nicht wissen. So wenig wie ein Sperling oder eine Maus weiß, was außerhalb ihrer momentanen Aufmerksamkeitsspanne geschieht. Sie sind einfach, leben aus dem Augenblick. Martha, du erwähntest einen Atomkrieg. Ist dir nicht aufgefallen, wie reibungslos die Abrüstungsverhandlungen auf einmal vor sich gehen?«

»Das liegt daran, daß beide Seiten mehr denn je ein zufälliges Auslösen der Katastrophe fürchten.«

»Nein. Ich habe das überprüft. Alle bedeutsamen Fortschritte sind während der Unterbrechungen geschehen.« Don schmunzelte. »Durchbrüche während der Unterbrechungen! Und vergessen wir auch dies nicht: die *Petruschka*-Geiselnahme endete unblutig – während einer Unterbrechung.«

»Während eines Schnittes«, berichtigte Hugh.

»Die *Petruschka*-Belagerung hätte sehr leicht in einer blutigen Schießerei enden können, mit der Erstürmung des Restaurants. Aber so geschah es nicht. Mir ist gleich, wie blutrünstig unsere Terroristen gesonnen waren, oder die Behörden.«

Er fuhr seinen roten Metro den höhergelegten Abschnitt der Autobahn nach London-Mitte entlang. Es herrschte dichter, schneller Verkehr. Im Rückspiegel sah er, wie ein weißer Volkswagen einen Lastzug überholen wollte. Der Anhänger des Lastzuges schlenkerte bei der hohen Fahrt hin und her, erfaßte den Volkswagen und geriet selbst ins Schleudern. Der Triebwagen versuchte zu bremsen, stellte sich quer, und der nachfolgende Verkehr krachte in die Karambolage. Ein Feuerball explodierenden Benzins stieg auf.

»Mein Gott!« Don warf einen schnellen Blick auf die Kalenderuhr, die er sich nach der ersten Unterbrechung zugelegt hatte, ehe sie ausverkauft waren. »Zwei Tage, diesmal.«

Alison saß neben ihm, Hugh auf dem Rücksitz. Von Martha keine Spur. Er hoffte, daß sie noch lebte.

»Um Himmels willen, nimm die nächste Ausfahrt!« bat Alison. »Es ist eine Todesfalle.«

»Eher eine durchgehende Rinderherde! Warum fahren die Idioten nicht langsamer?«

Irgendwie erreichte Don sicher die nächste Ausfahrt. Auf der Rampe drängten sich die Fahrzeuge. Ein Hupkonzert plärrte. Kotflügel und Stoßstangen kratzten und krachten.

»Wir dürfen nicht vergessen, worüber wir sprachen«, erinnerte ihn Hugh vom Rücksitz. »Das Leben der tausend Schnitte.«

»Für den Lack meines Wagens ist dies der Tag der tausend Kratzer ...«

»Laß uns bei der nächsten Kneipe halten, Don. Wir müssen reden, bevor wir den Faden verlieren.«

»Also, was die Schnitte betrifft«, sagte Hugh, einen doppelten Glenfiddich in den Fingern.

Die Bar des *Duke of Kent* war umlagert, aber es ging bemerkenswert gedämpft zu, als die Gäste darauf warteten, daß die Füllmusik am Radio aufhöre und die erste hastig gesammelte Nachrichtensendung an ihre Stelle trete. Viele Leute tranken nichts, sondern warteten bloß.

»Du erwähntest den Tod der tausend Schnitte, und natürlich waren das Schnitte mit einem Messer ins Fleisch. Aber was verstehen wir unter Schnitten?«

»Einen Film«, sagte Alison. »Die Schnitte zum Szenenwechsel.«

»Gutes Mädchen!«

»Ich bin kein Mädchen. Mädchen sind zwölf Jahre alt, oder weniger.«

»Okay – entschuldige!«

»Deshalb wollte ich früher nie mit dir schlafen.«

»Okay, okay, ich werfe mich dir zu Füßen. Nun, das genau ist es: das Schneiden eines Films – die Schnitte von einer Szene zur nächsten. Man braucht nicht zu sehen, wie die Darsteller die ganze Strecke von A nach B fahren. Sie fahren ab, dann kommen sie an. Andernfalls würde ein Film so lang wie das wirkliche Leben dauern – oder der Regisseur müßte Andy Warhol sein.«

»Solange ein wirkliches Leben zu dauern pflegte ...«

»Ganz recht. Und wie, wenn die Wirklichkeit selbst eine Art Film wäre? Ein Jahrtausende langer Warhol-Film mit einer Besetzung von Milliarden? Angenommen: Wie die Holographie sich zur zweidimensionalen Fotografie verhält, so verhält sich die ... Solidographie zur Holographie. Angenommen, die Welt wird projiziert. Das Leben ist ein solider Film – von Materie, nicht von Licht. Wir sind eine Einsendung im Cannes-Filmfestival des Universums. Aber ...« Er machte eine nachdrückliche Pause und blickte von einem zum anderen.

»... Aber sind wir das vollendete Meisterwerk? Oder sind wir die Abfälle unter dem Schneidetisch der Realität? Weil wir plötzlich unser eigenes Gefühl von Kontinuität eingebüßt haben. Zwei Tage Ausfall. Drei Tage Ausfall.«

Im Radio verstummte Elgars elegische Musik.

»Sssst!« zischte ein Raum voller Schlangen.

»... ist der Nachrichtendienst der BBC, am Mikrofon Robin Johnson. Das Datum ist der erste September, die Uhrzeit dreizehn Uhr fünfundzwanzig. Die letzte Unterbrechung dauerte ungefähr fünfzig Stunden. Bei den Abrüstungsgesprächen in Helsinki wurde vorläufige Einigung über die Reduktion der ...«

»Komm schon, das können wir alles später lesen.«

Aber Don schaltete die Zündung des Metro noch nicht ein.

»Würde es den natürlichen Fluß dieses Films nicht stören, wenn alle Darsteller plötzlich merkten, daß ihr Leben bloß eine Fiktion ist?« fragte er.

»Vielleicht ... vielleicht ist es eine sehr subtile künstlerische Note? Vielleicht hat sich der Regisseur plötzlich für experimentelles Kino entschieden? Vorher hat er einen realistischen Film gemacht. Aber jetzt ist er auf die Techniken der Neuen Welle umgestiegen: Meta-Film, wie ein französischer Regisseur.«

»Ich sage noch immer, daß wir alle in Wirklichkeit lebende Roboter sind. Nur wußten wir es vorher nicht. Jetzt wissen wir es.«

»Aber das ist keine Abnahme von Erkenntnis«, erklärte Alison. »Das ist ein Zuwachs.«

»Es ist eine verdammte Abnahme unserer Kenntnis dessen, was in der Welt vor sich geht. Die wichtigen Ereignisse finden alle hinter der Bühne statt. Hinter jedermanns Bühne. Seht euch diesen Fortschritt in den Rüstungsgesprächen an!«

»Vielleicht«, meinte Alison, »hat Gott beschlossen, die Wirklichkeit zusammenzuschneiden, und etwas Gescheites daraus zu machen? Weil es nicht funktionierte. Der Weltfilm wurde ausgebombt, buchstäblich. Wir sind in einer Neuinszenierung des Weltfilms.«

»Vielleicht sind diese Unterbrechungen für Werbespots bestimmt?« neckte Hugh sie. »Bloß können wir sie sowenig sehen wie die Darsteller in einem Film die Werbeeinblendungen sehen können!«

»Dummes Zeug! Wenn du eine Werbeeinblendung hast, hört der Film einfach auf. Dann fängt er an derselben Stelle wieder an.«

»In diesem Fall hast du recht: Jemand oder etwas muß die Wirklichkeit redigieren.«

»Wie könnte ich dazu ›ja‹ sagen? Aber ich kann auch nicht ›nein‹ sagen. Die Wirklichkeit hat, weiß Gott, eine Bearbeitung nötig.«

Ein Krankenwagen winselte vorbei, brachte jemanden von der Massenkarambolage auf der Autobahn ins Krankenhaus. Ein Streifenwagen mit blinkendem Blaulicht raste in die Gegenrichtung.

»Es sind die tausend Schnitte«, sagte Don. »Und sie werden uns durch Streß verrückt machen. Wie Ratten in einem elektrifizierten Labyrinth. Unser Bewußtsein wird katatonisch. Wir werden eine Menschheit von mechanisch und perspektivlos unseren Verrichtungen nachgehenden Herdentieren sein – eine auf den Autopiloten geschaltete Welt. Wie die Vögel und die Bienen.«

Er ließ den Motor an. Als er vom Parkplatz des *Duke of Kent* fuhr, bog er nach links, weil es einfacher war, bevor ihm einfiel, daß er keine Ahnung hatte, wohin sie vorher gefahren waren. Er verlangsamte, um einen weiteren Krankenwagen vorbeizulassen.

Und plötzlich fing Hugh an zu lachen.

»Ich hab's! Seht ihr nicht: Wir haben eine Möglichkeit, meine Idee zu testen. Wir mögen sogar eine Chance haben, mit dem Regisseur selbst Verbindung aufzunehmen. Paß auf! Wir werden eine besondere Show veranstalten. Keine Sorge, wir werden das rasch hinter uns bringen – und wir werden eine Menge Publizität dafür bekommen! Wir werden eine Show über das Redigieren der Wirklichkeit machen. Wir werden einen Film im Film machen, einen Film über diesen Film. Ich werde der Moral neuen Auftrieb geben! Das ganze Land wird darüber lachen, was mit uns geschieht. Land? Nein, mit einer Show wie dieser werden wir überall Erfolg haben: Amerika, Europa, Asien. Und wir werden es schaffen, meine Herzchen. Das wird die Menschheit während der tausend Schnitte bei klarem Verstand halten. Die Regierungen werden das Projekt unterstützen!«

Alison klatschte in die Hände.

»Danke!«

»Solange wir nicht abgeschnitten werden«, sagte Don.

»Wenn wir abgeschnitten werden, alter Knabe, werden wir trotzdem mit Volldampf weitermachen. Wir können es hinterher alles auf Videoband sehen. Dreh um, Don! Wir fahren zurück zu meiner Wohnung, um die ganze Sache auszutüfteln. Und wir müssen Martha zu fassen kriegen. Wenn jemand die Wirklichkeit redigiert, dann will ich dabei sein. Wir werden es denen zeigen ... ja, ich hab's! Der Titel wird lauten: *Wie der Film ›Wirklichkeit‹ gemacht wird.*«

»Meinst du nicht, daß es eher ein Remake ist?«

»Ja, ja, richtig! Ganz recht, Liebes. *Das Remake des Films ›Wirklichkeit‹* – das ist es! Ich gestehe meinen Fehler ein.

»Das tun wir alle, Hugh, wenn du recht hast. Das tun wir alle.«

»Was tun wir?«

»Unseren Fehler eingestehen.«

Zwei Wochen später legte Hugh einen Hörer auf.

»Nun, ich weiß nicht genau, was ich in den vergangenen vier Tagen getan habe, aber ich muß mir den Arsch aufgerissen haben, wie unsere amerikanischen Freunde es so anschaulich ausdrücken. Unsere Show hat grünes Licht für den vierten Oktober bekommen, gleich nach den Neun Uhr-Nachrichten. Sie verschieben uns zuliebe *Vom Winde verweht* um eine halbe Stunde!«

»Große Sache«, sagte Don. »Jeder muß *Vom Winde verweht* mindestens schon zweimal gesehen haben.«

Hugh drohte ihm mit dem Finger.

»Schon möglich, aber sie wollen, daß jeder es auswendig lernt, verstehst du. Also handelt es sich wirklich um eine größere Programmentscheidung. Aber das ist noch nicht alles: Sieben europäische Länder übernehmen das Programm im Original mit Untertiteln – und zwei größere Sendernetze in den Staaten bringen uns am selben Abend, nach ihrer Zeit. Australien und Japan folgen am nächsten Tag. Aber die unglaublichste Neuigkeit habe ich mir bis zuletzt aufgehoben: Rußland wird die Show ebenfalls ausstrahlen – vorbehaltlich der Inhaltsanalyse.«

Martha nieste. Sie hatte sich erkältet, wußte aber nicht, wo oder wie.

»Das sollte kein Problem sein. Die Sowjets haben schon immer über Gott gelacht.«

»Gut, also wo waren wir stehengeblieben, Don?«

»Ich habe diesen Berg von Notizen durchgesehen. Gott, es ist, als erbtest du ein Vermögen von einem Onkel, der dir unbekannt war. Ich werde dieses Zeug mit Martha in eine Form bringen, dann können wir auf Videoband üben. Donnerstag. Sehen, was läuft, und was nicht läuft.«

»Könnten wir bitte für einen Moment das Radio einschalten?« fragte Alison.

»Warum? Ach so ... um zu sehen, was in der *realen* Welt geschehen ist?« Hugh grinste breit. »Warum nicht? Vielleicht fallen dabei noch ein paar Ideen für uns ab.«

Sie holte das Radio und stellte es auf die Hausbar.

»... Helsinki. Dieses Abkommen stellt einen bedeutenden Fortschritt in der Verringerung internationaler Spannungen dar ...«

»Wie in aller Welt kann ein Fortschritt etwas ›verringern‹?«

»Du solltest dich bei meinem Verleger melden«, versetzte Don.

»... erste echte Reduktion in Waffensystemen, mit Inspektions- und Kontrollmöglichkeiten durch neutrale Beobachter aus der Dritten Welt. Die eigentliche Verschrottung der ...«

»Es scheint, daß nicht einmal Gott über Nacht Wunder wirken kann«, schnupfte Martha.

»Ach was, sagte Alison. »Sie haben alle Angst, was während einer der unkontrollierbaren Unterbrechungen passieren könnte. Oder kurz nach einer, wenn alle verwirrt sind.«

»... gemeldet wurde, geht die Zahl der Verletzten im Anschluß auf die jüngste Unterbrechung bereits in die Tausende. Eine Katastrophe ereignete sich auf dem Flughafen Heathrow, wo ...«

»Seht ihr? Da braucht ein armer Teufel bloß auf den falschen Knopf zu drücken. Und – *bumm.* Wenn das ein Beispiel göttlichen Eingreifens ist, dann haben wir es mit dem hemdsärmeligsten Wunder zu tun, von dem ich je gehört habe.«

»Wenn du einen Film schneidest, Liebes«, sagte Hugh, »verschwendest du eine Menge guten Materials für den Film als Ganzes.«

»Das hört sich an, als ob du insgeheim bewundertest, was vorgeht«, sagte Don. »All dies blutige Schneiden unserer Leben.«

Hugh schenkte sich einen Brandy ein und spritzte etwas (aber nicht viel) Soda ins Glas.

»Nein, es ist lächerlich und gefährlich, und es ist zerstörerisch. Aber wir müssen darüber lachen, um es in die richtige Perspektive zu bekommen – und ja, um unsere Würde und unseren freien Willen zu bewahren. Es ist eine verrückte Welt, und sie hat sich als noch verrückter erwiesen, als ein Mensch sich vorstellen konnte. Nun, meiner bescheidenen Meinung nach ist die Tragödie nicht der Höhepunkt menschlicher Kunst. Es ist die Satire.« Er nickte höhnisch zur Decke hinauf. »Und von einem Taschenspieler zu anderen gesprochen: Ich möchte, der Regisseur dieser großen Show vom Leben bemerkt, daß ich ihm auf die Schliche gekommen bin. Ich habe entdeckt, daß die Wirklichkeit bloß ein Film ist – und ich kann immer noch lachen und bei Verstand bleiben.«

»... sind durch die stark angewachsene Nachfrage nach Librium und Valium vollkommen überfordert ...«

»Ich lache, darum bin ich. Vögel lachen nicht. Rindviecher lachen nicht. Das ist der Unterschied. Nun, laßt uns alles daran setzen, daß die Leute sich totlachen. Sie haben es verdient.«

Das Remake des Films ›*Wirklichkeit*‹ wurde an den Nachmittagen des ersten und zweiten Oktober aufgezeichnet – mit Hugh Carpenter in der Rolle des Kosmischen Regisseurs, und der schönen Alison als seiner Drehbuch-Person. Am dritten Oktober wurden die letzten Schnitte gemacht und die Endfassung fertiggestellt.

Es war nach der Meinung aller Beteiligten die scharfsinnigste, boshafteste und lustigste halbe Stunde, die es in der Geschichte des Fernsehens je gegeben hatte.

Echte Tränen auf den Wangen, wandte Hugh sich vom Fernsehmonitor ab, um den Technikern zuzuwinken. Peter Rolfe, der die Show produziert hatte, schüttelte ihm die Hand und schlug ihn auf den Rücken, dann umarmte er Alison und küßte sie. Nach kurzem Zögern küßte er auch Martha. Obwohl die Show aufgezeichnet worden war, hatten alle Beteiligten beschlossen, der Ausstrahlung beizuwohnen.

Hugh öffnete eine der Champagnerflaschen, die er mitgebracht hatte.

»Jetzt geht sie hinaus, nach Manchester und München, nach Tulsa und Tel Aviv! Nach Alpha Centauri und allen Punkten östlich, wenn dort draußen jemand ist! Und wir müssen sie auch sehen. Prost!«

Nicht lange, und Rolfes Telefon blinkte um seine Aufmerksamkeit.

»Ja? Tatsächlich? Großartig! Hugh! Die Telefonzentrale ist vollkommen blockiert. Die Zuschauer sind außer Rand und Band. Sie haben sie daran gehindert, sich morgen vor einen Bus zu werfen. Sie haben sie daran gehindert, heute abend eine Überdosis zu nehmen. Sie haben den ersten wirklichen Sinn in dieses gräßliche Durcheinander gebracht. Sie haben das Leben wieder lustig gemacht – obwohl es ein von einem Idioten gemachter Film ist, voller Schnitte und Zusammenstückelungen, was ...«

»Wie, überhaupt keine negativen Reaktionen?« unterbrach Don.

»Ach, natürlich gibt es ein paar Proteste der Blasphemie-Brigade. Aber mein lieber Freund, das mußten Sie erwartet haben.«

»Richtig. Ich freue mich darauf. Die negativen Reaktionen sind so komisch.«

»Diesmal nicht, alter Knabe. Überall herrscht tief empfundene Dankbarkeit. Das ganze Land lacht sich kaputt.«

»Ist Ihnen klar«, fragte Rolfe, als er einen Tag später in seinem Haus in Hampstead den Erfolg mit einem Abendempfang feierte, »daß dies eine Sternstunde für das Fernsehen war? In den vergangenen vierundzwanzig Stunden müssen Sie weltweit Einschaltquoten von ungeahnter Höhe erreicht haben. Schätzungsweise hat eine halbe Milliarde Menschen die Sendung gesehen. Die Sowjets, die nicht an Einschaltquoten glauben, nicht mitgerechnet.«

Der Teppich war bedeckt mit Telegrammen. Rolfe ging raschelnd durch das papierene Laub, drückte Alison einen weiteren Whisky mit Wasser in die Hand und küßte sie noch einmal, während er überlegte, wie lange er den Vorwand ihrer beiderseitigen Euphorie noch würde ausnutzen können.

»Du hast die Mondlandung wahrscheinlich übertroffen«, rief er Hugh zu.

Beschwipste Leute lagen und saßen am Boden, sahen eine Wiederholung der Sendung und prusteten und wieherten bei den Höhepunkten. Es waren fast nur Höhepunkte.

»Salud!« prostete er. »Die ganze Welt muß heute abend lachen!«

»Verdammt!« murrte Don. Er blickte auf das Hinweisschild. »Petworth, eine halbe Meile ... Wir müssen unterwegs zum Wochenendhaus sein.«

Hugh saß angespannt neben ihm auf dem Beifahrersitz, Martha und Alison hinter ihnen. Und Sarah (»Hallo, Liebling«), ein orangefarbenes Kopftuch fest um ihre schwarzen Locken gezogen – für ihre Verhältnisse eine bemerkenswerte Improvisation anläßlich eines Wochenendes mit Freunden.

Die Treibstoffanzeige stand auf Null ... Wie unheimlich; er sorgte immer dafür, daß der Tank gefüllt war.

Verlangsamend – und wirklich, er war zu schnell gefahren, beinahe hundert auf dieser schmalen Landstraße –, bewunderte er die Bäume im letzten goldenen und rötlichen Widerschein auf ihrem Laub.

Auch Hugh entspannte sich.

Und dann blickte Don auf die Armbanduhr. Es war überhaupt nicht das Wochenende; es war Wochenmitte.

»Großer Gott, es ist der zwanzigste Oktober. Das war die bisher längste Unterbrechung. Am fünften waren wir bei Rolfe in Hampstead. Das ist eine Lücke von zwei vollen Wochen.«

»Ich hab das Radio hier«, sagte Sarah.

Die Füllmusik war Beethovens Achte. Sie spielte jubilierend weiter und weiter. Beethovens am meisten mozartische Sinfonie, dachte Don.

»Es gibt eine Menge nachzuholen«, bemerkte Hugh müßig.

Aber endlich verstummte die Musik doch.

»... und am Mikrofon wieder Ihr Robin Johnson. Das Datum ist ...«

»In zehn Minuten werden wir dort sein. Im Wochenendhaus habe ich einen vollen Reservekanister.«

»... die bisher vorliegenden Meldungen signalisieren eine erschreckende Wendung. Die Abrüstungsgespräche in Helsinki wurden am elften Oktober ergebnislos abgebrochen. Am achtzehnten Oktober, vor zwei Tagen, sind in Jugoslawien Streitkräfte des Warschauer Paktes einmarschiert. Starke sowjetische Panzerverbände sammeln sich an der innerdeutschen Grenze. Die NATO ist in höchster Alarmbereitschaft, aber bisher ... Ich ... soeben erhalte ich eine unbestätigte Meldung, daß in Westdeutschland mehrere taktische Nuklearwaffen explodiert sind. Diese Meldung ist bislang nicht bestätigt ...«

»Aber ...«, sagte Hugh lahm.

»Deshalb versuchen wir alle mit einem leeren Tank zum Wochenendhaus hinauszukommen ... Wir versuchen die glücklichen Überlebenden zu sein.«

Der Motor setzte mehrere Male aus, hustete und blieb stehen. Der Metro rollte aus.

»Es scheint«, sagte Alison still, »daß wir uns schließlich doch totgelacht haben.«

»Du meinst«, flüsterte Martha, »Gott – oder was – läßt seiner nicht spotten?«

»Ich weiß nichts von ›Gott – oder was‹«, sagte Don in bitterem Ton, »aber ich nehme an, wir müssen dies als ... nun, als eine ... negative Reaktion beschreiben. Und irgendwie scheint sie nicht komisch zu sein. Das war der Todesstoß für den Film ...«

»Von nun an Post-Holocaust-Szenen, nehme ich an«, grollte Hugh. »Kein verdammtes Gefühl für Kontinuität ...«

Er kurbelte das Fenster herunter.

»Schnitt!« schrie er zum Himmel hinauf. »Schnitt! Schnitt!«

Aber im Norden leuchtete der Himmel sekundenlang

unerträglich auf. Nicht lange danach riß ein heftiger heißer Wind aus weiter Ferne Tausende von roten und goldenen Blättern von den Bäumen.